T0146789

PELIGRO EN LA MENTE

Peligro en la mente

Efraín Aranzazu Morissi

Para realizar pedidos de este libro, contacte con:
Palibrio
1663 Liberty Drive
Suite 200
Bloomington, IN 47403
Gratis desde EE. UU. al 877.407.5847
Gratis desde México al 01.800.288.2243
Gratis desde España al 900.866.949
Desde otro país al +1.812.671.9757
Fax: 01.812.355.1576
ventas@palibrio.com
794260

Contents

El día diez y nueve de marzo de 1936 contrajeron matrimonio el joven albañil Gilberto y magdalena, hermosa joven que salía del convento de las hermanas dominicas, quienes se habían enamorado hacía un par de meses atrás. Cuando ella llegó al pueblo, vestía el habito de monja, con el deseo de pasar unas vacaciones en la casa de su cuñado Manuel Cárdenas, quien se había casado con la hermana mayor de ella, llamada Rosenda Rodales.

Él, delgado, alto, con cabello lacio, de color en su piel, canela, vestido rudimentariamente con pantalón de dril y camisa kaki, calzaba guayos y sombrero de fieltro, para sus labores durante la semana, pero los domingos y días festivos usaba su vestido azul oscuro de paño inglés, camisa blanca debidamente almidonada en los puños pechera y cuello, sobre la cual, pendía una corbata roja, que era el símbolo de su partido al cual él decía, que pertenecía a mucho honor; tenía veintiséis años y la hermosa e intelectual novia, veintitrés.

NACIMIENTO NIÑEZ Y ADOLESCENCIA DE JOSUE

Su familia se fue formando con el nacimiento de su primogénito; un hermoso niño de piel blanca como la de la madre, marcado en su mejilla izquierda por un pequeño lunar plano de color café; este nacimiento trajo mucha felicidad a la pareja, que habitaba una casa propiedad de ellos, en un pueblo con todas las posibilidades de llegar a ser ciudad, si sus verdes praderas llegaran a ser urbanizadas, pero su vocación era, es y, seguirá siendo, agrícola y ganadera, de modo que sus praderas nunca cambiarían. Un par de meses después, fueron a bautizarlo con el nombre de Josué; este niño fue la adoración de su padre, pues mientras él lo estuviera viendo, que casi siempre era después de las seis de la tarde, que era cuando el obrero volvía a su casa, luego de trabajar de seis de la mañana a seis de la tarde, de lunes a sábado que era el día en que más temprano salía, que era a las cuatro de la tarde, para bañarse, afeitarse, ponerse el vestido azul de paño inglés, la bien aplanchada camisa blanca, que luciría con la infaltable corbata roja. Ya acicalado se dirigía a paso largo y ligero a la plaza principal, donde buscaba uno de los cafés donde se tomaría, como cada ocho días, sus aguardientes, que según él, se los tomaba porque se los había ganado con el duro trabajo de toda la semana.

Ya en la noche, de regreso a su casa, tomaba el niño en sus brazos lo contemplaba y con felicidad le decía a su esposa, lo mucho que les amaba a ella y a su hijo. Al otro día era domingo, día dedicado a tres cosas sublimes en la Naturaleza humana: el merecido descanso después de seis días de duro trabajo, la obligación de oír misa entera todos los domingos y fiestas de guardar y el día especial para hacer el mercado. Las misas estaban bien repartidas para que nadie se quedara sin oírla: la de los comerciantes, era a las cinco de la mañana para que al salir abrieran sus establecimientos comerciales y eran acompañados no por pocos campesinos que acostumbrados a levantarse temprano, estorbándoles la cama, al alba se levantaban, se ponían el vestido dominguero y mientras se acicalaban, las campanas de la Iglesia hacían sus tres acostumbrados llamados, siendo el último con alegre repicar de las campanas para que los parroquianos, alegres entraran a la iglesia. Al salir de la Iglesia, ya se escuchaba en las carnicería los golpes de hachas empuñadas por las manos de expertos preparadores del ganado sacrificado, separando los huesos de la carne pulpa, golpes sobre los huesos de reses, cerdos y corderos, que serian listos para poner en la balanza y entregar al transeúnte, que por encargo le separaban, mientras otros pesaban la carne, que iban colocando en ganchos donde habían pequeñas placas con los nombres de el cliente comprador y la lista de los encargos que le hacían, los que al pueblo no venían.

La plaza llena, donde también se escuchaban los rumores de las voces de las revendedoras en la gigantesca plaza de mercado, de tierra hecha, para que los domingos fuera ocupada, en espacios separados con líneas invisibles, pues cada una de ellas, conocía perfectamente bien, el lugar y tamaño que le correspondía, para descargar en él, los bultos y cajas repletas de todo lo imaginablemente posible, para alimentar al pueblo en su totalidad; teniendo que dejar para otro día, ir a la iglesia, para escuchar la Santa Misa, porque de lo contrario se echarían al cura de enemigo, entonces era mejor evitar su maldición, que podría dejar al desdichado, ciego, sordo, mudo o paralitico, tan rápido como el sacerdote terminara de hacer su pronunciación. (El miedo a la maldición de un cura, penetraba desde los huesos hasta la mente y el espíritu) Era mejor morir antes de que esto sucediera, pues si moría, carecía del sufrimiento del mal desconocido y no moriría marcado por la maldición que inmediatamente sería reconocida por el Señor y sus ángeles, quienes lo mandarían a la profundidad de los infiernos y allí en el averno, pagaría entre las llamas el terrible pecado de no haber asistido a misa. ¡Regálales miedo y véndeles paz y tranquilidad!

En este glorioso Domingo, Gilberto el esposo de la hermosa Sor Magdalena, volvía a ponerse el vestido azul, con su blanca y almidonada camisa, sus zapatos de piel de vacuno color negro y con betún y cepillo los hacía brillar; solo le faltaba ajustarse el nudo de la roja corbata y colocarse el saco y el sombrero; no se podía entrar en la Iglesia si no estaba la persona impecable mente limpia. A las siete de la mañana era la segunda misa; a ella entraban todos los colegios y escuelas de la población, desde primaria, hasta bachillerato, que eran acompañados por el cuerpo de profesores y no pocas madres y padres de familia, que de reojo mirarían el comportamiento de sus hijos e hijas dentro de la Iglesia. Con un beso el obrero, se despedía de su esposa, que había llegado de oír la misa de cinco, como era su costumbre diaria. De esta misa de siete, saldría a las nueve de la mañana, momento en que daban el primero para entrar a la última misa que era a las nueve de la mañana, para salir a las once.

Al salir de la Iglesia Gilberto, ya el mercado se había convertido en un bullicio casi ensordecedor, volvía a la casa solo para tomar un costal, (saco) un líchigo (morral) con ellos se dirigía a la plaza y empezaba a hacer las compras para el sustento de la semana. Sin medir las consecuencias en el traje, se ponía el costal en su espalda y a pasos largos llegaba a la casa, lo descargaba en la cocina, descansaba un rato y volvía a salir para dejarse ver de alguien que quisiera darle un contrato de construcción de una casa en tapia pisada que era su especialidad y con la que desde los veintidós años de edad, se había ganado el renombre de maestro en construcción.

En la tarde a la casa regresaba y la esposa lo miraba directo a los ojos, si estos le brillaban, ella le respondía con una hermosa sonrisa y él también le sonreía, pues acertaba en su pensamiento que no era otro más que el de haber acertado con la realidad. Su esposo había encontrado quien le diera un contrato, si no era para la hechura de una casa, por lo menos, haría un deslinde entre dos casas; entonces se daban un abrazo y con el brillo en los ojos ella, se entraba en la cocina para servirle la última comida del día. A esas hora, seis de la tarde se acostumbraba, después de la comida, es decir, cuando empezaba a oscurecer, se dirigían a su dormitorio, donde sentados en la cama contemplaban al hijo amado, ella le cambiaba los pañales de tela de algodón, envolviéndolo como si estuvieran armando un tabaco, asegurándolo con un largo cordón de tela, con el objeto de que en la noche no se desenvolviera. Una vez envuelto, Magdalena, lo amamantaba, lo acostaba, para seguir armada de una camándula y un misal, rezando el "Sacratísimo" rosario, más una cantidad extraordinaria de oraciones, que le habían sido inculcadas durante largos años en el Convento de las monjas Dominicas. Terminadas las oraciones y las setenta y dos letanías, del Sacratísimo rosario, sellaban con el Señor mío Jesucristo. El hombre ya estaba en calzoncillos y ella tenía puesta una larga camisa de dormir; entonces soplaba la vela que pendía de la pared, que con su propia llama, había sido calentada, para pegar la vela en parte alta de la pared, mientras oraban, para luego entregarse a los brazos de Morfeo.

La hora de levantarse, como era la costumbre de todo ser viviente en la comarca, era a las cinco de la mañana, para hacer candela con astillas de leña o carbones vegetales, para preparar el café de la mañana, mientras ponían la olla con el caldo para la primera comida del día, llamada desayuno. (Caldo de carne con papas, huevos o carne al gusto: asada, guisada o frita y chocolate con arepas de maíz trillado y cocido, molido y amasado para moldear las arepas, que acompañarían el desayuno y las otras comidas del día) El hombre a soplo y sorbo, tomaba café negro, salía para el trabajo, regresaba a desayunar y volvía para el trabajo, si este era en el casco urbano del pueblo, que siempre fue de seis de la mañana a seis de la tarde.

Casi siempre pagaba un muchacho llamado "el garitero" que le llevaba los alimentos desde la casa al trabajo, todos los días de lunes a sábado. Sin que se le escapara un solo día, siempre, todas las tardes, cuando del trabajo salía y a la casa llegaba, saludaba a su mujer y buscaba al niño en donde estuviera, tanto en los brazos de la madre, como metido en su cuna de cedro negro, mandada a hacer al ebanista don Gentil Ospina, cuya casa de dos pisos estaba ubicada en el marco de la plaza principal.

Tomaba al niño en sus largos brazos quemados por el sol y cansados por el duro trabajo de la faena diaria, le daba un par de besos amorosos, antes de que la madre se lo recibiera porque ya estaba servida la última comida del día. Mientras el hombre cansado veía como la luna se iba tragando los últimos rayos del sol que había iluminado la tarde, ingería el último trago de la sobremesa; la esposa estaba cambiando de pañales a la criatura, entonces era ya la hora de encender el cabo de vela que del día anterior había quedado, aún adherido a la pared para que iluminara la alcoba donde desde ese momento se dedicarían como todas las tardes a rezar el Sacratísimo Rosario con sus setenta y dos letanías, todo en el idioma Latín que era el que Magdalena usaba en sus oraciones. Mater amabili (hora Pronobis) Mater admirabili (hora pronovis) Vaso espiritual, hora pronovis, Espejo de justicia, hora pronovis etc.

Cuando el niño cumplió dos meses, había que bautizarlo para cumplir con el orden establecido por la Santa sede, a través del señor Obispo de la Diócesis de la capital. Solo que era absolutamente necesario conseguirle padrinos y para ese requisito nadie mejor que el patrón, quien como creyente católico, apostólico y romano, no se podía negar a prestarse como padrino de cualquier persona, cuyos padres le pidieran el favor, que a decir verdad, era algo más que un favor, era una orden, que aunque no era dada por el solicitante, se sabía que era orden obligatoria de la Iglesia. Y nadie mejor que don Manuel Cardenal, hombre fornido de tez roja, mostrando en su cabeza avanzado estado de calvicie, vestía los domingos cuando llegaba al pueblo, de su hacienda en Rio Manso, Cañón de Cocóra, en el Tolima; traje de paño inglés, con chaleco, camisa impecable mente blanca, corbata y calzaba zapatos negros; era el patrón o jefe, de Gilberto, puesto que estaba haciéndole un trabajo de deslinde para privatizar su propiedad, coincidiendo con el hecho de que don Manuel Cardenal, era el cuñado de Magdalena, la esposa de Gilberto, que pasaba a ser concuñado de Gilberto, el obrero del patrón. Para ese día, era costumbre tirar la casa por la ventana, para atender debidamente a los compadres que a partir de ese día, tenían la responsabilidad de estar listos para tomar la crianza y educación del ahijado, en caso de que faltara uno de los padres. Entonces le decretaban la muerte a las aves de corto vuelo, o a los cerdos o copartidarios, siendo rellenos con un guiso, de arroz y arvejas secas con todos los aliños, para luego hornearlos y poder decir con orgullo, atención: por favor pase a la mesa, que está servida. Y sí, ahí estaban sentados, el sacerdote del pueblo, Jesús María Rada, el par de padrinos: Manuel Cardonal y su hija mayor Margot, pues "Rosenda la hermana de Magdalena y esposa de don Manuel Cardenal, ya había muerto", que eran los padrinos y, sus hijos: Elías, Manuel, Luis, Arturo, y Tito Cardenal Rueda, hijos varones y sus hijas Teresa, Cecilia, y los dos padres del neonato y, no podían faltar un par de vecinas con sus acompañantes, listos para ingerir licores a diestra y siniestra, lastimándose la garganta con sendos platos de lechona o sancocho de gallina. Por esa tarde todo había terminado, los padres del recién bautizado, respiraron profundo porque habían cumplido con el principal requisito ordenado por la iglesia, el bautizo de su hijo.

Los días, las semanas y los meses, fueron pasando en caravana, mientras el niño se iba desarrollando, normalmente, como todos los mortales y lógicamente, también empezaba a balbucear palabras y daba sus primeros pasos, lo cual llenaba de felicidad especialmente a la madre, que veía como su retoño avanzaba en crecimiento, peso e inteligencia y entendía perfectamente bien, cuando su nombre era por alguien pronunciado. La felicidad embargaba al matrimonio y los trabajos para Gilberto hasta ahora, habían sido contratos largos, duraderos, con lo cual no pasaban necesidades. Llegó el día en que el precioso niño cumplió el primer año de vida, entonces Magdalena hizo acopio de todos sus conocimientos culinarios, como las practicas en tejidos y bordados, para fabricarle un precioso mameluco que estrenó ese día habiendo desfilado a todo lo largo del amplio corredor, pues ya sabía caminar sin tambalearse. También la feliz madre, esparció harina de trigo, e hizo un tumulto de ella sobre la liza mesa, en que servía las comidas para ella y su marido. Sobre el tumulto harinoso, metió sus largos dedos, abrió un hueco que fue relleno con huevos criollos, porque de los de ahora no existían y con una vacía botella de vino, empezó a amasar la harina de trigo, mojada con huevos, a razón de cuatro, por libra de harina. Recordando lo que la autora de sus días, hacía en su patria casi todos los días de la semana: Tallarines, Rabioles y Lasaña. Para amenizar el venturoso día, al que fueron invitados el cuñado y compadre don Manuel Cardenal, padrino del cumpleañero y sus hijas una de las cuales había sido la madrina, e hijos mayores, Luis, Elías, Manuel, Arturo, Carlos y Tito, quienes degustaron hasta más no poder, sorbiendo Tallarines y comiendo Rabioles, que fueron pasados, con la misteriosa fórmula llamada "refajo" (cerveza con gaseosa) todo entre agradables diálogos entrelazados con canticos de la soprano madre del cumpleañero, quien interpretó ¡Oh Sole Mío. Amapola y serró con el Ave maría, para darle gusto al sacerdote quien había venido acompañado de Sor Clara Inés y Sor María de Jesús, Compañeras de Magdalena en el convento; después, mientras las hermosas hijas de don Manuel y sobrinas de ella, y sus hermanos, salían con rumbo a su residencia, las risas provocadas por las anécdotas de Magdalena, Gilberto y don Manuel, como las del sacerdote y las monjas, terminaron al atardecer.

El padrino del niño mirando a su ahijado que en un corral de madera estaba, empezó a esculcarse los bolsillos, hasta encontrar una monedera o "niquelera" de donde extrajo una moneda de cobre, de cinco centavos, se reacomodó en el asiento mientras que jugueteaba con la moneda entre sus dedos, repitiendo: estos cinco centavos son para mí ahijado Josué. Conversaciones entre Gilberto y don Manuel, vienen y van, llamándose compadre del uno al otro, mientras la tarde corría afanosamente, hacia la oscuridad; a estas alturas ya Gilberto había cambiado el "refajo" por cerveza pura y don Manuel seguía jugando con la moneda de cinco centavos, pasándola por entre los dedos. En un momento, don Manuel, se levantó del asiento, se acomodó el chaleco y viendo que para tal cosa, la moneda le estorbaba, metió la mano al bolsillo, sacó la monedera y depositando en ella, la moneda, la volvió a guardar para ponerse el saco, despedirse y salir a paso largo y ligero, como si alguien lo fuera a parar para solicitarle la moneda.

Josué fue creciendo en medio de las contemplaciones dadas no solo por su madre, quien como toda mujer goza del instinto maternal y lo desarrolla con suma naturalidad, sino con las contemplaciones de su padre, por ser el primogénito y porque en su cultura, o sea, en su casa, le había tocado ser hijo único, después del nacimiento de tres mujeres; entonces fue consentido con los mimos de cuatro mujeres, la madre y sus tres hermanas mayores, fuera de eso, en esa época había sido el único heredero, pues las hijas mujeres no heredaban por ley de la República; pero el hijo varón, tenía la obligación de responder por el respeto a las mujeres de la casa, en este caso, a sus hermanas y su madre, quien entraba a formar parte de ser mujer sumisa, como sus hijas a las decisiones de ese único hijo; cuando habían más hijos varones en el matrimonio, las hijas mujeres eran sumisas a las ordenes de todos sus hermanos y la batuta, la llevaba el mayor de los varones.

En aquella época, las mujeres campesinas no podían estudiar, pues según sus padres para casarse y parir hijos no, necesitaban sabe leer ni escribir y además si aprendían a escribir, solo era para escribirle cartas a los novios y eso no era conveniente; no tenían cedula de ciudadanía, solo les daban tarjeta de identidad, que era la misma, que le daban a los menores de veintiún años expedida por la oficina de correos Nacionales, Solo los hombres mayores de veintiún años, que era la mayoría de edad, recibían la cedula de ciudadanía; entonces la mujer no podía votar para elegir y por lo tanto, no podía ser elegida. La mujer dependía totalmente de su marido y por orden de la Iglesia Católica Apostólica y Romana, solo debería dedicar su vida a tener hijos. Eso se lo recordaba bien clarito el sacerdote durante la confesión, la víspera del matrimonio y al otro día, durante el rito, le volvía a preguntar: ¿Cual es el Santísimo Sacramento del matrimonio hija? A lo que la novia tenía que contestar: el Santísimo Sacramento del matrimonio, padre, es el de tener hijos para el cielo. Respuesta sin la cual no había casamiento. O sea, la fe Católica convertía a la mujer en maquina de parir hijos, pues primero estaba el cielo donde vivía Dios, que su propia vida, su futuro y el futuro de sus hijos; por eso era que las mujeres de ese tiempo jugaban a la que más hijos tuviera, contándose mujeres que tenían hasta veinticuatro hijos, sintiéndose muy orgullosas de el hecho, ante las que no habían tenido tantos hijos. La exclamación de las mujeres pobres cuando se sentían embarazadas era: bendito sea Dios, que todo niño nace con el pan debajo del brazo.

Josué fue creciendo bajo el amor de sus padres, quienes siempre le infundieron que como era el hijo mayor, tenía prepotencia y dominio sobre los demás hermanos, quienes deberían respetarlo y obedecerle en lo que él dijera o hiciera, como lo había hecho él padre, con su madre y sus hermanas, aunque no eran menores, pero eran mujeres y así quería él padre, que fuera su hijo primogénito.

Con relación a Federico, por algo era Josué el hijo mayor, quien lo miraba como si fuera su propio sirviente y así se lo hacía entender su padre. Como Magdalena había permanecido por varios años en un convento donde fue monja, era amiga intima de las monjas dueñas del colegio de Nuestra Señora del Sacratísimo Rosario, quienes visitaban su casa, por lo menos dos veces en la semana, más todos los días, se veían en la misa de cinco de la mañana donde al son del Armonio, Magdalena cantaba como la Soprano que era. Cuando Josué cumplió cinco años, las monjas se lo llevaron para enseñarle algunas cosas en una especie de kínder, mientras que a los seis, iría al colegio de don Narciso Viña, el principal colegio para varones del pueblo. Para el año siguiente 1945 las monjas que habían recibido niños para kínder, no quisieron recibir más varoncitos (palabras de Sor Clara Inés apoyada por Sor María de Jesús) y así fue, nunca más hubo niños en el colegio de las monjas.

Para el año próximo, Josué ya estaba preparado para entrar a segundo año elemental, en el colegio de don Narciso Viña, pues ya había leído la cartilla primera "Alegría de leer" y empezaba a leer el libro segundo, heredándole a su hermano Federico, la cartilla primera ya leída y marcada con su nombre. También sabía las tablas de multiplicar del uno al diez, pues ya su madre se las había enseñado, después de haber aprendido a sumar y restar en pequeñas cantidades. En el colegio de don Narciso Viña perfeccionó las cuatro operaciones, mejoró la lectura y escribía con buena ortografía y letra.

NACIMIENTO NIÑEZ Y ADOLESCENCIA DE FEDERICO

Mientras Josué crecía rodeado de todos los mimos y contemplaciones que sus padres le ofrecían a cada momento, magdalena volvió a quedar embarazada y tendría que esperar los nueve meses de fecundación para con su nacimiento poder saber a qué sexo pertenecía la criatura, pues ella y su marido lo que anhelaban era un niña para tenerla parejita. La primera en darse cuenta del sexo del recién nacido no era la madre; era la partera, quien con el recién nacido colgando por los pies, con delicadeza buscaba la parte del sexo para poderle decir con sumo agrado "nació varón" lo que era un regocijo para toda la familia e inclusive para algunos vecinos, mientras que la madre y el padre pensaban que con la llegada de otro varón, el primero quedaría relegado a un segundo puesto y solían decir que lo (habían bajado del chirimoyo). O que lo habían "desbancado". Magdalena, como el resto de la población tenía la credulidad de que si al recién nacido se le cortaba el pelo, o si por un descuido, se veía en un espejo, no hablaría o se demoraba para hacerlo; entonces ella se cuidaba de no presentárselo al espejo hasta que cumpliera la edad de dos años, para poderlo hacer sin peligro, tiempo en el cual ya podía mandarle a cortar el cabello. Cuando la partera, que no era otra que la abuela paterna del recién nacido, cumplió con la cuarentena que ella misma había impuesto a la parturienta, ya ésta podía hacerse cargo de su hijo, entonces ella se iba para su finca, pues habían pasado cuarenta días sin escuchar el rumor del río, que desde tiempos inmemoriales era el arrullo que había escuchado dentro o fuera del cafetal, en su pequeña finca.

El río no solo le arrullaba, sino que le daba la vida, allí era donde diariamente se bañaba en un profundo charco al que ella había bautizado con el nombre de "El Verraco". Sobre una piedra plana, que en tiempos idos, su hijo le había montado sobre otras, formándole un lavadero donde la mayor parte de su vida, las piedras golpeó con las prendas jabonadas y estregadas, para que quedaran limpias de toda suciedad. También el mismo río, era el que le daba su cristalino líquido para beber y preparar todos sus alimentos.

El niño fue bautizado con el nombre de Federico de todos los Santos y de la Santísima Trinidad, habiendo escogido a Alberto Londoño y Margarita Arango, residentes en la Capital, pero oriundos del pueblo pequeño. Los padres decidieron llamarle por el primer nombre de Federico. Nunca Josué, fue abandonado por sus padres en cuanto a cariño se refiere, por el contrario, él era el primogénito y por lo tanto, seguiría siendo el más amado por su padre quien miraba con recelo a Federico, porque lo que Gilberto esperaba y quería era una niña, para formar la parejita de hijos en su matrimonio. Siendo así las cosas, cuando el padre llegaba del trabajo, lo primero que hacía era sacar del corral de madera al niño mayor y lo envolvía en la ruana de lana virgen que usaba para defenderse del frío que cundía en los aires que del alto de la sierra llegaban. Entre tanto, la abnegada madre

Magdalena, se encargaba de las ocupaciones propias de la casa, para luego tomar a Federico en sus brazos.

Josué fue creciendo en medio de las contemplaciones dadas no solo por su madre quien como toda mujer goza del instinto maternal y lo desarrolla con suma naturalidad, sino con las contemplaciones de su padre, por ser el primogénito y porque en su cultura , o sea en su casa, le había tocado ser hijo único, después del nacimiento de tres mujeres; entonces fue consentido con los mimos de cuatro mujeres, la madre y sus tres hermanas mayores, fuera de eso, en esa época había sido el único heredero, pues las hijas mujeres no heredaban por ley de la República; pero el hijo varón tenía la obligación de responder por el respeto a las mujeres de la casa, en este caso, a sus hermanas y su madre quien entraba a formar parte de ser mujer sumisa, como sus hijas a las decisiones de ese único hijo; cuando habían más hijos varones en el matrimonio, las hijas mujeres eran sumisas a las ordenes de todos sus hermanos y la batuta la llevaba el mayor de los varones.

En aquella época, Josué, fue solicitado por el cura párroco, para que sirviera como acólito en los oficios religiosos. La solicitud fue hecha a través de las monjas, lo que alegró a Magdalena, porque ese sería el primer paso para que su hijo se convirtiera en sacerdote, máximo orgullo de una madre católica. Pero resulta que el niño creía que así, con sus ímpetus de superioridad, desarrollados en su casa, contra su hermano Federico, podía ejercerlos sobre sus compañeros, en los oficios religiosos; ya el niño sabía lo que iba a ser, cuando estuviera grande; si le preguntaban, inmediatamente contestaba: cuando yo esté grande voy a ser Sacerdote; solo que dos semanas después el párroco le dijo a las monjas que le dijeran a Magdalena, que no ocuparía más al niño por su carácter imperativo sobre los demás niños acólitos, que tenían que corregirlo, pero así se quedaron las cosas.

El año segundo no lo finalizó Josué como debería de ser, puesto que cuando tenía que presentar exámenes finales, fingió estar enfermo y hasta fiebre le subió, le temía a la presentación de exámenes, nunca más presentó uno. Esos dos días estuvo acostado y la madre lo alimentó con coladita de maicena y galletas de soda; también le dio maltina, una bebida a base de malta para alimentar a mujeres lactantes. Una vez que pasaron los exámenes, el niño mejoró notablemente pero la escuela ya estaba cerrada pues habían entrado en periodo de vacaciones, hasta el año entrante; así que cuando la madre fue a matricularlo para que cursara el año tercero, el rector de la escuela no lo quiso aceptar porque no había presentado exámenes finales y esas fallas estaban en la libreta de calificaciones. La madre discutió con el rector, pero no le valió ser la Soprano de la Iglesia, ni haber sido monja, ni ser amiga intima de las monjas; el niño tenía que repetir el segundo año. La enojada madre habló con su amigo don Narciso Viña, quien ocupaba una casa a continuación de la suya, propiedad de su esposo Gilberto. La madre de Josué le aclaró que no tenía la libreta en su poder, pues la había dejado en manos del rector de la escuela el día que salió enojada, pero que ella sabía que el niño estaba capacitado para cursar el tercer año, lo que aceptó el rector, más por amistad, que por otra cosa; allí empezó a cursar el tercer año de estudio el niño y para completar su alta estima, fue aceptado para que se incorporara a la banda de guerra del colegio, entonces usaría el blanco uniforme con zapatos negros y franja roja entorno a su cintura, con lo cual se convertía en un orgullo para el colegio, la familia y el municipio, ya que era el primer colegio en el pueblo que tenía banda de guerra en 1945.

Por aquella época, empezó a escasear en el pueblo el trabajo para Gilberto, cuyos conocimientos y la práctica, estaban basados en la construcción de casas en tapia pisada; entonces solo tendrían que vivir de la renta producida por la casa que rentaba don Narciso Viña, donde funcionaba su colegio y academia de danza y teatro, solo para algunas jovencitas, hijas de personas sobresalientes del pueblo, si les gustara la actuación, demostrando su buen histrionismo, como a las hijas de don Otoniel Morales y doña Reina de Morales.

En busca de trabajo, Gilberto con su esposa e hijos se trasladó para la finca de su madre, dispuesto a trabajar en el campo, siempre que fuera en lo que él sabía: "hacer tapias de tierra pisada". Allí estuvieron varios días. Ya Magdalena, había tenido una hermosa niña a quien bautizaron con el nombre de Genoveva y otro niño hermoso, blanco y rubio de largos crespos, cuando fue prestado por ella, para que representara al niño Jesús, para una novena del niño Dios, en los aguinaldos de 1945. A quien habían bautizado con el nombre de Cipriano.

Al haber retirado al niño Josué, del colegio de don Narciso Viña, para marcharse a la finca, toda la familia; el niño no cumplió con la intensidad horaria y también perdió el año. Meses después, Gilberto decidió regresar a su casa del pueblo y esperar allí la consecución de un trabajo, pues en la finca habían pasado varios meses, donde solo le salió la hechura de una casa en el lugar llamado "El Águila" donde fue contratado por don Antonio Briseño, un Boyacense empoderado en la zona rural tolimense; al terminar el contrato quedó vacante, habiendo quedado sin esperanza ninguna, allí en el pueblo grande, lo buscaron para realizar un trabajo en la construcción de una casa en la finca de don Guillermo Marín, pero eso era retirado a unas seis horas a caballo, por lo que Gilberto, decidió trasladarse con toda la familia al caserío llamado Toche, donde le consiguieron una vivienda, en ella, en la parte de atrás, tenía unos huecos profundos y naturales llenos de un agua que hervía; se sabía que se llamaban "termales". El traslado fue sencillo, a pesar de que

Magdalena, nunca desde su nacimiento en su lejana Italia, había montado a caballo, pero Gilberto, le consiguió uno muy manso, para ella y otro para él, en alquiler en las pesebreras de don Antonio Muños, con la condición de que al otro día del viaje, los regresaría. El regreso de los equinos no fue difícil y fueron devueltos con un arriero que diariamente salía con una recua de mulas cargadas del mejor café suave del mundo y comida para el pueblo. En esta ocasión su niña Genoveva, contaba con dos años cumplidos y su hijo Cipriano, tenía dos meses de nacido. Magdalena lo llevó en sus brazos, mientras su esposo llevaba a la niña de cuatro, sobre la montura. Así la familia llegó al caserío y Gilberto pudo realizar la construcción de la casa en la finca del señor ya mencionado. Después de este trabajo, regresaron todos al pueblo grande, con dinero suficiente para vivir mientras hubiera esperanza de que Gilberto consiguiera otro trabajo.

Como la situación siguiera difícil, una persona muy allegada a Magdalena perteneciente a una distinguida familia cuyo anciano padre de nombre Tomás Salazar, casado con la matrona, doña Rocina, madre de Olínda Salazar, prestaba sus servicios como tinterillo, sabía de la difícil situación por la que pasaba la familia, tuvo la oportunidad de que en la personería, la secretaria llamada Corona Pulido, sabía que se necesitaba una maestra para una escuela y a manera de pregunta de si ella conocía a alguien que pudiera desempeñar el cargo, a su mente, llegó el nombre de Magdalena, a quien tendría que persuadir, pues a Gilberto, no le iba a gustar que su esposa trabajara, porque él siempre había sostenido a su familia; de todos modos, la hija del tinterillo, en horas de la tarde, visitó a Magdalena, habiéndole informado que el municipio necesitaba una profesora y que como ella sabía de su pasado cuando soltera, la había propuesto, que si quería fuera a la personería para que se informara. Gilberto no quería, pero Magdalena contra la voluntad de su marido, se arregló y salió para la personería donde de una vez se posesionó, como profesora de una escuela donde tendría que enseñar a tres grupos: primero, segundo y tercero, al mismo tiempo, en el mismo lugar, acomodando en filas las bancas, en el mismo salón los tres grupos. Como se tenían que trasladar a la escuela para vivir en ella con toda la familia, Magdalena matriculó semi interno a su hijo Josué, en el colegio de Nuestra Señora de la Balvanera, de doña Sofía de Sarmiento y su esposo, con el fin de que no perdiera más tiempo; así que el niño caminaba de la escuela donde vivía a media hora del colegió, donde almorzaba y regresaba en la tarde a su casa en la escuela. Al termino del segundo mes de estar enseñando, magdalena descubrió en su seno derecho, un pequeñísimo bulto que antes no había sentido, de inmediato sentada en una cama con su esposo, le contó, pero el hombre ignorante de lo que pudiera ser, pensó que podría ser un "nacido" como un barro ciego o algo por el estilo y no le prestó mucha atención. Al día siguiente, Magdalena quien tampoco sabía que era lo que en su seno se pronunciaba, debería ir a la cabecera municipal para recibir el pago del magisterio, que eran sesenta pesos mensuales; eso era lo que se ganaba una institutriz enseñando a tres cursos, de primero a tercero elemental. Así, que al otro día se puso sus mejores galas y en compañía de Gilberto al pueblo se fueron. El hombre siguió para la casa que tenían y Magdalena se dirigió a la edificación en donde funcionaban las oficinas gubernamentales: Alcaldía, Personería, Tesorería, Concejo Municipal y otras. Magdalena entró a la Tesorería para cobrar y allí su salario, estaba la secretaria; una hermosa joven piel canela, de grandes ojos negros, pechos preciosos, caderas redondas, cabellos lacios y negros, hasta la media espalda y piernas bien torneadas, de nombre Corona Pulido. Después del saludo muy cordial, Corona anotó: ¿Sabes una cosa Magdalena? ¿No, que es? Es que su sueldo llegó hace cuatro días y como usted no estaba aquí para que firmara la nomina, la firmé yo con su nombre, busqué su firma en el libro de posesiones y traté de hacerla igual pero me quedó casi parecida; el asunto es que si no hago eso, se llevan el sueldo y hasta el mes entrante, entonces yo cobré y en la casa le tango el sueldo. Mil gracias Corona, imagínese y yo que necesito la plata, pues venga se la entrego. Las dos mujeres, Magdalena y Corona Pulido salieron de la oficina para salir y caminar un poco menos de media cuadra hasta la casa de Corona que estaba vecina de las oficinas; la joven entró, sacó el dinero, lo entregó a su propietaria, y se despidieron después de que Magdalena le dio las gracias a Corona, por haberle tenido el pago de su segundo mes de trabajo. Corona Pulido, volvió a su oficina subiendo las escaleras de la edificación y Magdalena aprovechó que tenía dinero en sus manos, caminó diagonal a la alcaldía y entró al consultorio del Doctor Orozco, en un local de la casa de don Gentil Ospina, ebanista del pueblo. Después del riguroso examen que el médico le hizo a Magdalena, le dio una carta para que se la presentara a un Doctor en la Capital de la República, pues él no estaba seguro de que mal padecía.

Fue por estos días en el mes de Marzo de 1949 que Magdalena recibió una encomienda enviada desde Cali por su hermano Antonio. Quien le mandaba cada año un "mate" de manjar blanco, dulce que como su nombre lo indica es un manjar de leche y azúcar; media docena de pandebonos (panecillos de harina de maíz, almidón de yuca y queso) fabricados solo en el Valle del Río Cauca y, un par de zapatos negros de tacón bajito, hechos a mano y sobre medidas con piel de vacuno y una carta donde le contaba los últimos acontecimientos llegados hasta donde sentado estaba, trabajando en la hechura de calzado y como necesitaba un mensajero al que había que pagarle cincuenta centavos diarios $15.00 quince pesos mensuales, incluyendo los domingos, teniendo un sobrino de nueve años, muy "avispado" que sabía leer, escribir y las cuatro operaciones, entonces para qué pagarle a un desconocido; que le mandaran el sobrino, no había que pagarle y era de la familia. La grata noticia la digería Magdalena, mientras acariciaba el par de zapatos pasándole la mano por la capellada, a tiempo que por debajo los miraba, en su virginal estado. Entonces traía una cuchara de la cocina, la metía en la profundidad del manjar blanco, para sacarla llena hasta el tope y comérsela con uno de esos viejos pandebonos, que ya tenían el mismo tiempo que se había demorado la encomienda en llegar al pueblo: de diez a quince días.

Tenía aún la cuchara en la mano, la que lamía con sumo agrado, cuando escuchó en el zaguán los pasos de Gilberto; ella salió a su encuentro y con alegría le dijo: Antonio me mandó una encomienda con estos zapatos y se los mostró. Mientras Gilberto observaba los zapatos, ella volvió a hundir la cuchara en el manjar blanco, la saco colmada y se la pasó acompañándola con uno de los pandebonos, mientras le contaba que su hermano le mandaba a decir en la carta, que le mandaran a Josué para ponerlo a estudiar en un colegio de la capital vallecaucana. Gilberto abrió los ojos como platos pandos, se quedó impávido mirándola y le dijo: ¿Qué yo le mande mi muchacho al bellaco de su hermano, para que lo ponga a estudiar allá? No sea grosero, ni trate mal a mi hermano, que en la situación en que estamos, es un favor lo que nos está haciendo; el estudio en un colegio allá, es muy caro y él se lo va a dar, nosotros aquí no podemos. No pues claro, el pendejo ese, cree que porque es rico y tiene plata, nos puede humillar, pero eso no es así, espere que me salga un trabajo y verá que yo aquí también se lo puedo dar, es más, si no fuera porque a usted le dio por meterse de maestra, viviríamos aquí en nuestra propia casa y lo matricularíamos en el colegio de don Narciso Viña, para ver quién es el que va a educar a mi hijo. Sí, pero como no estamos viviendo aquí sino allá, debemos es aprovechar el ofrecimiento de mi hermano y mandarle a Josué, para que se eduque en una ciudad grande como Cali. Bueno usted verá si se lo manda; ¿Usted me está autorizando para que yo mande a Josué para donde mi hermano? Si usted ve que él va a estar mejor allá que con nosotros, mándelo mañana mismo, ahora que usted tiene el dinero del sueldo que le pagaron. Magdalena dejó de pensar en la dudosa enfermedad, se alegró y empezó a hacerle el morral para mandar al hijo donde su hermano, haciéndole al muchacho toda clase de recomendaciones, para que se manejara bien, siendo bien educado y obediente. Si mamá contestó el jovencito a cada consejo que ella le daba.

Ya al atardecer, Gilberto no había podido digerir el desprendimiento de su hijo primogénito, pero tenía que darse al dolor, pues ya había dado su palabra y una vez dada, tenía más reversa un avión, había era que cumplirla. Hola Magdalena; ¿Mija si cree que lo mejor para Josué, es que se vaya por allá tan lejos? A ver Gilberto, si nosotros estuviéramos en una situación boyante, que usted tuviera trabajo permanente, nadie me haría desprender de mi hijo, pero como veo que se va es para donde mi hermano, que tiene plata y no tiene hijos, además porque sé que lo quiere mucho desde que nació, porque todo hay que decirlo, Josué es idéntico a su tío Antonio, por eso se lo voy a mandar, porque sé que con él va a estar bien; Antonio no fuma, no toma trago, no es vagabundo y no tiene hijos, mejor no podía quedar y cuando podamos lo vamos a visitar. Más bien vaya y mándele este telegrama a Antonio, para que esté pendiente de recibirlo. El telegrama decía: mañana temprano Josué esa, Magdalena. Con estas dulces palabras Gilberto se tranquilizó aunque esa noche no pudo dormir.

A las seis de la mañana ya estaban Magdalena, acompañada

de su esposo Gilberto y Josué parados en la esquina de la plaza por donde pasaban todos los vehículos que hacían el recorrido para el occidente colombiano, anhelantes de que un benévolo camionero tuviera a bien llevar como pasajeros a Magdalena y Josué, a la ciudad de Cali, Capital del Departamento del Valle del Río Cauca, para lo cual, tendría que mandar a su ayudante a viajar bajo la carpa del camión, encima de la carga. La mayoría no lo hacían, pues preferían viajar con su ayudante al lado de ellos, en la cabina; pero en este caso se trataba de una dama con su hijo y alguno lo haría. No mucho tiempo después vieron que un viejo camión se parqueaba frente al hotel Central del pueblo y caminaron hasta él, para pedirle el favor al camionero, que se apeaba para entrar a desayunar. Gilberto le llamó la atención al conductor y le preguntó para donde iba, el hombre miró fijamente a quien le hablaba y le contestó que para Armenia. A esa hora ya era demasiado tarde para llegar a la ciudad de Armenia y tomar el tren con destino a la ciudad de Cali. Gilberto y Magdalena se miraron como queriéndose decir: si este hombre nos lleva hasta Armenia, ahí tenemos que quedarnos y hospedarnos para mañana tomar el tren de seis; o esperamos para ver si pasa un camión que vaya directamente para Cali. Yo creo, dijo Magdalena, es mejor que si este señor nos lleva hasta Armenia, irnos y nos quedamos en un hotel para madrugar a tomar el tren de seis; pues los camiones tampoco llegan en un día a Cali y de todos modos tendremos que pagar hotel. Tiene usted razón Magdalena; en ese momento, salía el conductor del hotel acompañado por su ayudante y Gilberto lo estaba esperando para preguntarle por cuanto llevaría a Magdalena y su hijo a Armenia, a lo que el conductor contestó: eso no le vale nada, súbase señora y mirando al ayudante le dijo: le tocó irse arriba, recíbale la maleta a la señora, nos vamos y encendiendo el motor; madre e hijo se despidieron de Gilberto y el pesado camión arrancó. Muy lentamente el camión avanzaba subiendo a la cordillera central, pues el peso de la carga no lo dejaba avanzar por la destapada carretera, de la estrecha doble vía; la pericia del conductor hizo que tomara las cerradas curvas sin problema alguno, hasta llegar al sitio llamado por todos los conductores como "El Alto de la línea" para ahora si empezar a bajar tan despacio como había subido, sabiendo que era más peligroso bajar, pues si se impulsaba el motor, el camión se desbocaba y nadie lo pararía. Tanto en la subida como en la bajada, Magdalena contemplaba lo más hermoso del viaje que eran los paisajes que mostraban todas las gamas de colores, con praderas y cultivos que producían toda clase de frutas, verduras y hortalizas, que frescas bajaban en recuas de mulas para qué fueran distribuidas por los comerciantes, que ya las tenían vendidas en ciudades como Armenia, Calarcá, Cali, Bogotá e Ibagué. Casi a las doce del día, entró el pesado vehículo a Calarcá para llegar a su destino en un poco más de media hora. Al llegar a la ciudad de Armenia, Magdalena volvió a preguntarle al conductor antes de apearse, cuanto le debía, pero el generoso hombre le contestó que no le debía nada. Magdalena y su hijo Josué, se apearon para tomar una calle que los conducía a un hotel, donde pernotarían por esa noche. A las cinco de la mañana, el estruendoso claxon de la vieja locomotora despertó a todo el vecindario de la estación, estaba avisando que pronto saldría con rumbo a Cali, la Capital del Valle del río Cauca, con su habitual sonido en repetición permanente de "mucho peso, poca plata". Después de haber dejado atrás una decena de estaciones ferroviarias, la vieja locomotora mermó en el aceleramiento y se sintió que al frenar los pasajeros que de pie iban, hicieron fuerza para no caer al piso del vagón; después se escuchó un chirrido causado por las ruedas en los rieles, este sistema había que sentirlo al llegar a todas las estaciones donde se bajaban pasajeros, mientras otros se subían, hasta llegar a la ciudad final. El reloj de la catedral de la plaza de Caicedo y Cuero, en la hermosa Ciudad de Santiago de Cali, marcaba las cinco y treinta minutos de la tarde, se volvió a oír el estruendosos ruido ya escuchado, en cada una de las estaciones, para dejar y recoger pasajeros, anhelantes de llegar a su lugar, en donde deberían bajarse. Mientras los que seguían hasta el final, como Magdalena y su hijo, pudieran degustar los deliciosos platillos que mujeres de color purpura, vestidas con blancos y limpios delantales, les ofrecían, como los exquisitos sudados de gallina con papas, yuca, plátano, arroz y ají picante, con un hogo que por encima le agregaban, envuelto en sendas hojas de plátano, por la ventanilla lo entregaban, mientras otros ofrecían la deliciosa avena helada, el delicioso masato o gaseosas bien frías.

En la vieja estación se apearon Magdalena y su hijo Josué con maleta en mano, un taxi de cualquier color, de los pocos que habían en la pequeña ciudad, con veinticinco calles y quince carreras, o sea del barrio granada al barrio "La Base" por aquello de que allí, habían puesto la base de la Fuerza Aérea, de la República de Colombia FAC. Con su desarrollo fue creciendo, se formó un barrio y así se quedó llamando "El Barrio La Base. Al darle Magdalena la dirección al conductor del taxi, este arrancó y en cinco minutos ya estaban en el lugar. Antonio la vio apearse y de inmediato salió para ayudarle con la maleta, mientras le pasaba por los hombros el brazo a su sobrino, quien a partir de ese día, sería su mensajero, aseador, y ayudante de ventas en el pequeño almacén, de la carrera séptima con calle catorce.

Cuando Josué, el hijo mayor de Gilberto y Magdalena, había cumplido nueve años de edad, Magdalena se enfermó de cáncer en el pecho a lo que sobrevivió por dos años, después de los cuales murió, habiendo tenido dentro de esos dos años su último vástago llamado Luis Ernesto, el cual quedó de un año de vida. La capacidad de discernimiento o de inteligencia de la madre alcanzó para dejar asegurada, sino la crianza, por lo menos la estadía mediática de todos y cada uno de sus hijos, entregándolos a personas responsables de la siguiente manera: a Josué el hijo amado por su padre y adorado por ella, lo entregó a su tío, el cual no tenía hijos y si tenía la comodidad de darle la educación necesaria en la gran ciudad, asunto que solo fue cumplido en parte, pues solo le ayudó al niño dándole un curso de mecanografía y ortografía, pues la base estudiantil ya la llevaba que eran: saber leer y escribir y las cuatro operaciones, o sea que a los doce años, el nobel adolescente ya era mecanógrafo y buen matemático a pesar de su corta edad, desempeñándose en la fábrica de su tío, como mensajero vendedor de calzado en el almacén y aseador, hasta los doce años de edad, cuando se fue enviado por su tío, para que asistiera al cavo de año de la muerte de su madre. Estrenando hermosas gafas adaptadas a sus ojos, para mitigar una imaginaria enfermedad visual "miopía" expresada por el niño que audazmente consiguió que el tío lo llevara al optómetra y le comprara un par de anteojos, con los que se veía más buen mozo, en su narcisismo de adolescente inicial.

La felicidad de Gilberto fue inmensa al volver a ver a su hijo, al que recibió en el pueblo grande, para trasladarlo al pueblo pequeño, llamado Anaime, donde él estaba realizando una construcción en la Iglesia del pueblo. Como es apenas lógico, al jovencito no le gustó el acompañamiento con su padre al pueblo pequeño; estando allí, se venció el permiso que el tío le había dado para estar en el cavo de año de su mamá, que consistía en oír una misa, por el alivio y descanso del alma de la autora de sus días. Fue allí cuando Josué se sacó el sapo que tenía atravesado en la garganta y sentado en la mesa del comedor de la asistencia diaria, expresó: que si su padre se casaba con la mujer que tenía como novia, él se iría de la casa, como realmente sucedió ese mismo día, cuando su padre, al darse cuenta de lo que había dicho lo iba a castigar.

Un poco después, reapareció Josué en el pueblo grande; su edad: trece años, no se supo cómo, pero ya era un jovencito con buena habilidad para preparar café en una greca y servir tragos de licor, trabajaba en un café del pueblo grande en horario de cinco de la mañana a las doce de la noche, todos los días. Se alimentaba del hotel central y café con leche, que él mismo preparaba durante el día en su trabajo. Cierta vez, Gilberto en día Domingo, entró al café en busca de un trago de aguardiente, cuando lo vio laborando, inmediatamente se devolvió, salió del lugar muy pensativo, a paso largo llegó a su casa, llamó a su mujer y le contó lo que había visto; la mujer le contestó que no se preocupara, que era bueno que trabajara, para que atendiera sus necesidades. Gilberto lo pensó todo el día y más tarde, después de haberse tomado unos aguardientes en una tienda, fue de nuevo al lugar donde lo había visto y allí lo volvió a ver; entonces se le acercó y sin saludarse le preguntó: ¿Usted desde cuando está aquí? Desde la semana pasada, ya la ira en el padre había terminado, se había casado con la mujer que su hijo odiaba y de ella recibía lo mismo, odio. Entonces el hombre se sentó en una mesa, llamó a la mesera y le pidió un trago de aguardiente doble, para que le ayudara a bajar el nudo que tenía en la garganta, apuró ese trago y de una vez pidió el otro, pagó la cuenta y salió haciéndole una señal al hijo de despedida; la tranquilidad llegó al espíritu del jovencito quien esperaba una andanada de palabras con carácter de regaño, pero no fue así. Por el contrario, días más tarde le dijo que fuera para que durmiera en la casa a lo que el hijo le contestó con ira: a la casa de esa vieja hijueputa, yo no voy. ¿Porqué sos tan grosero? Respétame que yo soy su padre;

yo a usted no lo estoy irrespetando, solo le estoy diciendo que a la casa de esa vieja hijueputa yo no voy. Al escuchar este doble madrázo, Gilberto salió del lugar y dejó que los días pasaran, pero le dolía mucho que su primogénito, el hijo que era su adoración, al que más había querido, del que se había separado para que se fuera a donde su tío para que recibiera una buena educación, le hubiera contestado de esa manera, sin respeto, a pesar de ser un niño que apenas contaba trece años. Gilberto decía que había sido el tío que le había dañado el pensamiento a su hijo y en parte tenía razón, pues su cuñado Antonio, nunca había sentido cariño hacia Gilberto, por haberse casado con su hermana Magdalena y no perdía la oportunidad de decirle a su sobrino que sí, que él era el causante de la muerte de su hermana y aunque el jovencito sabía que eso no era cierto, lo tomaba como si hubiera acontecido. Al ver Josué el enojo de su padre y al reconocer que le había faltado al respeto, pidió su liquidación en el café donde trabajaba y se desapareció. Fue entonces cuando se fue a secar vehículos en la estación de servicio a donde lo fue a buscar la madrastra, en la Ciudad Capital.

Por su parte Federico, el segundo hijo de Gilberto y Magdalena, lo habían dejado como el que era, absolutamente necesario para hacer los mandados, asunto que hacía desde los cuatro años de edad, en las tiendas cercanas a la casa, a una cuadra de distancia o a dos, si tenía que ir al pabellón de carnes. Fue en esta época que Magdalena le enseñó a leer, escribir y a los cinco años de edad, ya sabía las cuatro operaciones, su hermana menor, Genoveva lo mismo que había pasado con Josué, su hermano mayor, todos sus hijos a los cinco años de edad, sabían leer, escribir y las cuatro operaciones, llegando a la suma de quebrados. Era verdaderamente asombroso no solo para las monjas que eran sus amigas, sino para el pueblo que con rapidez se dieron cuenta de las habilidades matemáticas del pequeño mandadero, poniéndolo a hacer divisiones y sumas de quebrados mientras le despachaban el mandado, pagándole su capacidad intelectual con una banana.

Cuando Gilberto permanecía en la casa que eran los fines de semana, Federico permanecía en el último rincón del patio o metido en el hueco debajo del lavadero, no para que no lo vieran, sino para él no ver a nadie, inclusive sin estar el padre, el niño se metía en ese lugar para sentirse en absoluta soledad; allí se sentía seguro y sin temores, porque a pesar de que Magdalena su madre lo quería tener bajo su mirada, ella siempre estaba en sus ocupaciones de la casa, bordando o tejiendo manteles, sobrecamas, suéteres y carpetas y solo lo llamaba si era necesario para hacer algún mandado. De otra manera que Federico estaba muy cerca de su madre era cuando ella planchando, bordando o tejiendo, se ponía a cantar en Latín o en Italiano, como la soprano que era, aspecto que se lo gozaba el pueblo si llegaba a oír la Santa misa a las cinco de la mañana todos los días y, muchas personas en el pueblo, especialmente mujeres mayores, a las que les complacía escucharle cantar especialmente el Ave María. (Canción divina, escrita para soprano). Cuando se terminaba la actuación de Magdalena que era en las tardes en la casa, Federico volvía a su escondite.

Minutos antes de la muerte de su madre, Federico en compañía de su media hermana por parte de padre, Ernestina, fueron las últimas dos personas que la vieron agonizar el sábado anterior antes de la media noche, mientras su padre salió por un momento al baño; habían estado pendientes de lo que aconteciera pues cada rato el padre salía y le decía a Ernestina: esta noche se me muere. Ernestina con catorce años de edad y Federico con casi ocho, cuando el padre salía era cuando aprovechaban para entrar al lugar donde descansaba la agonizante madre de solo treinta y siete años de edad. Luego sentían las pisadas de su padre en el amplio corredor de la casa y rápidamente salían para entrarse en otra habitación. Ninguno de los dos podía estar en la habitación de la enferma, si el padre estaba en casa.

Ese domingo treinta de julio de 1950 a la una de la mañana dejó de existir Magdalena. Así pasaron ese día las honras fúnebres, acordadas con el sacerdote para las cinco de la tarde. Al otro día se inició el acostumbrado novenario que constaba de rezar todas las noches al oscurecerse el día, la novena de las ánimas benditas y el Santo rosario, con sus setenta y dos letanías, más otras oraciones sacadas de un misal que ella tenía desde sus días de monja, otorgado con un Santo Cristo, por el Papa Pio doce. Después de ese día primero del novenario, llegaron a la casa los familiares de Magdalena: Un hermano mayor, llamado Cayetano, su esposa Teodocia, su hija Teresa, y una prima de la esposa llamada Ana; como no alcanzaran al entierro, se enojaron porque creían que llegarían a tiempo para el sepelio, pero no fue así. La difunta había sido sepultada el mismo día de su muerte, puesto que el sacerdote del pueblo, el lunes se iba para la capital y regresaría el día jueves.

Los familiares de la difunta, después de comprobar en la Iglesia, que realmente no había sacerdote, se quedaron como para no perder el viaje, hasta el día jueves; la noche anterior, los visitantes hablaban de que al otro día viajarían y daban las gracias por su estadía, hablaron de que el rubio Cipriano se quedaría con su prima Isabel, quien se había comprometido con la tía en que ella se haría cargo de la crianza y educación de el hermoso niño.

A su amada hija Genoveva se la había entregado a sus mejores amigas, las monjas del Colegio, las que sin reparos la acogieron y allí permaneció como una interna más, hasta cumplir los once años de edad, fecha en la cual se la mandaron a la casa del padre, por cambios en la dirección del plantel.

Como los cuidados de los que había gozado Josué, fueron mermados por la madre para poder atender al recién nacido, el primogénito fue creciendo con cierto recelo en contra de su hermano menor, lo mismo que según la historia clerical, Caín miró a Abel. Con el paso de los primeros años mientras Magdalena tenía otros hijos, asunto que pasaba cada dos años, los primeros iban creciendo y el rencor del primogénito contra su hermano también crecía.

Cuando el primogénito contaba con tres años de edad, Federico, el segundo hijo de Gilberto y Magdalena, cumplía uno; era víctima de su hermano quien no desperdiciaba oportunidad para ajustar sus mandíbulas en cualquier parte de su cuerpo, para gozarse el sonido del grito de dolor de su hermano, para el que nunca hubo un reproche y mucho menos un castigo. Nunca paso de un: eso no se hace, no muerda a su hermano; pero el hermano mayor que a tan temprana edad sabía que a él no le hacían nada y mucho menos irle a castigar, seguía en su empeño, no se sabe si por oír el grito de dolor o si sentía gozo al verlo llorar sin que a él le dijeran nada. Magdalena no era mucho lo que podía hacer para proteger a su segundo hijo, pues Gilberto era un hombre corpulento, quien con un ademán de enojo la apartaba y ella sabía que el primogénito era la luz de sus ojos, entonces evitaba decir o hacer cualquier cosa que enojara a su marido, mientras este estuviera en casa, pues podría salir lastimada. A Federico lo habían bautizado poniéndole como padrinos a un comerciante en quesos y mantequilla, llamado Alberto Londoño y su esposa Margarita Arango, dueños de una hacienda agrícola y ganadera en el cañón de Anaime, pero con residencia en la capital del Departamento.

Cuando Federico cumplió cuatro años de edad, Magdalena empezó a meterlo entre sus piernas, estando ella sentada en un asiento de madera y cuero de vacuno, para evitar los normales movimientos del niño, mientras ella le enseñaba a leer en la cartilla primera, ya dejada por su hermano mayor quien se concentraba en la cartilla segunda. Allí magdalena, le iba señalando las letras mientras iba pronunciando fonéticamente el sonido de cada una de ellas y los diferentes sonidos que adquirían cuando eran unidas a otras letras. Cada día Federico, después de haber aprendido dos o tres páginas de la cartilla, bajo una muestra, puesta al inicio de una página en blanco, por la autora de sus días, tenía que llenar con las mismas letras toda la página. Mientras la iba leyendo. En la mañana mientras su madre estregaba la ropa sucia de la familia en el lavadero, Federico estaba leyendo las tablas de multiplicar una por una para memorizarlas; entonces Federico ya sabía hacer sumas pequeñas, que paulatinamente iban creciendo al antojo de su mamá, quien sin lugar a dudas sabía cuando aumentar el tamaño de las sumas.

La rutina matemática era todas las mañanas con muestras que repetían hasta la saciedad lo anteriormente enseñado. Cuando aprendió a sumar bien, entonces aprendió la resta, siempre repasando las tablas de multiplicar, contestando las múltiples preguntas que desde el lavadero le hacía su madre. Así pasaron dos años; a los seis, la madre lo fue a matricular en la escuela municipal, pues antes de los seis años no eran aceptados los niños en la escuela. Federico había cumplido seis años, pero era tan pequeño que parecía de cuatro, máximo de cinco. Cuando el rector de la escuela le preguntó para qué año pensaba matricularlo, ella sin vacilación alguna le dijo que para segundo; el hombre la miró directo a los ojos, pasó la mirada al infante y le dijo: ¡No creo que pueda con segundo! ¿No? ¿porqué? Está muy pequeño para ese curso; contestó el rector. El se ve pequeño pero ya sabe leer de corrido, las cuatro operaciones y suma de quebrados. ¿Todo eso sabe este niño? Sí, señor, él sabe todo eso; entonces lo voy a examinar, bien pueda examínelo usted. Haber Federico: ¿cuánto es nueve por ocho? Nueve por ocho son setenta y dos. El rector abrió los ojos, le hizo dos o tres preguntas más y lo acepto para segundo año de primaria.

El primer día de escuela de Federico formó en la fila que había escuchado que era donde formaban los de segundo; pero el profesor de disciplina que era el que estaba dirigiendo las formaciones de primero a quinto, se quedó mirando que en la fila de segundo había un niño muy pequeño, le dijo: usted es la mascota de esta escuela, pero debe de pasar a aquella fila que es la de primero. ¿Es la primera vez que usted viene a la escuela cierto? Si señor contestó Federico; entonces pase para allá y lo puso en la fila de primer año escolar, pues ignoraba que había sido matriculado para segundo. En la tarde el niño le informó a su mamá lo ocurrido, pero ella no le prestó atención y en ese curso se quedó. Un mes después, el profesor de esa clase vio que el pequeño Federico, era el más adelantado y cumplidor de las tareas y lo pasó a segundo, para que aprendiera algo más. Cuando llegaron las vacaciones de medio año todos los niños estarían en sus casas disfrutando de toda clase de juegos, mimos y contemplaciones de sus padres, hasta que llegara el nuevo día en el que deberían volver a la escuela para terminar el año escolar.

Al llegar Federico a la escuela se encontró con que el profesor de segundo lo había pasado para tercero, entonces necesitaría nuevo libro de lectura o sea el libro tercero, catecismo, Historia Sagrada, Urbanidad de Carreño, libro de higiene, varios cuadernos con líneas, cuadriculados y de dibujo. Ya no tendría que usar la pizarra ni los gises, estos serian cambiados por el porta pluma y las tintas azul o negra para escribir y roja para títulos. El asunto se complicó porque para su padre eran muchos los gastos y análogamente con su crianza, él no había estudiado, pero trabajaba y ganaba el dinero necesario para la subsistencia de toda la familia. También alegó que no tenía quien le llevara los alimentos al trabajo para él no perder tiempo viniendo hasta la casa, así le rendiría más el trabajo, si alguien le llevara los alimentos, tal como había sido antes de entrar a la escuela. Y Federico, así se quedó, llevando el desayuno, almuerzo y entredía; la última comida del día la tomaba el maestro de construcción como siempre, al atardecer en la casa.

Un año después de la muerte de Magdalena su madre, su padre se casó con una amante que siempre había tenido y no lo había hecho antes por guardar el riguroso luto, pues sería de muy mal gusto si lo hiciese antes del primer año de muerta la esposa. Como Magdalena había muerto el último día del mes de Julio, el se casó con la amante un año después en el mes de agosto, solo con los padrinos, sin invitados ni nada, en el pueblo pequeño donde él novio era amplia mente conocido pero la novia no; solo que a esta esposa le tocó salir del hogar materno donde había vivido por cincuenta años, para tener su propia casa con el marido de siempre, pero ya casados.

Para esta oportunidad solo estaba en la casa Federico quien en esa misma semana obedeciendo órdenes de su madre "en caso de que su papá se case con la mechicolorada, ustedes se van para donde su tío" pero Federico no se fue para ese lugar, se fue para donde nadie lo conociera y trabajó en muchas cosas para ganarse el sustento. Estando trabajando como mandadero en una hacienda de vocación agrícola, tenía que llevarle los alimentos a los obreros llamados peones de ayuda, en la elaboración de surcos (eras) para el cultivo de hortalizas y verduras. La tarde anterior había llovido torrencialmente. Las dos grandes ollas, los platos y los cubiertos, pendían de las puntas de una vara atadas con cuerdas de hojas de fique retorcido, llamadas coloquialmente como (cabuyas) el joven al que se le denominaba en el argot campesino como "el garitero" ponía su hombro en el centro de la vara y así se dirigía al lugar donde los peones laboraban diariamente. Al salir de la casa de la hacienda, el garitero, tenía que subir una empinada colina que por capricho del dueño no tenía camino hecho o marcado; entonces debería forzar los pies en el terreno para sostenerse de pie, sin que se le fuera a derramar el contenido de las ollas.

Algo completamente negativo pasó por la mente del muchacho, tras la dificultad para subir por lo lizo del terreno, la falta de un camino y el peso de las ollas en la vara. Había subido las dos terceras partes de la colina, de reojo miró hacia abajo, logro ver perfectamente claro al patrón, el dueño de la hacienda que ensimismado en la figura del joven garitero, veía la manera en que se movía por la empinada colina, asentando los pies sobre la tierra empantanada y lisa, en varias ocasiones tuvo que apretar los dientes al ver como el mensajero se balanceaba casi que en el aire, sosteniendo la vara con las ollas. Fue el momento en que Federico sin pensarlo, pero sin el ánimo de que el patrón lo viera, dejó caer al suelo la vara con las ollas que dieron varios botes y rebotes dejando sobre la colina todo el contenido que las ollas poseían. El garitero alcanzo a ver como el patrón se llevaba las manos a la cabeza y soltó un grito ahogado: ¡Ese muchacho votó el almuerzo de los trabajadores! Al momento salió de la cocina Ana María la guisandera, mientras que por el otro lado salieron dos trabajadores, todos se acercaron al hombre enfurecido por la pérdida de los alimentos. ¿Quedó comida en las ollas? Preguntó dramáticamente a la guisandera, si señor pero eso no alcanza para todos; entonces ponga a asar carne y mándeles con plátanos y lo que haya para completarles el almuerzo.

Federico solo sabía que el trabajo se le había acabado, no pensó en la ira del patrón, ni en el hambre de los peones, ni en la pérdida de su salario; cuando de nalgas por el pastal bajó a la casa con las ollas atadas al palo pero casi vacías, pasó por un lado del patrón, mientras este le decía: ¿porqué regaste el almuerzo de los trabajadores, si no podía llevarlo ¿porqué no dijo? ¿Porqué usted no le ha hecho camino para poder caminar? contestó airadamente el jovencito; el patrón se sintió irrespetado y con ira le gritó: váyase de aquí; claro que me voy a ir, págueme que me voy; yo no le voy a pagar nada por ahora, después veré que hago. Haga lo que le dé la gana, dijo con ira el jovencito y entró para sacar sus pertenencias; una cobija y una muda de ropa dentro de un costal. Al salir ya estaban asando carne y plátanos, para mandarle a los trabajadores con el arriero que estaba herrando las mulas, en las que sacaba la carga para el pueblo.

Estando Federico deambulando por las calles del pueblo, miraba el paso acelerado de vehículos que atravesaban el pueblo dirigiéndose a ciudades esparcidas por todo el mapa de la patria, donde descargarían o cargarían tanto a pasajeros de autos y buses, como las cargas depositadas en sus contenedores. Una vez más, por la mente del jovencito pasó el reflejo de un pensamiento ahogado, en el recuerdo y quiso conocer la capital; sigilosamente se metió en un autobús mixto, es decir, de carga y pasajeros, que en el momento lo estaban cargando con hortalizas y verduras con destino a la capital del departamento. Camuflado entre los bultos de comida estaba el adolescente, cuando el camión llegó a su destino, donde de inmediato se apeó y caminando con su costal al hombro, se fue con rumbo desconocido para él. Cuando el jovencito caminaba por calles desconocidas, contemplando edificios y el admirable movimiento de la desconocida ciudad en pleno desarrollo, tuvo hambre, lo primero que vio fue una tienda, a ella entró y pidió una bebida gaseosa, pan y mirando en la estantería, vio que de una puntilla pendía un conocido embutido de productos cárnicos, llamado por los criollos con el nombre de "salchichón" mientras comía recorría con su mirada el pequeño espacio de la tienda donde se encontraba; allí vio que por una puerta adyacente a la tienda se entraba a una panadería, entonces preguntó a la persona que le despachó lo que comía, si allí necesitarían un muchacho, a lo que la mujer contestó que no sabía, pero que entrara a preguntar para ver que le decían.

El joven, ni corto ni perezoso y con el vivo deseo de trabajar en lo que fuera, pues su más grande temor era no encontrar dormida, entró por el portón hasta el fondo, siendo penetrado por el fuerte olor a pan asado, mas el movimiento de panaderos, mojadores, moldeadores, limpiadores de latas, hornero y un matrimonio chino, que pasaba observando el desarrollo de su negocio, en la elaboración de las diferentes clases de pan y pasteles, fijándose en la cantidad de materiales usados, el tamaño y figura del pan ya moldado y en el asado que el hornero le daba, con el que siempre tenía llamados de atención, el hornero por sacar el pan crudo o pasado de asado, casi quemado. Cuando el joven identificó al propietario le ofreció sus servicios y de inmediato el chino lo puso a limpiar latas, con un raspador y una esponja de alambre, herramientas utilizadas en el oficio de limpieza de las latas, las cuales deberían de quedar no solo limpias sino engrasadas, asunto que hacía con una brocha untada de manteca vegetal.

Tres días después de estar durmiendo por ratos sobre su costal en un rincón de la panadería, alimentándose con gaseosa, pan y salchichón, llegaba la navidad aspecto del que se dio cuenta cuando vio a la china sentada en un escritorio pagándole a los obreros su salario y dándole a cada uno de ellos un dinero extra para su navidad y la de la familia. ¡Feliz navidad! Era la expresión de la china, a cada uno de los obreros, después de entregarles el dinero que muy sonrientes salían contando, para llegar a la casa donde con su esposa empezarían las compras navideñas. Al pequeño, la china solo le pagó sus tres días laborados y le dijo que no le daba, como a los otros algo extra, porque apenas estaba empezando a trabajar allí, pero que para el año entrante lo tendría en cuenta. Cuando el joven volvió a entrar para ayudarle al hornero a sacar las latas del horno, allí estaba el chino discutiendo con el hornero. Habría los panes los olía y le decía (este pan eta culo, ete pan no silve, ute pagal pan).

Más tarde hubo el hornero de meter al horno unas latas que contenían pasta para hacer pasteles, por supuesto que eran mucho más pesadas que cualquier lata de pan, como estaban frías, el joven Federico no tuvo problema en levantarlas del suelo y ponerlas sobre la pala del hornero, quien las fue acomodando dentro del horno hasta terminar la metida de todas las latas, unos minutos más tarde escuchó el joven el fuerte llamado del hornero ¡Venga me ayuda! Gritó el hornero, el jovencito corrió en su ayuda y al llegar a la puerta del horno ya el hornero tenía en la pala una lata de pasta lista para ser decorada y muy asustado dijo: póngala allá, señalándole un lugar, que se nos quema la hornada, al escuchar lo que él considero una orden, con dos trapos tomó por los lados la lata pero el peso hizo que apretara contra sus brazos la lata, se le quemaron los antebrazos y tuvo que soltar la lata que al caer al suelo reventó en pedazos la pasta; al oír el golpe la china vino corriendo, el chino la alcanzó en su carrera y mirando lo que había pasado le dijeron en coro al jovencito (ute pagal pata) y una vez que el chino miró las latas de pasta dorándose dentro del horno, le dijo al hornero: (si quemal patas, ute pagal tolo) El hornero se defendió como gata patas arriba y logro defender la mayoría de latas sin ayudante, pues este estaba brincando por el dolor de las quemaduras en los dos brazos.

El chino regresó, miró dentro del horno las latas de pasta achicharradas, las contó y se fue para anotarlas en el cuaderno donde anotaba los daños causados y el nombre del causante. Es de anotar, que los cobros se descontaban del salario de quien los cometiera y lo hacían al precio como si lo estuvieran vendiendo en las tiendas, en bruto, sin porcentaje ni nada. El carácter del hornero había llegado a sus límites, era 24 de Diciembre, ocho de la noche y, todavía le faltaba hornear todo el pan grande, el cual no podía recibir un pequeño tropezón afuera o dentro del horno porque se aplastaba sin lugar a dudas. Antes de empezar a meter las latas con panes grandes fue y buscó al jovencito para que le ayudara a meter las latas. Con esas no hay problema porque están frías, me las pone en la pala que yo las acomodo en el horno; el muchacho se miró los brazos heridos y de buena voluntad fue a ayudarle colocándole las latas sobre la pala de hornear; fue rápido y ya el hornero hacía cuentas de que en diez minutos acabaría el horneo y entonces, podría marcharse a su casa para compartir la navidad con su familia. Al momento se oyó otra vez el grito de (ayúdeme) el jovencito llegó, se armó de los dos trapos y empezaron a sacar latas con panes grandes.

Cuando el jovencito sacó la primera lata el reflejo del calor llegó a sus heridas y soltó la lata, los panes rodaron por el suelo, la china se hizo presente y dijo (ute pagal panes) bueno yo se los pago, (ponel en galón de agua) 'Los usaban para hacer deliciosos borrachos" no señora si me los van a cobrar, entonces son míos y yo me los voy a comer; (no ute ponel en galón de agua) entonces no se los pago; (pagal si) y se fue a su oficina. Entonces el hornero le dijo: hágale caso, póngalos en el galón de agua y pagueselos; a mí me toca pagar todo lo demás, pero me voy a ir de aquí; yo también, dijo el jovencito, a quien no le había gustado que le cobraran los aplastados panes, pero no podérselos comer. Tampoco le había gustado que le hicieran el cobro al hornero por las latas de pasta que se habían dorado, pero que no podía llevárselas para su casa, todo había que echarlo al galón de agua que era una caneca recortada por la mitad, donde se depositaba el pan (cañengo) "pan sobrante" pan que no se había vendido fresco, entonces diariamente era depositado en esa vasija para con él fabricar borrachos, unos panecillos de dulce muy sabrosos, que gustaban especialmente a los niños.

El jovencito sacó su costal que era su única propiedad, entró a la tienda, donde había estado comprando el salchichón, el pan y la gaseosa, diariamente. Allí pidió que le pesaran un salchichón entero, el cual pagaría por libras en el momento en que recibiera su paga, lo cual ya había sucedido, al crédito le agregó una botella de vino moscatel del que estaba lleno de telarañas en los anaqueles más altos de la tienda. Una vez tuvo el embutido y el vino, salió con su costal al hombro, donde había depositado las compras y salió caminando por la calle. Nadie le prestó atención a su partida, pues era navidad y en la tienda no cabía la gente haciendo compras de licores y abarrotes para festejar en sus casas la navidad. Tras él, salió el hornero quien se dirigía al paradero de autobuses urbanos para irse a su casa. Al ver al jovencito que solitario caminaba sin rumbo conocido, lo alcanzó y lo invitó a pasar la navidad en su casa con su esposa e hijos, lo cual fue aceptado inmediatamente por el joven; allí aportó a la navidad, la botella de vino y buena parte del salchichón, a la esposa del hornero le había caído bien el desconocido jovencito y lo aceptó en esa noche para que estuviera acompañando a sus hijos que estaban pequeños, para los cuales no hubo regalos de navidad, los chinos le habían castrado el sueldo al padre de ellos cobrándole las latas de pasta para pasteles. Por la mente de Federico pasó un siniestro pensamiento que se gravó en la mente del jovencito, vio como el Chino que le había cobrado lo que él había aprovechado, subía a un avión con su mujer y el aparato después de elevarse caía vertiginosamente estrellándose contra el suelo, al día siguiente al año nuevo, en las noticias dijeron lo acontecido y dieron los nombres de todos los viajeros que habían perecido.

Los hijos del hornero dormían profundamente, la madre los había acostado temprano con el fin de que cuando en la mañana despertaran, buscaran bajo la almohada el regalo que muy seguramente para ellos, el niño Dios les había traído; a Federico le había preguntado la esposa del hornero, si se quería acostar y le señaló el lugar para hacerlo. El lugar estaba al lado izquierdo de la puerta de entrada, donde Federico puso su costal, como cuidando que nadie le usurpara el lugar y se sentó sobre su costal. Mientras el hornero le contaba a su esposa el porqué de la castración de su salario, tomaban pequeños tragos de vino de la botella que Federico había entregado para ser disfrutado en compañía de los anfitriones, quienes ya le habían pasado un par de veces la copa de vino. Al calor de los tragos de vino, Federico se quedó dormido por el cansancio del día de trabajo en la panadería, mientras que al hornero, los tragos le habían despertado la rabia en el corazón, cuando la esposa le preguntó: ¿Qué le vamos a decir a los niños cuando mañana se despierten y vean a los niños de los vecinos estrenando ropa y con juguetes nuevos? Sinceramente no sé, contestó lánguidamente el entristecido esposo.

El hombre apuró el último trago de vino, se levantó del asiento de madera y piel de vacuno, donde reposaba su cuerpo y murmuró una frase con el dolor que le produjo la impotencia causada por la castración de su salario, (ya vuelvo) se paró con fuerza, entró a la cocina sacó un cuchillo grande, lo envolvió en un periódico, lo puso dentro de su pantalón, abrió la puerta con ira, y salió para la panadería que en ese momento estaba llena de personas del vecindario, en solicitud de los panes navideños, vinos, galletas y licores, mientras los fuegos pirotécnicos estallaban en granadas de múltiples colores que surcaban los aíres, mientras las atronadoras papeletas, totes y buscaniguas se desplegaban por los suelos haciendo las delicias de propios y extraños. Mientras la china recibía manojos de billetes de diferentes denominaciones que depositaba en cajas de cartón, el chino ayudaba a los empleados que atendían a la vasta clientela.

El hornero entró y le llamó la atención al chino: señor Yan, de mi salario su esposa se pagó lo de las latas de pasta que se quemaron, no por descuido mío, sino por falta de un contra hornero, capaz de recibir las latas con rapidez; o sea, que yo, no soy culpable de nada y por lo tanto, necesito me devuelvan mi dinero, para poder atender las necesidades de mi familia. Ute quemó latas, ute pagal; yo no devolvel nala; y poniéndole la mano sobre el hombro lo incitó a que se saliera, mientras le repetía: ute tenel que pagal; pero señor Yan, yo ya les pagué; salil, salil, mi, estal muy ocupalo. Entonces présteme un dinero y la semana entrante le pago; yo no plestal nala; fue lo último que le dijo el chino al hornero, mientras lo empujaba hacia afuera. La ira enceguecó al hornero, el puñal sacó de su pantalón y con rabia lo enterró en el pálido cuerpo del chino, lo sacó y lo volvió a meter en varias ocasiones hasta verlo caer inerte; la gente que allí bebía, quedó estupefacta y se fueron saliendo para sus casas; inmediatamente se dirigió a la esposa del chino y con el cuchillo ensangrentado en la mano le dijo: entréegueme mi dinero china hijueputa; la mujer temblaba y lloraba, arrodillada en el suelo casi sobre su marido cuya sangre salía a borbollones, la mujer le gritó a su empleada: entlegue plata, entlegue plata, señalándole la caja de cartón en donde estaba el dinero, cuando la mujer quiso tomar la caja para entregar el dinero, ya el hornero que de sangre untado estaba su ropaje, la tomó y se la llevó poniéndola bajo el brazo, mientras en la otra mano blandía el puñal ensangrentado, a lo lejos vio que se acercaba un taxi, le puso la mano escondiendo el cuchillo que en la distancia el conductor no vio, el carro paró, el hornero se subió y el conductor, a su casa lo llevó. La esposa, la puerta le abrió, y asustada se quedó, cuando ensangrentado lo vio. ¿Qué te pasó? ¿Qué hiciste? le dijo al verlo. Nada que no sea justo, respondió muy asustado el humilde hornero, quien abrazado a su esposa lloró su desgracia, mientras le contaba los acontecimientos con lujo de detalles. Bajo la cama, la caja con el dinero metió, se entró al baño y la sangre se quitó, la ropa ensangrentada a la basura arrojó y ya amaneciendo la policía llegó y se lo llevó.

Cuando Federico despertó, el hornero no estaba, asumió que en la panadería estaría, tomó su costal, lo puso en el hombro y de allí salió. Al pasar por el lugar de la panadería, mucha gente parada allí había, todos murmuraban en voz baja, cómo el abuso de un hombre contra su empleado, lo había hecho asesino. No supe lo que hice, le dijo al juez, me dicen que lo maté, pero yo no supe nada, no tenía que matarlo, solo cobré mi dinero, de hambre quiso matar a mi familia y tuve que defenderla. El hornero ante las autoridades decía toda clase de frases queriéndose defender de muchos años de prisión. El hombre no pudo soportar la humillación de que sus hijos no fueran a tener ropa y juguetes el día de Navidad, habiendo trabajado en la puerta de un horno encendido durante muchos días y noches, en la esperanza de que para esa navidad, sus hijos disfrutaran, como todos los años de comida, ropa y juguetes.

Cuando la policía llegó a la casa del hornero, este estaba dormido y la esposa que llorando estaba, la puerta les abrió. Como ola de un mar enfurecido que contra las rocas se da, después del empujón la policía entró; ¿Dónde está el criminal? Fue la pregunta inicial del policía oficial, El hornero al escuchar el escándalo en la puerta, de la cama se paró; a sus hijos la mirada les dirigió, y con lágrimas un tierno beso les dio. El hombre levantó las manos y a la policía se entregó. Las manos le esposaron; no valieron las lágrimas de él, ni los llantos de su mujer, quien en la defensa de su esposo sobre la policía se abalanzó. Mi amor estese tranquila, no deje los niños solos, nunca les cuente a ellos lo que hoy estoy viviendo, que si justo es el Señor, de esta saldré algún día, sin dolor ni melancolía y, volveremos a ser felices. Si encuentras con quien dejarlos, visítame algún día, pregunta donde estaré, esperando ese día, con mucho amor y con fe.

Cuando al juez lo presentaron, allí estaba su esposa que al verlo rompió a llorar; un abrazo y un beso fue el saludo en ese día, mientras el juez presidía, el encuentro sentimental. Lagrimas no faltaron, ni humedecidos pañuelos, que por sus ojos pasaron y que ella los guardó como recuerdo penal. Frente al juez fue sentado para ser interrogado, al juez todo le contó, hasta donde pudo acordarse y el abogado alegó, ira e intenso dolor, en día tan especial, como es la navidad. El juez lo pensó muy bien y al jurado escuchó, la sentencia concedió, diciéndole ya pagó, queda usted en libertad. La mujer al juez abrazó y un beso en la mejilla le estampó; el juez se avergonzó y de colores cambió, pensó si había hecho mal, pero en conciencia pensó y vio que había sido justo y que el jurado también. Al preguntar por la plata que en la caja se llevó, el hornero contestó que de eso nada sabía, porque él nada se robó, el juez esto le creyó y así lo despidió.

Federico deambulaba por las calles de la hermosa ciudad y algo en su mente le decía que estaba cobrando venganza, no sentía pesar por las personas muertas y mucho menos remordimiento. Lo que sentía era una especie de congratulación, por no llamarla alegría. En su diario caminar solicitando un trabajo, para ganar con que saciar el hambre y poder pagar una cama, para dormir bajo techo, vio que en un inmenso lote de terreno cuyo piso estaba totalmente cubierto de pasto muy alto, antes cerrado con malla alta y una puerta de la misma malla en un marco de tubos de hierro. Ahora la puerta estaba abierta y dentro del lote un hombre cortaba con machete, a flor de tierra el pasto con el que hacía montones que después sacaría para ser vendido a una pesebrera.

Federico entró con su costal al hombro, hasta donde estaba el hombre, lo saludó y le dijo: ¿Usted no necesita un muchacho para que le ayude aquí? El hombre miró a quien le hablaba y le preguntó ¿Que sabe hacer usted? ¿Yo? de todo, yo hago lo que sea, si quiere le corto el pasto, mientras usted descansa; el hombre sonrió sin dejar de mirar al jovencito y adivinó que estaba volado de la casa. El hombre pensó en que él también tenía hijos y como una obra de misericordia le hizo el favor de darle trabajo. Póngase a recoger el pasto que voy cortando y haga montones. El jovencito puso su costal en un lugar ya limpio y empezó a recoger el pasto cortado por el hombre e hizo montones del tamaño que el hombre le decía. Fue así, como Federico fue invitado por el hombre a comer y dormir en su casa, donde su esposa le tenía comida caliente. Cuando la esposa del hombre vio al jovencito, de una vez le preguntó: ¿Quién es este jovencito? Este jovencito es un trabajador que conseguí para que me ayudara mientras limpio el lote. Entonces tengo otro comensal, pero ¿Si, se gana la comida o no? Si claro, hoy me estuvo ayudando y sí, se ganó la comida y el desayuno mañana, dijo jocosamente el hombre; entonces coma y, venga le digo donde se acuesta, para que duerma; bueno señora, le agradezco mucho. El joven Federico sintió alegría cuando sabía que ya tenía en donde dormir, entonces comió y más tarde se acostó donde se quedó dormido.

Eran las cinco de la mañana cuando se despertó Federico, ya en la cocina se escuchaban ruidos de ollas que el ama de casa usaba para hacer el delicioso café, mientras el caldo de papas y carne hervía, ella batía una y otra vez el chocolate, que con calientes arepas de maíz, que en la parrilla asaba, con las que era servido el desayuno. El joven pasó al baño, se mojó la cara y se juagó la boca. Al pasar por la cocina escuchó que lo llamaba la esposa del hombre que le había dado trabajo, comida y dormida. Venga y desayuna, le dijo la señora, el muchacho se acercó y recibió el desayuno. En ese momento sabía que volvería al lote para seguir haciendo montones de pasto, que después en un viejo camión fue llevado a la pesebrera donde había sido vendido. Con su ayuda, ese mismo día, el inmenso lote quedó completamente limpio. Al terminar el trabajo, aún estaba atardeciendo, el jovencito le preguntó al hombre: ¿Qué van a sembrar aquí? El hombre miró al joven, mientras que por su mente pasaba el pensamiento de ¡Este muchacho viene de personas trabajadoras y cree que la limpieza del lote es para cultivar; lástima que no es así! El hombre le contestó: aquí no se va a cultivar nada, este lote se limpió porque van a instalar una ciudad de hierro. ¿Qué es eso? Es una rueda gigante y otros juegos de hierro para diversión de la gente. Espere que llegue y la armen y entonces va a saber que es una ciudad de hierro. Ese día el obrero le pagó con unos pocos billetes al jovencito y se despidió de él.

No hacía mucho rato que Federico caminaba con su costal al hombro, cuando vio una caravana de camiones cargados con hierros y latas, que atravesaban un parque de la ciudad; inmediatamente el joven se imaginó que tal vez eran los camiones que traerían la ciudad de hierro; sin pensarlo una vez más, se devolvió con rumbo al lote que él había ayudado a limpiar. Si, ahí están los camiones entrando al lote, pensó el muchacho y aceleró el paso, quería saber cómo era una ciudad de hierro; tímidamente se acercó a la puerta de malla que habían abierto para la entrada de los camiones. Hasta ahora, tres camiones habían entrado, hasta cuando el jovencito llegó a la puerta y, adentro tres hombres se apeaban de ellos y salían en busca de un refresco; el día estaba bastante soleado y el calor rondana los treinta y cinco grados centígrados. Al pasar por la puerta donde estaba parado el jovencito, uno de los tres hombres le preguntó si sabía de una tienda donde pudiera comprar un refresco, gaseosa o cerveza; el jovencito que acababa de pasar por una tienda especializada le dijo sí, yo sé, si quiere camine le digo donde hay una; el hombre aceptó y rápidamente llegaron, los hombres pidieron cervezas y uno de ellos, el que le había hablado, le ofreció al jovencito una gaseosa. ¿Usted es el dueño de la ciudad de hierro? No, yo soy el chofer de uno de los camiones y ellos también, le dijo señalándole a los otros dos conductores. ¿Será que en esa ciudad me puedan dar trabajo? Tiene que esperar a que vengan los encargados y pregúntele a ellos, aquí ocupan mucha gente, de pronto le dan trabajo.

Cuando los conductores regresaron al lote, ya había llegado el administrador de la ciudad de hierro y otros empleados, para mirar en qué condiciones había quedado el terreno para analizar en qué lugar armarían cada uno de los juegos tales como la gigantesca rueda de Chicago, el carrusel, y demás atracciones. Al ver el jovencito que los que allí estaban subían a las camionetas en que habían venido, con el fin de retirarse. Entonces el jovencito se acercó a una de las camionetas y le preguntó a el conductor: ¿señor, es usted el dueño de la ciudad de hierro? No, yo soy el administrador, ¿será que usted me puede dar trabajo? Al escuchar estas sentidas palabras, el hombre que ya había encendido el motor de su camioneta, lo apagó y tomando una posición frente al jovencito le dijo: ¿Usted conoce mucha gente aquí? Si señor; bueno entonces búsqueme muchas personas que quieran trabajar armando la ciudad de hierro, la paga es por horas de trabajo y los necesitamos mañana aquí a las siete de la mañana, si me hace esa diligencia yo le pago.

El jovencito sintió alegría al saber que lo estaban ocupando y en su caminar le decía a las personas mayores que se encontraba en su recorrido, si querían trabajar armando la ciudad de hierro, que les pagaban por cada hora de trabajo y que los estaban esperando a las siete de la mañana en el lugar ya conocido como "el lote" algunos le dijeron que no, pero muchos otros se interesaron y le aseguraron que a las siete de la mañana estarían en el lote. Ya entrada la noche, el joven entraba a bares y cafés comunicándole a los que en ellos estaban, lo relacionado a la facilidad laboral que se estaba presentando en la ciudad de hierro. Algunos no le creían pero muchos otros sí. Al otro día a las seis de la mañana, llegó el joven a el lote y recostándose a la malla que cercaba el lote pacientemente esperó. Al poco tiempo fueron llegando hombres jóvenes que él había invitado la tarde anterior y otros que no conocía pero que habían sido informados por las personas que ya sabían, cuando el administrador llegó la calle estaba llena de gente que hacían una cola por orden de llegada, dándole la vuelta a la manzana.

El administrador sintió alegría cuando vio esto e inmediatamente pensó en el jovencito, lo buscó por entre la gente y lo vio fuera de la fila recostado a la malla, el hombre se bajó, abrió la puerta que estaba asegurada con un candado, y entró en su camioneta, tras él entraron los conductores de los camiones y la gente de la fila que esperaba con ansiedad, muchos le hacían ruedo al jovencito preguntándole si sabía a como les iban a pagar la hora trabajada, a lo que él contestaba que no sabía y volvían a la fila con la incertidumbre de no saber cuánto sería el valor de su trabajo. Rápidamente los conductores bajaron de uno de los camiones herramientas y, armaron una tolda de lona grande, una mesa y un par de asientos; allí se acomodó el encargado de escoger al personal que armaría la ciudad de hierro. Uno, a uno, iban pasando por la mesa y el encargado les explicaba de que se trataba y el valor por hora trabajada, los anotaba en un cuaderno con nombre y apellido y número de identidad y de una vez, empezaban a trabajar a órdenes de un empleado de la empresa llamada ciudad de hierro.

Tan pronto como el obrero empleado por el jefe de personal y su nombre aparecía en la larga lista con fecha del día y hora en que empezaba a trabajar, empezaron a bajar todo lo que los camiones traían, colocándolo en el lugar adecuado para empezar a armar cada uno de los juegos, como la rueda gigante con escaños para dos personas, el carrusel para niños y muchos más. El jovencito estaba ayudando a bajar cosas de un camión, cuando hasta allá fue el gerente, le hizo un señal para que se bajara y le ordenó: tome este reloj y este exfoliador, ahí va a escribir el nombre y apellido de cada uno de los obreros y la hora en que empezó a trabajar y la hora en que sale o deja el trabajo para irse a otro lugar. El jovencito obedeció la orden y quedó trabajando con el cargo de apunta tiempo. Todos los días a las seis y treinta de la mañana estaba el apunta tiempo de la ciudad de hierro, con su equipo de trabajo, es decir su reloj, su folder y lápices, listos para empezar a anotar los obreros que iban llegando a trabajar. Todas las tardes después de las cinco, los obreros empezaban a salir, luego de haber mojado la tierra, con todos los líquidos que humectaban su cuerpo, bajo el inclemente sol de treinta y ocho grados centígrados que calentaba hasta entrada la noche. Era entonces cuando el apunta tiempo se presentaba con las hojas del cuadernillo donde había anotado el tiempo laborado por cada obrero.

La gerencia de la ciudad de hierro tenía de vieja data, un grupo de personas que eran los técnicos, prácticos en armar y desarmar cada uno de los numerosos juegos, pues solo necesitaban obreros que siguieran sus instrucciones para hacerlo bajo su responsabilidad; nada difícil, todo estaba adecuado para que las piezas encajaran una con otra y luego eran aseguradas con tornillos y tuercas, una vez armado cada juego una grúa lo ponía en el lugar adecuado, si acaso había que correrlo algunos centímetros o girarle algunos grados vertical u horizontalmente. Ya ubicado el juego había que ensayarlo, entonces subían al aparato los obreros que fueran necesarios, teniendo en cuenta que cada juego tenía diferente capacidad de ocupación, mientras juegos como la gigante rueda de Chicago acomodaba dos personas por escaño, había que subir en ella a ocho personas dividiendo la rueda en cruz para poner dos personas en cada lado para guardar el equilibrio y el nivel deseado. Lo que hacían estas personas era verificar la estabilidad y campo de acción del aparato y si estorbaba en algún lugar, si un pasajero se paraba o abría los brazos. Toda la humanidad de las personas, debería quedar fuera de contactos externos para evitar un accidente. En el ensayo de cada juego, siempre estaba el técnico experto en armazón del aparato, quien vigilaba cada movimiento, para certificar la perfección del aparato armado.

El día en que fue armada y rectificada la gigante rueda de Chicago, después de bajar de ella, los obreros y los técnicos, uno de los obreros llamó al apunta tiempo y le dijo: Necesito salir, pues tengo una diligencia que hacer y me voy a demorar un rato, cuando regrese espero aparecer en la lista como si no hubiera salido. El jovencito miró directo a la cara al obrero y le dijo: si usted sale es mi deber anotar en el libro la hora de salida y cuando regrese me busca para volverlo a anotar. El obrero se disgustó y ultrajó al joven diciéndole que si no hacía lo que le estaba diciendo, no respondería por lo que le hiciera hasta llegar a matarlo si fuera necesario; el jovencito se asustó por la amenaza y le contestó: de pronto el que se va a morir es usted; mientras por su mente, como en otras ocasiones, habían pasado, las nefastas imágenes de la muerte y la manera como ocurría. Fue así como miró la hora en su reloj de dotación y anotó la hora que marcaba el retiro del obrero. El día sábado después de las cinco de la tarde el pagador de la compañía, empezaba a hacer los pagos a cada uno de los obreros, según la lista analizada por el contador y contadas las horas laboradas. Ese sería el pago más una cantidad como dominical para cada trabajador que hubiera laborado los cinco días de la semana, de siete de la mañana a cinco de la tarde, pero si hubiera faltado un día al trabajo, entonces no tendría derecho a tal dominical y solo se le pagarían los días laborados.

Como el apunta tiempo, había visto la hora en que salió el obrero, pero este no lo buscó para informarle que había regresado, para volver a ser anotado en el libro de los tiempos, el jovencito que tenía la responsabilidad de dar cumplimiento a las reglas establecidas por la compañía de la gran ciudad de hierro, había visto la hora de regreso del obrero, pues desde la amenaza siempre estuvo pendiente de su regreso y lo anotó con tres horas de ausencia, aspecto que contó el sábado a la hora de la liquidación, lo que causó la ira en el obrero y de una vez se fue a buscarlo; no le costó mucho trabajo hacerlo, pues estaba en el lugar desde donde veía todo el desarrollo laboral de la empresa, según la explicación que le había dado el gerente de la compañía, ese era su trabajo y de no darle cumplimiento a lo ordenado sería calificado, como el estar conspirando contra la empresa y perdería su trabajo, el cual le gustaba pues no tenía nada más que hacer, sino estar pendiente de la hora de ocupación de los obreros, en cada máquina que armaran. Cuando el obrero encontró al apunta tiempo, se le acercó y le dio una bofetada que al suelo lo tumbó. Mientras el jovencito agotaba toda clase de recursos para levantarse, volvió a pasar por su mente el nefasto rastro de la muerte, obrándose en la humanidad del obrero quien moría aplastado por el peso de una maquina caída sobre él.

El joven apunta tiempo no tuvo que esperar mucho, para ver

hecha realidad la película pasada por su pensamiento. Después de que el obrero recibió su paga con el descuento de dos horas, hecho por el contador, aunque si recibió el valor de su dominical, quiso volver a ayudar a la colocación de una parte para un juego, era lo único que faltaba para que la maquina entrara en funcionamiento, corriendo con tan mala suerte el obrero, que por su propio descuido la pesada parte de hierro que él ayudaba a colocar, se deslizó cayéndole sobre su humanidad aplastándolo de manera mortal, tal como lo había visto en su imaginación el joven apunta tiempo. Cuando al hospital llevaron al obrero ya había fallecido.

La gerencia de la compañía Ciudad de Hierro, se ocupó de dar aviso a la esposa y padres del obrero fallecido, les dijo en qué hospital estaba y les ofreció contribuir con todos los gastos necesarios para darle cristiana sepultura al desafortunado obrero. Como ya era la hora de salida de todos los obreros, el asistente de gerencia instó para que los obreros salieran y los que quisieran, dijo: pueden irse a acompañar en el velorio de su compañero de trabajo, pero no olviden que el lunes la entrada es a las siete a. m. para seguir trabajando hasta culminar la armazón de todos los juegos de la ciudad de hierro, pues el próximo sábado será la inauguración y solo habrá trabajo para unos pocos que aprenderán el manejo de cada una de las máquinas y los peligros que encierran y de los cuales solo ellos, tendrán que responder por lo que ocurra si hay un mal manejo.

Los obreros, en su totalidad salieron, pero en lugar de dirigirse a sus casas para su recuperación con el debido descanso, se fueron para el hospital a preguntar sobre la situación del compañero obrero del cual lo único que ellos sabían era que estaba herido en condiciones de gravedad. Al llegar los primeros compañeros del obrero occiso, al hospital, casi que en coro preguntaron por el cadáver de su compañero a lo que contestó el guardián de turno en la portería, que acababan de llevárselo para la autopsia de rigor. Todos salieron con rumbo a la morgue, donde al preguntar por el occiso compañero, les dijeron que ya le estaban haciendo la autopsia y que en unas dos o tres horas se lo entregarían a los familiares. Todos se miraron como indagando ¿ahora qué hacemos? Unos contestaron que tenían que esperar, mientras otros pensaron en que era mejor irse a la casa para comer y descansar y más tarde regresar directamente al velorio. Otros entraron a una humilde tienda a pocos pasos de la morgue, en cuya parte alta de la entrada se leía un aviso en madera que decía: LA ULTIMA LAGRIMA donde se acomodaron en una banca larga y angosta, todos los que en ella cupieron. Allí fueron atendidos por una mujer anciana quien de inmediato escuchó una voz desconocida que le dijo: Señora: sírvanos una botella de aguardiente y nos presta unas copas, por favor. La anciana agotando recursos, parándose sobre un asiento, logró bajar de la vieja estantería una de las botellas que allí reposaba, no desde mucho tiempo atrás, pues las ventas, eran diarias en todos los atardeceres. Los obreros servían hasta llenar las copas del líquido anisado, entonces derramaban un poco en el piso y decían este es el trago para las animas benditas; luego desocupaban las copas ingiriendo el líquido que les bajaba como gato en reversa desocupando las copas una y otra vez hasta llenar el estómago, perjudicando al hígado que lo ponía en la sangre y está lo llevaba al cerebro, donde también causaría daño desinhibiendo a las personas, con lo perdían la vergüenza, empezando a pasar al campo Santo, para ocupar al sacerdote pidiéndole cantara responsos por los fieles difuntos, pues los deudos creían con toda fe y esperanza, de que al ser escuchados por Dios, las suplicas del sacerdote, su pariente saldría de penas y entraba al reino de los cielos.

El tiempo fue pasando sin que los beodos tuvieran noción

alguna de ello; al rato vieron que personas llegaban para averiguar por familiares o amigos para llevarlos a la funeraria ya contratada después de haber tenido que asistir a un jaloneo por parte de los vendedores de cofres, quienes sin respetar el dolor ajeno, ofrecían las cajas mortuorias, haciendo alarde de sus conveniencias para el difunto. Que esta es de Nogal, de Cedro, o de pino etc. que este está forrado en satín, en ceda italiana, con acolchonado de algodón, este no es vulgarmente pintado a brocha, sino taponado con esmero y mucho amor, nuestros obreros no son carpinteros vulgares, sino artistas especializados como ebanistas, que le ponen todo el sentimiento a lo que están haciendo y hasta lloran porque saben que en ese cofre meterán a una persona humana; nosotros se lo embalsamamos y no le cobramos ese trabajo, solo nos paga los materiales y si lo desea le ponemos el habito de San Martín de Porres o del Corazón de Jesús, pero si lo prefiere le ponemos el de la Santísima virgen, usted decide, usted es el cliente, usted manda; mire la calidad y hermosura del cofre y sobre todo la comodidad para el difunto.

Una vez que se empieza a armar la ciudad de hierro, se nombra un grupo de obreros para que tapen la visibilidad de los trabajos que se están realizando al interior del lote, trabajo que se hace colocando postes para luego colocar hojas de lámina de cinc paradas porque dan la altura necesaria para que la gente del exterior no vean nada hacia adentro. Cuando ya toda la ciudad de hierro está lista para abrirla al público, se instala una taquilla afuera en un lugar adecuado para que la gente compre las boletas para poder entrar y adentro comprará las boletas para montar en cada uno de los juegos que los podrá disfrutar por un tiempo limitado, que depende de la cantidad de personas en las líneas o (colas) que se hacen frente a cada taquilla y frente a cada aparato que las personas quieran montar.

Cuando se va a abrir la entrada a la ciudad de hierro, se

llaman todos los obreros a una reunión con el jefe de personal, quien les informa, que en nombre de la ciudad de hierro, les da los agradecimientos por los servicios prestados a la compañía, y les informa, que hasta ese día son empleados por ella, despidiéndolos con el último pago y en ocasiones, una bonificación y la invitación para que tres semanas después, puedan ir con sus familias en días martes o miércoles para que gratuitamente hagan uso de los aparatos que ellos ayudaron a armar, con lo cual y la invitación expresa para que vuelvan a trabajar en el desmonte de la ciudad de hiero, cada uno se va para su casa, a excepción de un grupo, al que no se le llama para que asista a esa reunión, puesto que han sido reservados con anterioridad, para que permanezcan trabajando para la compañía en el manejo de las máquinas y plantas eléctricas, que son propiedad de la compañía. Fue entonces cuando quedó sin trabajo Federico, el joven de raro pensamiento. Con su costal al hombro caminó las calles de la ciudad, en busca de trabajo, hasta que encontró uno en el que debía trabajar por su cuenta, empleando los ahorros de los pagos recibidos en la ciudad de hierro. Allí frente a la gigante puerta de la plaza de mercado, instalaba todos los días desde las siete de la mañana, los artículos que necesitaba para ofrecerle al mundo que en su devenir compraba. A la entrada del mercado una mujer adulta vendía alimentos preparados por ella misma, a algunos ocupantes de puestos de trabajo y vendedores de todo tipo de productos. Cierta vez en la mañana, la mujer parada en la puerta del mercado le llamó la atención al jovencito, pues apenas había cumplido su año número catorce; ¡joven!, ¡joven!, le gritaba, hasta que el joven volteó la cara y pudo darse cuenta que era a él que lo llamaban. Sin saber el porqué del llamado, se apartó de su negocio, pero sin descuidarlo y avanzó hasta donde estaba la mujer, de unos treinta y siete años, casada y madre de varias niñas, se dio cuenta el joven, después de unos días. A sus ordenes señora; lo llamo para preguntarle ¿si a usted le gustaría tomar un poco de caldo? Claro que si señora, aún no he desayunado; la mujer sirvió en un plato hondo un exquisito preparado de carne y asadura de res y huevos; Federico, nunca había comido un caldo así, hecho de esa manera. Estaba sencillamente delicioso. El joven le preguntó cuánto debía para pagarle, pero ella le contestó que no le debía nada, el joven le dio las gracias y regresó a su trabajo, que estaba solo a unos pasos.

Ese mismo día en que a Federico le fue ofrecido tan suculento desayuno, en horas de la tarde, cuando el mercado cerraba sus puertas, a las cuatro de la tarde, la mujer se acercó al lugar de trabajo del menor y le pidió que la acompañara a su vivienda, a lo cual el jovencito no se podía negar. Fue así, como la mujer y el joven, que bien podía haber sido hijo suyo, empezaron a caminar paralelamente con rumbo al apartamento donde vivía la mujer. Cuando entraron al apartamento, la mujer fue recibida por tres niñas entre los cuatro y los ocho años de edad, que eran atendidas por su hermana menor, una mujer hogareña, pero de espíritu alegre, quien compartía su intimidad con un joven mayor de edad, empleado de un almacén en el mismo mercado; unas horas más tarde, cuando la mujer invitó a pasar al joven a su dormitorio, sentada en la cama, lo acarició y un beso le estampó. El adolescente sintió vergüenza, aunque lo ocurrido le gustó. La mujer y el joven salieron del lugar al patio de la casa donde funcionaba una tienda de bebidas y abarrotes, una gaseosa le ofreció y le dijo que la esperara en el lugar, hasta su regreso un poco más tarde.

Mientras el joven esperaba pacientemente, la tarde se tiñó de negro, oscurecía paulatinamente, mientras las luces públicas en los postes de las calles, empezaban a encenderse, vio entrar al apartamento de la mujer, un hombre como de cincuenta años de edad, pero el joven siguió esperando en la tienda el regreso de la mujer. Por la mente del menor pasaron varios pensamientos con respecto al hombre en el apartamento de la mujer; pensó que podía ser un familiar o un vendedor, pero nunca se imaginó que fuera el padre de las niñas, quien había saludado de beso a la madre. El joven que pacientemente esperaba tomándose otra gaseosa, sentado en una mesa de la tienda, vio como el hombre salía del apartamento y un poco después, vio entrar en la tienda a la mujer, venía a su rescate sonriente, se acercó y lo invitó para que el joven pasara a comer, lo cual el joven aceptó. La mujer no mencionó nada con respecto del hombre mayor que había entrado a su dormitorio, ni el joven preguntó.

Después de haber comido, la mujer y el joven, se dirigieron al dormitorio donde descansaba su hermana, con su amante; las niñas dormían placenteramente, la mujer se metió en la cama e invitó al joven, para que se acostara al lado de ella, lo cual hizo sin saber o maliciar lo que pasaría un poco más tarde. El joven se acostó y la luz se apagó, la mujer en la oscuridad, bajo las cobijas, al joven abrazó, lo acarició, lo besó con pasión desenfrenada y el menor tubo una erección que la mujer aprovechó para montar al joven sobre ella y poniéndose en forma de penetración ella lo logro; con movimientos deliciosos, al joven se gozó y siguió besándolo con pasión, con ganas, con ahínco, hasta que el jovencito dormido se quedó.

En la mañana el adolescente despertó, la mujer ya en la cama no estaba, asustado se paró y viéndose desnudo su ropa buscó y dentro de las cobijas la encontró, afanado se vistió y para la calle caminó, ya que a la mujer no vio. A su trabajo se dirigió. Cuando al lugar llegó, la mujer calculó que ya el jovencito había llegado, salió a la calle y lo llamó. Venga para que se tome un café, le dijo cariñosamente; el joven acudió a su llamado y a su negocio entró, de inmediato otra vez el plato con el delicioso caldo le sirvió y una taza de rico café sobre la mesa le sirvió. Ya el jovencito confianza tomó, la vergüenza perdió con respecto a la mujer y en horas de la tarde, ella de nuevo lo invitó, el jovencito aceptó. Todo pasó lo mismo que el día anterior; el beso de ella para sus hijas, la llegada del hombre mayor, el encierro con la mujer en su dormitorio, la espera en la tienda del menor, la invitación de ella al comedor y el acostarse con el jovencito para hacerle el amor y acariciarlo hasta que se quedara dormido. En esa mañana, la mujer no se fue sola, ya bañada y bien vestida a la cama se acercó, lo llamó y lo invitó para que la acompañara a su trabajo, al fin y al cavo los dos iban para el mismo lugar.

El hombre, marido de la mujer era como ya se ha dicho, un cincuentón que vivía con sus ancianos padres quienes lo habían criado dentro del régimen de la religión Católica, Apostólica y Romana, siendo además practicante permanente, con obligación a confesión, cada fin de semana, oír misa todos los domingos y fiestas de guardar, acompañar en todas las procesiones y estar prestos a lo que necesitara el sacerdote familiar y las monjas del convento, quienes nunca faltaron con sus visitas semanales. Como el hombre no era casado con la madre de sus hijas, no podía, ni siquiera presentársela a sus padres, así que ellos no conocieron a sus nietas, ni a su nuera, por tal motivo, el marido nunca se quedó toda la noche con la madre de sus hijas, máximo se quedaba hasta las diez de la noche, pues tenía que presentarse para iniciar en familia el sacratísimo rosario, asunto de obligatorio cumplimiento a esa hora todas las noches, cuando se reunía toda la familia para orar. Ninguno de los diez hijos de los ancianos, casados o solteros podía faltar a esa cita todas las noches.

De tal modo, que el jovencito podía amanecer en la cama de la madre de las niñas, sin preocupación por que apareciera el marido de la "señora" madre de las niñas. El jovencito, se imaginaba que el hombre podía ser el esposo y padre de las niñas, pero también pensaba en que fuera un amigo de la familia. Las semanas fueron pasando y la hermana de la mujer como los padres de ellas, habían llegado de su pueblo natal como visitantes para conocer al jovencito, pues la hermana que cuidaba las niñas, les había mandado a decir en carta enviada por el correo nacional, sobre lo que estaba ocurriendo con su hermana y el jovencito, quien les cayó muy bien al par de ancianos, padres de las mujeres y abuelos de las niñas, quienes invitaron al jovencito para que los visitara en su casa del campo en una retirada población.

Los días pasaban y el estómago de la mujer empezó a crecer, sin que el jovencito supiera de el porqué de ese crecimiento; el que si sabía perfectamente bien de el porqué crecía el estomago de la mujer, era el hombre mayor, que todos los días entraba de ocho a diez de la noche, con el propósito de ver a sus tres niñas, conversar con la madre de ellas y posiblemente, hacerle el amor de manera rápida, si era que lo hacía. De todos modos, el jovencito a sus catorce años, todas las noches, tomando gaseosa esperaba anhelante la salida del hombre mayor, de la alcoba de su mujer, para entrase él.

Una noche, el hombre y la mujer entraron a la tienda, se sentaron en la mesa donde el jovencito tomaba la gaseosa de todas las noches, cosa rara para el menor, pues nunca había cruzado palabra alguna con el hombre mayor y mucho menos, haberse sentado en la misma mesa. El hombre pidió permiso al jovencito para sentarse en su mesa, la mujer se sentó a su lado, asunto que al jovencito no le gustó, pues creía que lo haría a su lado, pero no fue así. Los tres se miraron a los ojos y el hombre mayor deliberadamente le preguntó a la mujer ¿Con quién se quiere quedar usted, con migo que soy el padre de las niñas, o con este joven? A lo que ella respondió: claro que con usted; entonces que este joven no vuelva por aquí, porque yo me he dado cuenta de que usted duerme aquí, dijo mirando de frente al jovencito; este se levantó de la silla, se sintió profundamente humillado, por el hombre mayor; salió de la tienda y por su imaginación pasó, con mucha rabia el vivo deseo de que el hombre se muriera, se fue y nunca más volvió, aunque la mujer todos los días lo llamaba para que fuera a desayunar a su negocio, sin que este le haya atendido a sus requerimientos, habiendo desaparecido del lugar y de la ciudad, pocos días después.

Cuentan que esa misma noche, cuando el hombre salió de la casa de la amante, fue envestido por un auto, habiendo muerto varios días después en el hospital, sin que la madre de sus hijas se diera cuenta, puesto que, aunque lo echó de menos, no podía ir a la casa, sabiendo donde vivían sus padres, en una casa muy cerca al mercado, lugar de trabajo de ella y de él, pues nunca la presentó a sus padres y la unión era al escondido de los padres de él, por no haberse casado; los padres de el padre de las niñas, no podían ni imaginarse, una relación sin la bendición del sacerdote.

Para la mujer poderse dar cuenta del fallecimiento del padre de sus hijos, tuvo que mandar varios días después, a una persona para que preguntara en el almacén de propiedad de el padre de las niñas, por el hombre, por cuenta de otra persona, pues ella creía que el hombre no había vuelto disgustado por la traición de ella con Federico, el jovencito de quien seguía enamorada, pero ya este tampoco había vuelto, pues en su soledad decidió irse de la ciudad sin que se diera cuenta la mujer. Cuando la persona enviada para que investigara el porqué de la no presencia del padre de sus hijos, se dio cuenta por el anciano padre de él, de que había muerto en accidente de tránsito, no sabía cómo informarle a la mujer que la había contratado, la trágica muerte del padre de sus niñas. La persona encargada de dar la nefasta razón, mientras la mujer esperaba con ansia, que apareciera en una de esas tardes, como siempre la había visitado, todos los días durante los diez años que llevaban viviendo juntos. La mujer encargada de la averiguación no tuvo más alternativa que cumplir con el encargo de llevarle la triste noticia.

A medida que el tiempo pasaba, el jovencito iba creciendo en estatura, edad y conocimientos de la vida misma. Los mayores que trabajaban desempeñando los mismos oficios que el jovencito veían en él a la persona perfecta para unirse en sus labores, las cuales les llevarían a viajar por las diferentes divisiones del país, como vendedores de lo que fuera, pues vendían desde una aguja hasta un avión si se los dieran, pero hacían énfasis en productos farmacéuticos, lo cual les daba la capacidad adquisitiva para vivir en hoteles dignamente. El jovencito había resultado inteligente, sagaz y astuto, además de muy buena suerte para las ventas, dándole cátedra a muchos mayores o enseñando a los neófitos que de él aprendían.

A los catorce años Federico, había recorrido muchos pueblos y ciudades, siempre en compañía de algún vendedor con el que compartía ganancias producidas por las ventas de productos farmacéuticos, en pregones que duraban hasta una hora cada uno. El jovencito había resultado ser un magnifico vendedor, por lo que muchos vendedores profesionales querían que trabajara con ellos, pero el jovencito solo viajaba con uno, que era su compañero de viajes y de trabajo, hasta que se diera cuenta de que no tenían la capacidad de ventas que él si tenía, entonces se separaba de ese vendedor y la próxima semana viajaba con otro, que quisiera conocer en su trabajo, para que se equilibraran las ventas, que en cada uno diera más o menos las mismas ganancias, para ser compartidas sin mucha ventaja para el otro vendedor.

A pesar de su corta edad, a Federico nunca le faltó el amor, pues siempre tuvo en su mente formar un hogar; solo le preocupaba los gastos con una pareja, pero pensaba que sabía ganar el dinero, más que suficiente para sostener una obligación y no faltaban chicas que al verlo pregonando o manejando un buen volumen de dinero a su corta edad, de él se enamoraban inclusive mujeres mucho mayores y hasta casadas, que en situaciones difíciles en su economía, con o sin ruborizarse le pedían una ayuda económica. Una vez, cuando un compañero que durante mucho tiempo estuvo tratando de que el jovencito viajara con él, lo consiguió, entonces le propuso que fueran a un pueblo cercano para iniciar labores ese fin de semana; el pueblo donde iban a pregonar no era otro que donde el jovencito había nacido, nunca había trabajado en él, porque creía que no vendería, pues todos los habitantes del pueblo lo conocían desde su nacimiento. El jovencito lo estuvo pensando y como hacía mucho tiempo no veía a su padre, no vaciló en aceptar; se dijo si no vendo, por lo menos veo a mi papá.

Sábado en la tarde, viajaron el jovencito y su nuevo compañero de viaje y de pregón, al pueblo, lugar de nacimiento del menor, donde al otro día durante el mercado debería desempeñarse en su trabajo. Al apearse del automóvil que los condujo al pueblo, Federico sintió una rara impresión, por su mente pasaron como ráfagas de viento, las diferentes situaciones que formaron la película de su infancia. Entonces mirando sus calles y la presencia de personas que conocía eran de ahí. Los recuerdos acudieron a su mente mirando los rostros de personas que en tiempos idos, había conocido, hicieron que su imaginación volara, recorriendo los viejos caminos, llenos de nostalgia que anduvo en su niñez, siempre con los pies descalzos.

Tomando sus maletas se dirigieron a un hotel, donde también era ampliamente conocido; era imposible mirar al rostro de alguna persona que fuera desconocida a los ojos de Federico. El joven y su compañero después de caminar unas cuantas cuadras, por calles polvorientas, con el vivo deseo de observar el movimiento de un pueblo amado por Federico, mirando a lo lejos personas que atendían sus tiendas y negocios, en una tarde que languidecía en los brazos de la muerte, ha tiempo que nacía la noche bajo el amparo de la inmensa luna, en su cuarto creciente, con vientos helados que refrescaban las silenciosas calles, en la esperanza de que lloviera para que esas aguas mojaran la tierra y la hiciera propicia para cultivar. Ya que había sido bendita por Dios, para que se convirtiera en una inmensa despensa que saciara el hambre de propios y extraños.

En los dos cafés que hubo en la población desde tiempos inmemoriales, con nombres extranjeros, que nadie en el pueblo conocía, tales como Roma y Montecarlo, anunciaban que alguien de lejanas tierras Italianas, había traído para dejar en el pueblo, el recuerdo de la vieja Europa. En las mesas departían bohemios que se deleitaban escuchando la música de antaño, en victrolas R. C. A. Víctor, de cuerda acerada, importadas de lejanas tierras; mientras por sus gargantas bajaban sendos tragos dobles de aguardiente de caña gorobeta, como solían decir los bebedores de tan solicitado licor. Las mesas de billar fueron observadas de cerca por los visitantes, donde los cansados labriegos, por la dura faena diaria, se divertían al tacar las bolas para hacer las carambolas con las que ganarían el chico de billar, mientras los apostadores perdían o ganaban pequeñas apuestas. Un poco más tarde, no sin antes saborear una deliciosa taza de café, que era cosechado, tostado y molido en el pueblo, era sencillamente exquisito, se fueron al hotel para descansar y levantarse temprano para con el sol de la mañana, enfrentarse a la faena del pregón, para lo cual tendrían que solicitar permiso en la alcaldía y pagar impuestos para empezar la labor de reunir público, "amarrarlo" (argot del propagandista) con el lazo de la sugestión, para que se estuviera sin moverse hasta que escucharan toda la conferencia y dominarlo para que compraran lo que les estaban vendiendo. Esto se repetía una y otra vez durante todo el día, hasta agotar existencia o se oscureciera de nuevo.

Ya en la tarde, cuando la población quedaba desierta y en las tiendas de abarrotes se veían las estanterías vacías por las abundantes ventas a lo largo del día, mientras en las mañanas las campanas repicaban con suma alegría llamando a escuchar la santa misa de orden clerical obligatoria, Federico y su acompañante hacían sus labores, dejando solo cajas vacías, con el recuerdo vago de que las habían traído llenas de productos que ya estaban en poder de los que habían tenido la oportunidad de haber estado ahí para comprarlos. Era entonces, cuando en los almacenes de telas multicolores, organizaban las piezas de las diferentes telas, sedas y crespones, para ser acomodadas en los anaqueles y, en las zapaterías los zapatos, que quedaban, de las enormes ventas dominicales. Desde una esquina de la plaza principal del pueblo, se veía solo rezagos del mercado de tubérculos, carnes, frutas y verduras y unos toldos con fogones de leña que apenas humeaban sin intensión de arder, pues también se veían cansados, como queriéndose apagar después de haber quemado tanta leña con la que cocinaban, mujeres de blancos delantales, deliciosos manjares que vendían durante el día.

Con los maletines donde reposaba el dinero producto de las ventas, Federico y su socio, libres de pesadas cajas, regresaban al hotel, donde tomaban un descanso para salir a hacer un recorrido por el pueblo, viendo el salir del casco urbano, los últimos viajeros campesinos, que rumbo a sus veredas taloneaban sus corceles y con fuertes silbidos, arriaban las mulas, con las cargas de comida en sus lomos, para sus trabajadores. Estando el joven saludando un hombre que lo conocía desde su infancia, vio pasar una jovencita a la que también él conocía, y sin pensar lo que decía le dijo: ¡hola Carmen! Casemos usted y yo; ¿sí, pero cuando? El próximo sábado; está bien; entonces tome este dinero para que saque la partida de nacimiento suya y hable con el padre y dentro de ocho días yo vuelvo para arreglar lo del matrimonio, yo pago todo y nos casamos el domingo; está bien, tome la plata y nos vemos el sábado por la tarde, porque temprano yo hago las diligencias para casarnos el domingo; bueno, ojalá sea cierto, contestó la joven, mientras ruborizada jugaba con su pulcro delantal.

Ese próximo sábado, Federico muy temprano llegó al pueblo con un amigo al que le pidió que con su esposa fuera su padrino de matrimonio; el hombre aceptó y mientras tomaba un delicioso café tostado y molido allí mismo, el adolecente pasó a la casa Cural, que solo distaba unos cuantos pasos. Buenos días; saludó el visitante, buenos días, se escuchó la delicada voz femenina que salía de atrás de una baranda, donde una hermosa mujer escribía a mano diferentes datos de las misas comprometidas para las animas benditas, auspiciadas por los dolientes, de los últimos muertos, para que descansaran en paz. También escribía sobre las misas comprometidas porque ya estaban pagas por parejas de contrayentes, o para que las cosechas fueran abundantes y excelentes, también para que lloviera, haciendo rogativas patrocinadas por los campesinos que invocaban el nombre de San Isidro labrador, a quien cubrían con su extensa capa, que hasta sus pie vestía, con rojos billetes de quinientos pesos, para que hablara con Dios, ya que él estaba más cerquita y por lo tanto, el Señor podía escucharle, además de pertenecer a su escolta personal, pues él era, el Señor Dios de los ejércitos. A sus ordenes jovencito, ¿que se le ofrece? Se escuchó la suave voz de la secretaria; es que yo necesito hablar con el padre señorita; el padre está muy ocupado, ¿para qué lo necesita? Es que me voy a casar mañana y vengo a sentar la partida de matrimonio. La mujer se paró de la silla, estiró el cuello y encorvó su espalda, para mirar a quien le hablaba, desde fuera de la baranda, y le dijo: ¿es usted el que se va a casar? Si señorita; ¿Cuántos años tiene usted? Catorce, yo no creo que el padre lo case, usted está muy joven; pero gano suficiente para mantener a una mujer; un momentico yo voy a hablar con el padre a ver el que dice; bien pueda yo espero.

Minutos más tarde entró a la oficina la secretaria mientras el sacerdote caminaba tras de ella y mirando al jovencito por encima de los anteojos, le dijo: ¿es usted el que quiere casarse? Si padre; ¿y dónde está la novia? Yo creo que ella ya vino, y ahora vengo yo, ¿cuánto vale el matrimonio? Pues el matrimonio no vale mucho, pero tenemos un problema para casarlo mañana, es que tenemos que correr las amonestaciones y en eso se nos van tres semanas, porque hay que hacerlo cada ocho días y son tres, estaríamos hablando de tres semanas. ¿Esa vaina que es? Vaina es donde San Pedro metió la espada, cuando le cortó la reja al que tomó preso a Nuestro Señor Jesucristo; lo que le estoy diciendo se llaman "amonestaciones" que son los anuncios que se hacen en la iglesia, anunciando a los contrayentes y son muy caras, valen a tres pesos cada una y son tres que valen nueve pesos; yo se las pago; en ese momento metió la cucharada la secretaria y le dijo al solicitante: usted está muy jovencito y debe de esperar un poco más para casarse; al momento se le acercó el sacerdote y le dijo: sí, una mujer se puede casar a los catorce y el hombre a los diez y seis, a este le podemos rebajar los dos años y lo metemos en la sin salida, dijo el cura mientras sonreía con la secretaria, buscando el arrepentimiento del jovencito.

Cuánto vale el matrimonio preguntó el solicitante; el matrimonio vale otros tres pesos, contestó el sacerdote; entonces tome, le pago de una vez los doce pesos, pero me casa mañana en la misa de cinco, porque tengo que trabajar; ¿en qué trabaja usted? Yo vendo mercancía en la plaza y mañana es domingo día de mercado. Bueno pero lo que no sabemos todavía, es quien es la novia, la novia es Carmen, la sobrina del jefe conservador del pueblo; cuando el jovencito le dio el nombre de la joven, el sacerdote cayó en cuenta de que ella, había ido en esa semana para hablar de lo mismo, entonces mandó a llamar al tío que era conocido de él y jefe de la familia, lo puso al tanto de lo que acontecía. El hombre no dijo nada pero se puso a la espera para saber cómo sería la cuestión y este le avisó al padre del jovencito, quien era su cuñado. Pues en los pueblos todas las personas se conocen, así que no hubo dificultad para que las dos familias se enteraran de los acontecimientos, pero como el jovencito hacía tiempo no vivía allá, el padre esperó hasta esa tarde sin tener noticias de su hijo. Ya había oscurecido, la luna había cubierto con su negro manto convirtiendo el día en oscuridad; la noche había llegado pero en el firmamento resplandeciente, estaba la hermosa luna, reina de la noche y el azul de los cielos iluminado con todas sus estrellas.

Eran como las nueve de la iluminada noche, cuando el jovencito asumió que debía ir a saludar a su padre para pedirle la bendición, e informarle que al otro día se casaría. Al llegar a la esquina anterior a la casa del padre del jovencito, entró en la tienda de Guillermo Pineda, un viejo amigo que con su hermano Luis, habían llegado al pueblo procedentes de Boyacá, para quedarse en él. Este hermoso pueblo había sido bendito por Dios, cuando en su espíritu reinaba la alegría, mientras pensaba en un paraíso como bendición para los que en él vivieran. Entonces las tierras del pueblo fueron dotadas de todas las virtudes necesarias, para que produjeran todo lo que el hombre le sembrara, multiplicado por miles. Esto hacía que todo el viajero que en sus calles se apeara, respiraba aire puro, contemplaba sus montañas y de una vez se enamoraba del pueblo. (Así es todavía). El jovencito entró en la tienda y se estrelló con la figura de un hombre delgado, bajo de estatura, de tez blanca y ojos castaños, peinado de para atrás, vestido con pantalón de dril azul, camisa de mangas cortas y zapatos de piel de vacuno, quien tenía un delantal puesto para defender la limpieza de su ropa.

¡Hola que milagro de verlo por aquí! ¿Vas a saludar a tu papá? Si para allá voy, pero necesito tomarme un aguardiente doble. El tendero miro al menor y sabiendo que no debía venderle licor, risa le dio y le preguntó: ¿por qué quiere un aguardiente doble? Porque le voy a pedir la bendición a mi papá para casarme. El tendero lo miró de frente y ahora si le dio risa de verdad. ¿Que usted se va a casar? Jajaja ¿y con quién? Con Carmen; no me crea tan pendejo, dijo Guillermo; usted está loco, muy loco, ¿cómo que se va a casar? ¿Y su papá ya sabe? No hasta ahora le voy a decir, por eso es que necesito un trago doble, sírvamelo por favor; El hombre contra su voluntad sirvió en una copa un trago del licor, el jovencito tomó la copa y apuro el trago de aguardiente, que le bajó por la garganta como gato en reversa, pero sintió la necesidad de tomarse otro; sírvame otro por favor Guillermo; con otro se emborracha; no creo, véndame otro aguardiente que me coge la tarde; a estas horas el viejo ya está dormido, deje eso para mañana, le dijo el tendero, tratando de que el jovencito no alcanzara a hablar con su padre y esta fuera una excusa válida para evitar el matrimonio del par de adolecentes, pero este le pagó el valor de los dos tragos y sin despedirse, salió para caminar los treinta pasos, que lo separaban de la casa, donde descansaba su padre. Al momento descubrió que frente a él, estaba el color verde esmeralda, que siempre tuvieron las puertas y ventanas de la casa; por un instante pensó si lo debía hacer, el hecho de tocar la puerta, hacía que el padre o la madrastra, se tuvieran que levantar para abrirle; en ese momento, entre ceja y duda, llenó su vientre del frio aire de la noche oscura. En la esquina, en lo alto de un poste, cortado de un árbol gigante, un bombillo hacía el intento de iluminar la calle pero su insuficiente capacidad no se lo permitía. Haciendo una aspiración lenta y profunda, tomó la decisión de golpear la puerta con sus nudillos, ahora estaba decidido a entrar; un momento después, escuchó una voz que desde adentro dijo: ¿Quién es? Soy yo, Federico; al momento escucho el ruido producido al quitar la tranca de la puerta, luego esta se abrió y entonces estaba frente a la figura de su madrastra, una mujer grande, que sobre pasaba los sesenta años, de piel blanca y cabellos rubios, quien portaba una vela de cebo encendida en un candelero profusamente chorreado por la vela derretida: Hola Federico, éntrese que está haciendo frío, el joven entró y al dar dos pasos adentro la puerta fue cerrada y trancada de nuevo; gracias Isabel, dijo el joven sin saludar a la mujer; ¿mi papá? está acostado, creo que ya está dormido dijo por lo bajo; al momento el hombre que en la cama reposaba gruñó: entre y acuéstese que mañana hablamos; no tengo tiempo, solo vengo a saludarlo y a pedirle que me dé su bendición; la bendición a estas horas, como le parece Isabel, venir a estas horas a despertarme, que para que le dé la bendición; perdóneme si lo desperté, pero necesito su bendición para casarme; ¿cómo? Es que me voy a casar mañana y quiero que me dé su bendición, pero si no quiere, entonces me voy de una vez. ¿Cómo así? ¿Para donde se va? Para el hotel; ¿y se puede saber con quién se va a casar? Sí señor, con Carmen; la mujer que esperaba sentada en la cama envuelta en una cobija de lana que pendía de sus hombros, había puesto sobre el buró el candelero, donde agonizaba la vela de cebo, le preguntó ¿con Carmen mi sobrina? Si, con ella, todo había sido para confirmar lo que ya sabían, pues el cura párroco le había contado todo al pariente de ella que era su tío, el jefe del partido conservador; ¡Virgen Santa! Exclamó la anciana, mirando de frente al intrépido joven; te voy a dar la bendición por que la vela se va a apagar, pero no creo que eso se lleve a cabo. Acérquese, gruño el hombre, y sacando de entre las cobijas su mano derecha tocó la frente del joven y dijo: en el nombre del padre, del hijo y del Espíritu Santo, amen. En ese instante, la luz de la vela se apagó y todo el cuatro quedó en tinieblas; fue entonces cuando Federico aprovechó para salir a tientas de la alcoba de su padre, abrió la puerta, salió ajustándola y al hotel se marchó. Allí lo esperaba el compañero de viaje y el amigo que le iba a servir de padrino.

Eran las cuatro de la mañana de una noche oscura, iluminada por la luna y las múltiples estrellas que brillaban en el extenso firmamento, cuando repicaron las campanas llamando a misa de cinco, la noble costumbre de algunos comerciantes de asistir a la Santa misa de cinco, para salir a las siete, ya era demasiado tarde, para abrir los negocios comerciales, entonces optaban por escuchar un rato y se iban saliendo unos tras los otros, hasta quedar el sacerdote solo quien recogía ornamentos y se entraba para la sacristía, hasta que fuera la hora de la misa de siete, a la que empezaban a llamar las campanas, aún sin terminar la misa de cinco. Esta misa, la de siete, estaba dirigida a los estudiantes de escuelas y colegios, con su sonora banda de guerra, cada una de las instituciones, con niños y niñas que deberían asistir completamente en ayunas; no era posible comulgar sin confesión y no podía pasar por su garganta ni saliva, antes de la Sagrada comunión, porque era obligación de cada católico comulgar durante la Santa misa, habiéndose confesado el día anterior, muchos estudiantes se desmayaban hasta que llegó un sacerdote, llamado Hernando Rojas quien bajó la duración de la Santa misa, de dos horas, a una; así, el sacerdote alcanzaba a desayunar entre la Santa misa de cinco y la de siete. La última era la misa mayor a la cual asistían todos los campesinos que casi siempre traían sus ofrendas.

Cuando Federico fue despertado por el tilín, tilán, de las

campanas, se levantó como si un resorte lo hubiera empujado, de un salto se paró y pasó al baño; ese día era el más especial de la vida del adolescente, rápidamente se vistió, y los dos amigos, su compañero de viajes y trabajo, como el amigo que le serviría de padrino, también se levantaron. Yo no voy a misa de cinco, desde que estaba en el colegio, anotó el padrino. Los dos hombres y el adolescente salieron del hotel y caminaron un poco, con rumbo al atrio de la iglesia, en una madrugada fría y lluviosa; los hombres envueltos en sus ruanas de lana virgen y las mujeres en sus pañolones de ceda italiana, con largos flecos hechos a mano, afanosamente caminaban dirigiéndose a la iglesia. Cuando el compañero de viajes del adolescente vio que bajo un árbol viejo de caucho se escampaba una mujer que vendía jugo de naranja y café caliente, le dijo a su compañero: todavía no han dado el último para entrar a la iglesia, alcanzamos a tomar jugo y café, usted no puede tomar nada porque va a comulgar y si por su garganta pasa algo que no sea la ostia, se va derechito a los profundos infiernos, porque ese es un pecado mortal, mejor dicho, se le muere el alma. Entonces yo me voy para la iglesia a esperar a la novia, si no es que ella ya está ahí esperándome.

Federico se fue para la iglesia, entró y observó en cada una de las bancas si estaba su prometida, pero aún no había llegado; entonces salió casi al atrio y con mirada profunda y el alma llena de ilusiones, fijamente se quedó mirando la próxima esquina, que era por donde debería llegar la novia; los segundos parecían lagos minutos y los minutos horas, allí estaba esperando cuando llegaron sus amigos, todos se quedaron con la mirada fija en la esquina por donde debería aparecer la futura esposa; las campanas dejaron para entrar a misa y está empezaría; en ese momento ya no lloviznaba, pero el viento helado soplaba con fuerza, fue en ese momento cuando aclarando el alba, vieron el cuerpo de una persona que se dirigía a la iglesia con paso diligente, al acercarse un poco Federico la reconoció, ¡Es Carmen! le dijo a sus amigos, ya el sacerdote estaba listo para empezar la Santa misa, pero solo él sabía que esa boda no se realizaría; callado se quedó y dejó que los novios se acercaran al altar. El sacerdote haciendo un poco de tiempo se acercó a los novios y les dijo: ¿están listos para contraer el santo sacramento del matrimonio? Si padre contestó el muchacho, en ese preciso momento entraron a la iglesia el tío de la chica y el padre del joven, seguidos por dos policías, se acercaron al altar donde estaban los novios y el padre del novio le dijo a un agente: a este sinvergüenza lo meten preso hasta que yo de la orden de salida; y el tío de la joven agregó: usted señorita camine para la casa y tomándola por un brazo fuertemente, la sacó de la iglesia, mientras el sacerdote sonreía viendo como sacaban para la cárcel al joven enamorado.

Mientras el policía atravesaba la plaza principal del pueblo con la mano sobre el hombro de Federico, quien miraba como a su pretendida, la llevaba su tío del brazo para su casa, entró a la guardia de la policía, donde se sentó en un escaño mientras el policía anotaba los datos en el libro de diario, para luego pasar por una puerta al patio que llamaban la cárcel. Allí se sentó en un andén a rumiar su desgracia. Su papá nunca en su vida, le había dado nada y ahora lo mandaba a meter preso, solo por haberle ido a pedir la bendición, pues ignoraba que había sido el cura que le había dado la noticia al tío de la joven. Más tarde al punto de las siete de la mañana, apareció un joven con un portacomida para Federico, fue lo que dijo en la guardia; es un desayuno para el preso Federico, un policía que hacía las veces de guardián de la cárcel recibió el portacomida y el joven que lo llevó se quedó esperando, lo devolvieran para regresarlo al hotel, el joven no lo quiso recibir pensando que había sido enviado por su padre, pero se equivocaba, lo había mandado su compañero de trabajo y el amigo que haría de padrino. A las ocho de la mañana, en el balcón de la cárcel se paseaba el compañero de trabajo; tan pronto abrieron la alcaldía entró y le preguntó a la secretaria por el señor Alcalde, a lo que le contestó que aún no había llegado, pero que no demoraba. El hombre se quedó esperando la llegada del Alcalde, mientras por el balcón hablaba con su compañero que abajo en el patio estaba.

Cuando el Alcalde llegó a las ocho y quince de la mañana, saludó a su secretaria y pasó a su despacho; una vez allí sentado, la hermosa joven de tez trigueña, es decir color piel canela, de grandes ojos color de azabache, rondando los veinticinco años, de amplio busto, caderas grandes y largas piernas, torneadas por el escultor divino, quien la había premiado con larga y negra cabellera, lacia de la cual siempre estuvo pendiente el Alcalde, aunque era casado y le doblaba la edad; el hombre la miró con grandes ojos y puso su atención en lo que la joven hermosa le iba a decir; don Tobías, afuera hay un señor que quiere hablar con usted; ¿que se le ofrece? No sé, el entró y me preguntó por usted y le dije que no demoraba entonces lo está esperando; dígale que pase; con mucho gusto. La joven salió al corredor de la alcaldía, llamó al visitante y le preguntó de qué se trataba su visita, el hombre le contestó que era que habían venido a trabajar, pero que su compañero estaba preso; ¿preso? Si señorita, allá abajo está; la joven se asomó por el balcón para mirar de quien se trataba, entonces gritó Hola Federico, ¿qué te pasó?

Me iba a casar; ¿qué te ibas a casar? Sí, me sacaron de la iglesia por orden del jefe godo; aaah espérate un momentico, la joven entró a la oficina del Alcalde y le contó lo que el visitante quería y el asunto en espera de ser resuelto; el Alcalde salió sonriendo, era un caso inaudito, se sabía de personas presas por esquivar el matrimonio, pero nunca por quererse casar.

De pronto se oyeron fuertes pasos subiendo las escaleras de la alcaldía, en torno a lo que era el patio de la cárcel donde funcionaba el concejo municipal y otras oficinas; eran los pasos de un hombre rudo, de un metro con setenta de estatura, delgado pero fuerte, quien en ese día, usaba un vestido negro de paño inglés, sombrero Borzzalino y zapatos negros bien lustrados, camisa blanca almidonada en los puños, pechera y cuello, corbata roja; era el padre de Federico, que apresurado subía para dar cumplimiento a la cita enviada por el señor Alcalde. Buenos días señorita, dijo el hombre mientras de reojo miraba sentado en la banca a su hijo; buenos días contestó la hermosa joven; ya lo anuncio; la joven entró al privado del Alcalde y le dijo que el padre del jovencito había llegado; hágalo pasar; pase usted señor, dijo la joven. El hombre entró al privado del Alcalde, se quitó el sombrero y saludó de mano al gobernante; siéntese usted; el asunto que nos ocupa es el ¿porqué ordenó usted meter en la cárcel a su hijo Federico? Porque prefiero verlo preso que casado, es apenas un mocoso de catorce años y ya se quiere poner la soga al cuello, casándose con otra adolescente sobrina de mi mujer, que no sabe ni pelar papas. ¿Y no hay otra forma de hacerlo entender eso, que no sea metiéndolo a la cárcel? Yo no conozco otra, además es mientras se llevan a la muchacha para otra parte, pues el tío de ella tampoco está de acuerdo con ese matrimonio. Bueno, ese matrimonio ya se dañó y no creo que por hoy Federico quiera insistir en eso, como él siempre que viene a este pueblo, lo hace es para vender sus productos y sacar el permiso, pagar los impuestos, e irse a trabajar. Voy a verlo dijo la secretaria asomándose por el balcón ¡Hola Federico! porque estás ahí, porque me iba a casar me sacaron de la iglesia por orden del jefe godo; aaah espérate un momentico, la joven entró a la oficina del Alcalde y le contó lo que el visitante quería y el asunto en espera de ser resuelto; el Alcalde salió sonriendo, era un caso inaudito, se sabía de personas presas por esquivar el matrimonio, pero nunca por quererse casar.

El Alcalde llamó al policía de guardia y le dijo: súbame a Federico; el agente se acercó al jovencito y le preguntó ¿es usted Federico? Si señor ¿porqué? Porque lo necesita el señor Alcalde; el policía subió al detenido y lo presentó en la alcaldía, la secretaria lo recibió, diciéndole al agente de policía, que se podía marchar. El joven adolescente entró en la alcaldía y se sentó en una banca, mientras la joven le avisaba al señor Alcalde que ya estaba ahí Federico; dígale que entre, ¡hola Federico! ¿Cuénteme que pasó? ¿Por qué está preso? El joven empezó diciéndole el porqué contándole todo como habían sucedido los acontecimientos. Voy a hablar con su papá, siéntese y espera; llamó a la secretaria y le notificó el llamado al padre del muchacho. Inmediatamente salió Silvano, un boyacense que años atrás había llegado al pueblo, enamorándose de él y como pertenecía a la filiación política del Alcalde lo habían hecho citador; con carácter de urgente, mandaron a llamar al conocido hombre, quien sabía para que se le solicitaba; la secretaria, entró de nuevo al privado y le dijo al Alcalde: don Tobías, ahí está todavía el señor que vino a buscarlo; hágalo pasar. ¡Señor! le llamó la atención, al que esperando estaba, el señor Alcalde lo está esperando, pase usted.

El compañero de trabajo de Federico entró, se presentó ante el señor Alcalde: muy buenos días señor Alcalde, vengo a dos cosas, la una es para hablar por mi compañero que fue abruptamente sacado de la iglesia cuando se iba a casar y está preso sin motivo alguno; ¿y el otro? Preguntó el Alcalde; el otro señor Alcalde es para solicitar del despacho a su cargo, una licencia para trabajar durante el día de mercado vendiendo productos farmacéuticos. Lo de Federico lo vamos a tratar más tardecito cuando el padre de él venga y ya lo mandamos a llamar; y el permiso, si se lo va a hacer la señorita secretaria, a quien le dijo que lo elaborara. La joven hermosa, se sentó frente a la vieja máquina Remington y empezó a teclear haciendo el permiso que a la letra dice: El Alcalde municipal del municipio, otorga licencia al señor fulano de tal, identificado con la cedula de ciudadanía número tal, para que previo el pago de los impuestos correspondientes, venda en la plaza principal de este municipio, productos farmacéuticos de los laboratorios Pelgor de Bogotá. Luego pasó a la firma del Alcalde, ratificada con el sello de la alcaldía municipal. El hombre, permiso en mano, pasaría a la tesorería municipal para pagar los impuestos correspondientes al día de trabajo.

Mientras tanto, en la calle había empezado el recio murmullo del mercado; hombres y mujeres habían armado sus toldos de lona, cubriéndose del sol y de la lluvia; largas mesas donde exhibían toda clase de mercancías tales como tijeras, navajas, cuchillos, encendedores, barberas, espejos y otros cacharros. Mientras en sesgo de la plaza, de esquina a esquina había tendidos de montones de toda clase de tubérculos, plátanos, bananos, verduras, hortalizas y frutas tropicales, que campesinos de mano encallecida por la empuñada herramienta, cultivaban y traían al pueblo todo lo que la tierra multiplicado por miles, en cada una de las semillas, para el consumo de los habitantes del pueblo había producido. En el otro lado de la plaza, estaban los toldos de exquisitos manjares que degustaban los hambrientos campesinos, toda clase de comidas de la cultura Colombiana, lechonas de piel tostada, tamales y frituras, mientras a un lado, un pequeño toldo de bebidas era administrado por la meretriz más hermosa del pueblo, a la que por algo le llamaban "La Pecadora" también estaban los toldos de Antonio y don Tobías López, donde exhibían toda clase de aperos y monturas, riendas, garras y alfombras, rejos de piel de vacuno y todo lo relacionado con la peletería y la talabartería que vendían en franca competencia con un invalido de una pierna llamado

Telmo quien traía de Armenia los mismos productos de los hermanos López y, en el resto de la plaza extensos tendidos de ropa, cortes de tela, lino, paños importados y nacionales y sombreros; como interminables puestos de cortes de tela, tules, sedas, paños y Linos en múltiples colores y diferentes texturas que llenaban las más grandes expectativas de modistas y sastres en sus costuras, mientras en los bares y cantinas se escuchaba la música de trastienda, que campesinos y arrieros solicitaban para bajar sin ardor sendos tragos de aguardiente que bajaban con pasa bocas de naranja o de limón y suaves cervezas de cebada. Entonces dentro del rumor de mercaderes, pregoneros, que exhibían peligrosas cascabeles, boas, y toda clase de animales amaestrados, telépatas que adivinaban el presente, el pasado y el futuro, mientras una mujer con los ojos vendados adivinaba el valor de los billetes, el color de los interiores de alguien y todas las preguntas que le fueran hechas; mas toda clase de vendedores; mientras un hombre al que le decían don Luis gritaba, mientras empujaba una carreta de mano: forcha, tomen la rica y deliciosa forcha, la que reconforta, chupa y aprieta y ayuda a la digestión; a lo lejos se escuchaban las infantiles voces que decían: ¡cargo mercados! en la espera de que una matrona le hiciera una señal para cargarle el canasto, el costal o el líchigo, para ganarse una moneda. Eran las épocas en que en los pueblos todos trabajaban, niños y adultos, hombres de manos gruesas y mujeres de lucha de sacrificio y de trabajo, en las fincas o haciendas, daban buena cuenta de labores en la cocina donde se alimentaban hasta cincuenta trabajadores, con cuatro comidas diarias.

En este día de mercado, todo el pueblo estaba despierto; era el día en que los presos en el patio de la cárcel tenían la visita de sus amigos y familiares quienes se valían de abogados como los hermanos Solanilla si eran liberales o como, Campo

Elías Bocanegra, si eran conservadores; para que les hicieran memoriales con destino al juez, promiscuo municipal, al Alcalde o al inspector de policía, en pos de ablandar la pena de su familiar, solicitar su libertad definitiva, o por lo menos, con presentaciones donde cada ocho días firmaban un libro como garantía de su permanencia.

Los campesinos aprovechaban para hacerse ver del médico, comprar medicinas y hacer diligencias de oficinas cuando compraban o rentaban tierras, casas, locales o apartamentos. El domingo, era el día de mercado, el día mayor, el de los negocios grandes y pequeños. Las polvorientas calles del hermoso pueblo, algunas empastadas, asistían a las mulas que reventaban los cogollos de pasto, que en la semana habían brotado, mientras los arrieros les picaban cañas de azúcar, panelas de caña de azúcar y los muchachos del pueblo, les traían agua del río.

El compañero de trabajo del adolescente le dijo al señor Alcalde que él ya tenía el permiso, y que su compañero no había cometido delito alguno. Yo lo voy a soltar; dijo el Alcalde, le pido el favor de avisarme, si algo más pasa, o si se llevan a la joven, me gustaría saber hasta donde sea posible los acontecimientos de este peculiar caso. Con mucho gusto señor Alcalde. Hasta pronto. El padre de Federico salió del despacho pasándole a su hijo la más cruel de las miradas y salió de la alcaldía. Acto seguido el Alcalde salió y llamándole la atención al joven le dijo: usted va a quedar en libertad y no se case tan joven, espere que pase el tiempo y cuando tenga más de veinte años ya pensará distinto.

Federico dio las gracias al Alcalde y se despidió de la secretaria del despacho quien con una mirada sentimental, de consideración, queriendo interpretar la tristeza del joven al no haberse podido casar, pero al mismo tiempo, con una amplia sonrisa dejando ver la totalidad de sus dientes de perla, dentro de sus hermosos labios rojos, queriéndole dar un ánimo que no encajaba en los heridos sentimientos del ofendido jovencito, quien salió a paso largo por el pasillo con piso y barandas de madera; bajó al primer piso y salió a la calle, el mercado estaba en ebullición; los murmullos de la gente, el compra y vende, la oferta y la demanda de cientos de productos, hacía que el ambiente en el aire fuera como una maraña de sonidos inaudibles, sin claridad, nada se entendía; al momento repicaron con alegría las campanas en el alto campanario, en las cúpulas de la iglesia, informándole al pueblo que en ese preciso momento el sacerdote estaba en su máxima concentración espiritual de la consagración. Se decía que estaban "alzando a Santos" era una manera en que se conocía el punto álgido de la Santa Misa. Era entonces cuando todos los hombres que en la época usaban sombrero se descubrían la cabeza como señal de respeto y murmuraban una oración en el lugar donde se encontraran. Como guiado por el vivo deseo de ver de nuevo a su enamorada, Federico caminó hasta la esquina de la plaza, desde donde podía ver la casa donde vivía la joven adolescente; miró detenidamente la fachada de la casa, pero recordó que ahora lo esencial era el trabajo.

Con el afán laboral que siempre había acompañado al jovencito, pues si se perdía ese día de trabajo, había que esperar hasta el próximo domingo, entonces los gastos propios de su manutención lo acosaban; no había más que trabajar ese domingo, hasta que se acabara la gente en el pueblo y mientras con afán caminaba por entre la multitud de vendedores y compradores, con los ojos buscaba el lugar preestablecido para desarrollar su trabajo, donde muy seguramente estaría su compañero de viajes y trabajo. Al momento vio una multitud de personas reunidas, entonces reconoció que ese era el lugar a donde se debía dirigir; al llegar entró en el ruedo de gente, donde estaba su compañero, al que le gustó la manifestación de su presencia, la cual fue demostrada con el empuje que le puso a las ventas. La alegría de su presencia hizo que el vendedor lo hiciera con más énfasis en su oratoria dirigida a los compradores de los diferentes productos.

Más tarde, al acabarse el mercado, sentados en la mesa de un bar, tomando café, el jovencito y su compañero, hacían un pormenorizado repaso de los acontecimientos del frustrado matrimonio, cayendo en cuenta, de que el matrimonio no se había realizado y por consiguiente se debería solicitar la devolución del dinero ya pagado por concepto de el anuncio de tres amonestaciones no hechas públicas y, un matrimonio no realizado.

El adolescente habido de dinero y, el alma envenenada, miró para la iglesia y vio que aún estaban abiertas las puertas de las oficinas y, sin pensarlo dos veces, se paró de la silla y a largos pasos acortó la distancia que lo separaba de la casa Cural; al entrar, dirigió una recia mirada a la secretaria del sacerdote como si ella tuviera la culpa de algo y le dijo: señorita vengo a que me haga el favor de devolverme el dinero que le pagué ayer, por concepto de amonestaciones y un matrimonio no realizado. Hay si, dijo la joven, a mí me contaron que a usted se lo habían llevado y a su novia también; si señorita por eso es que vengo por mi dinero; para eso, hay que preguntarle al padre, si se lo va a devolver o no; ¿cómo así? yo le pagué por un servicio y unos anuncios que no hicieron; antes agradézcale al padre que le haya mandado a avisar a su papá y si no, a estas horas usted estuviera metido en un matrimonio, gracias al padre vinieron por usted. En ese momento, la imagen de un cura en miniatura pasó por la mente del jovencito y pensó que ese cura no debería estar más en su pueblo y que debería irse lo más pronto posible, al quinto patio de los infiernos, porqué, si no lo iba a casar, porqué le había cobrado para hacerlo.

Entonces hágame el favor de decirle que vine por mi dinero y que lo necesito ya. Yo le voy a decir al padre y si él me dice que se lo devuelva, así lo hare. Mientras la secretaría pasaba al interior de la casa, para averiguarle al sacerdote lo de la devolución, el jovencito pensó en que su padre lo había traicionado al hacerlo meter en la cárcel, haciéndolo responsable de la pérdida del matrimonio. Habían pasado cinco minutos desde que la secretaria se había ido cuando regresó; el padre dice que no fue culpa de él que no se haya realizado el matrimonio, que la culpa fue de su papá quien lo vino a sacar de la Iglesia, sí, pero si él no le hubiera mandado a avisar que yo me iba a casar, el no viene a sacarme, no hablemos más de eso, devuélvame mi dinero que tengo que viajar y me deja el carro. Como quien no quiere la cosa, la secretaria hizo la devolución haciéndole firmar un "vale" para cuadrar la caja más tarde; cuando ya el adolescente tenía su dinero en el bolsillo, al salir le dijo a la secretaria: entonces usted era la que se iba a quedar con mi dinero, ¿cómo me lo devolvió, sin hablar más con el padre ah?. La mujer se mordió la lengua antes de dar una contestación que el jovencito no oiría pues lo dijo y se fue.

Poco tiempo después, el sacerdote viajó a la capital y como casi siempre ocurría, cuando un cura viajaba, hubo un accidente donde perdió la vida. {Valga una anécdota: en el siglo XX, las personas pueblerinas y los campesinos, no viajaban en el mismo autobús en el que fuera un cura. pues tenían la credulidad de que habría un accidente}Al otro día en el pueblo se celebraba la feria de ganado vacuno, equino, caprino, ovino y porcino. El joven y su compañero se habían quedado en el hotel, para trabajar en la feria lo mismo que el día anterior en el mercado, vendiendo los diferentes productos y temprano en la mañana, Federico estuvo parado en la esquina desde dónde podía ver la casa de su enamorada, en la esperanza de verla nuevamente y hacerle una proposición descomedida, es decir un viaje sin pronto regreso, al escondido de su tío, pero su espera fue perdida, por más de una hora estuvo esperando que apareciera su figura pero esto no ocurrió. En horas de la tarde después de haber trabajado, pasó nuevamente por frente de la casa, pero al no verla, entró en la tienda, donde siempre ella entraba, que era la misma en donde le había propuesto matrimonio y al preguntarle al tendero por ella, este le dijo: lo que yo sé, es que desde el momento en que la sacaron de la Iglesia, la subieron a un bus y se la llevaron con rumbo desconocido; pero no se preocupe por eso, usted está muy joven y va a tener la oportunidad de tener muchas mujeres. La tarde moría y la noche con su negro manto se acercaba y el jovencito debería viajar a la capital donde tenía su base; con la desilusión en el alma por el deseo no cumplido, buscó a su compañero para decirle vámonos de este pueblo.

Fue entones, que para abandonar el recuerdo de su amada, se fue de la capital a un lugar más lejano, a una ciudad intermedia, donde olvidando el mal recuerdo, pasó no muchos años, recorriendo poblaciones vecinas al puerto sobre el Río Magdalena. En esta ciudad titulada por los nativos como "El Puerto fluvial" nido y cuna de liberales, collarejos o cachiporros, (palabras usadas por los azules a quienes estos llamaban godos o chusmeros); ya ubicado en un hotel, no tardaron otros colegas vendedores en llegar de visita, sin otro fin, que el de proponerle ser sus compañeros de viaje y de trabajo, entre ellos hombres ancianos que en tiempos idos habían sido excelentes hombres de negocios. Federico, a nadie le dijo ni si, ni no, simplemente sonreía. El joven adolescente, siempre en las mañanas temprano se levantaba, tomaba sus maletines y se iba al puesto de trabajo, donde mientras saboreaba una deliciosa taza de café, empezaban a llegar algunos de los que con él anhelaban trabajar a sabiendas de que les iría bien en las ventas.

Hubo un anciano con una hermosa hija joven, como de catorce años llamada Grimanesa, hija de Marcos y Lilia, esta joven fue enviada por su padre para que con sus encantos, tratara de atraer al jovencito, quien según el anciano, sería de gran ayuda al momento de enfrentar el duro trabajo. Todo el gremio sabía que era uno de los mejores vendedores del país; su fama se había extendido, por boca de sus mismos colegas, pero él no lo sabía. La jovencita se le acercó para invitarle a que la acompañara a desayunar; el joven ni corto ni perezoso dejó sus maletines en el puesto de trabajo y le aceptó el acompañarle. Sin dejar de mirarla y, ella lo sabía, se enfrascaron en la iniciación de una amistad la cual la joven capitalizó desde el principio. La joven durante el desayuno estuvo hablando de otros vendedores que el padre de ella había deshabilitado para trabajar con él. De vez en cuando, ponía sus delicadas manos de seda, sobre las burdas manos del joven, mientras le decía lo bien que les iría si trabajara unido a su padre, lo que fue aceptado por el jovencito. Marcos, se puso contento cuando la hija le contó que el jovencito trabajaría con ellos. El anciano ante los demás vendedores hacía elogios sintiéndose, agasajado, orgulloso, de tener al jovencito como su compañero de trabajo.

Así fueron pasando los días, las semanas, los meses, trabajando diariamente en la pequeña ciudad y en las poblaciones alrededor de ella; pues no solamente era un puerto fluvial, sino terrestre, con una población flotante de más de tres mil viajeros que llegaban diaria mente de todas las poblaciones que había a su alrededor; la joven siempre viajaba con su padre, un antioqueño de rancia herencia ancestral; quien permanentemente estaba al cuidado de su hija y por lo tanto, ningún hombre conocido podía acercarse a la joven con otros intereses, que no fueran relacionados con el trabajo. El anciano y su última hija, siempre andaban juntos y si alguien intentara hacerle algún requiebro a la jovencita, el padre salía al instante en su defensa, convirtiéndose en el peor enemigo del que osara decirle un piropo. Es de anotar, que la joven tampoco era pera en miel, tenía su carácter y si alguno se pasaba, sabía quitárselo de encima con un gesto o con palabras des obligantes.

Como en la pequeña ciudad hubiera otras personas que también deseaban trabajar con el jovencito, en una ocasión, en que el anciano y su hija viajaron a la capital, para arreglar asuntos familiares, uno de los que ansiaban trabajar en alguna oportunidad con Federico, se acercó a él y le dijo: ahora que el viejo Marcos no está, porqué no nos vamos para un pueblo que yo conozco, en la seguridad de que allá vendemos absolutamente todo, porque con esa manera de usted trabajar, se vende todo en un solo día; ¿está usted absolutamente seguro de lo que me está diciendo? Dijo Federico, mirando fijamente a los ojos del hombre, este le contestó mostrando suma seguridad, que sí, que estaba seguro, porque él ya había estado allá y le había ido muy bien. ¿Cómo se llama el pueblo? Eso no se lo puedo decir ni a usted, ni a nadie, porque de pronto se me va con otro y ese es el mercado que tengo reservado para hacer una venta grande, es más, no se preocupe por los pasajes que yo los compro y si nos va mal, yo pago todos los gastos del viaje de ida y vuelta. Bueno entonces no se diga más, ¿Cuándo nos vamos? Mañana a las nueve sale el bus para allá, son cinco horas de viaje, entonces a las ocho nos vemos en la empresa de los buses; bueno dijo Federico, se dieron un apretón de manos para sellar el pacto y se despidieron hasta el otro día.

Esa tarde, hacía en la pequeña ciudad, mucho calor, el termómetro marcaba los treinta y ocho grados centígrados, los árboles que sembrados estaban en todos los amplios andenes no se movían para nada, no había viento, todo estaba quieto, estático y la humedad del río Magdalena hacía estragos en los cuerpos vivos y la respiración se hacía con dificultad, humanos y animales buscaban las sombra de los árboles, para defenderse del insoportable calor; a pocos metros, se veía reverberar en el aire, el reflejo del sol ardiente, sobre el pavimento se podían cocinar huevos. El jovencito tenía la ilusión del viaje a un lugar desconocido, donde según Horacio, el hombre con quien trabajaría en el pueblo, le iba a dar ganancias extraordinarias; mientras pensaba, caminaba con rumbo a su hotel donde alistaría sus maletines para viajar al prometedor pueblo.

Al abrir su pieza, tiró su cuerpo en la cama, mientras relajado pensaba en cómo sería el viaje a un lugar desconocido. El relax de su cuerpo en la cama, con todos los músculos sueltos le produjo somnolencia y se quedó dormido, hasta que en la madrugada despertó, miró su reloj de pulsera, marcaba las tres de la mañana, con desilusión se dejó caer en la cama, pero ya no había sueño, era muy temprano para levantarse y no podía volver a dormir, entró en el baño y se puso bajo la ducha, entonces se acabó de despertar y empezó a vestirse y una vez estuvo listo, aún no amanecía; afuera hacía calor pero con el sereno de la noche, se hacía manejable, se respiraba con facilidad y la ciudad estaba quieta, sin ruidos, pero ya se escuchaba el murmullo de los comerciantes mayoristas en franca oferta y demanda con los minoristas; en esta oportunidad, los vientos que refrescaban la ciudad venían soplados por el inmenso río, cuyo murmullo arrullaba al pueblo, conduciendo al descanso de niños y adultos, que relajados dormitaban en el amanecer de esa noche.

El joven adolescente había salido del hotel, en la oscuridad de la madrugada, caminó rumbo al lugar donde tomaría un jugo fresco de naranjas y también podía saborear un delicioso café fresco y caliente que le daría el ánimo que necesitaba para emprender el viaje de cinco horas al lugar desconocido. Al haber saciado los deseos de jugo y haber tomado un café negro caliente, no habiendo nada por hacer a esa hora, regresó al hotel donde tenía sus maletines, los llenó de mercancías que vendería en el desconocido pueblo; miró por la ventana abriendo uno de los dos postigos y vio que una brisa impertinente mojaba el pavimento; las calles ya estaban con transeúntes que con afán caminaban con rumbo a sus lugares de trabajo. A lo lejos, en el silencio de la madrugada, se podía escuchar el murmullo producido por las gentes que en el mercado regateaban los precios de toda la abundante cantidad de productos ofrecidos a clientes, que a esa hora de la mañana, querían llevar a sus restaurantes y casas, los productos más frescos que apenas llegaban en improvisadas balsas hechas de guaduas y vástagos de plátano, que llenas de alimentos procedentes de los cultivos adyacentes al río de la Magdalena surtían el mercado de la ciudad.

El mercado de pescados era el más bullicioso porque allí se reunían en horas de la madrugada, centenares de pescadores y comerciantes de pescado, que regateaban los precios de la pesca de ese mismo día. En los lugares donde se vendían plátanos de todas las clases, desde guineos hasta el hartón, pasando por el tres filos, el dominico, el popocho, el manzano, el banano y todos los tubérculos, papas, yucas y demás frutas, hortalizas y verduras, que son componentes de la alimentación diaria. Las carnes de vacuno, cerdo, bovino, ovino y las aves de corral, hacían que el ambiente de negocios se hiciera abundante y con suma rapidez, pues era comprando y vendiendo al mismo tiempo, sin haber lugar para algo más, durante toda la mañana y aflojaba un poco a eso de las once de la mañana cuando ya los hoteles y restaurantes se habían surtido de los insumos necesarios para el día.

El joven caminó desde que vio que la lluvia había acabado. Eran en su reloj de pulsera, las siete y treinta minutos de la mañana y sabía que a las ocho debería estar en la oficina de transporte listo para viajar al desconocido pueblo; entonces optó por desayunar en ese lugar donde mujeres con delantales blancos impecablemente limpios, preparaban alimentos que serian vendidos a todos los que en el mercado trabajaran y a los que quisieran saborear cualquiera de sus delicias. El joven se sentó en una larga banca ya ocupada por comerciantes que aprovechando cualquier tiempo libre o siendo reemplazados por personas en sus puestos de trabajo, mientras desayunaban, sin más afán, que el de volver al lugar de ocupación. La mujer de delantal blanco como la nieve, miró al adolescente y le preguntó ¿Qué le sirvo? El joven le dijo sírvame un desayuno bien bueno; la mujer le preguntó, dígame que quiere: tengo toda clase de pescados pescados, bocachico, bagre, nicuro y capáz, carne, gallina, huevos y otras cosas; entonces deme un desayuno con pescado guisado; la mujer dio media vuelta y en un plato puso un pescado "bocachico" (único pescado con sabor propio) con aderezo de plátano, yuca y papa, que el joven comió con apetito, no sin antes aplicarle ají, picante, mientras que a soplo y sorbos ingería el caldo de pescado.

Ahora, ya desayunado el jovencito, a paso largo y ligero, llegó al hotel de dónde sacó sus maletines y se dirigió al lugar de encuentro, en el estacionamiento del transporte. Cuando allí llegó, aún no había llegado su compañero de viaje y de trabajo; entonces preguntó en la ventanilla de pasajes para donde salían los buses de nueve de la mañana; allí le informaron los lugares de destino de todos los despachos y no había uno que él no conociera, sin embargo, se sentó en la banca a esperar al compañero, quien minutos más tarde, llegó con sus maletines y viendo el joven allí sentado, se acercó para saludarlo; momento que aprovechó el joven para preguntarle cual era el nombre del pueblo, a lo que el hombre le dijo que ya iba a comprar los pasajes y a la ventanilla se fue. El hombre temía que al contarle al jovencito para donde iban, se fuera solo, cuando regresó con los tiquetes en la mano, fue que se dio cuenta para donde iban; entonces le dijo: tanto secreto y tanto misterio para decir a última hora que es a un pueblo ampliamente reconocido, varias veces visitado por mí. No muy contento con el hombre por no haberle dicho con franqueza para donde era el viaje, subieron al autobús que de inmediato encendió el motor y se fueron, pero fue cuando el adolescente le explicó: voy a hacer este viaje con usted, solo por cumplir con mi palabra, pero sepa que los dos no podemos seguir trabajando juntos.

A lo largo del viaje, hubo varias paradas forzadas hechas por el ejército nacional, con el fin de identificar pasajeros y verificación de armas. Cuando el autobús y sus pasajeros arribaron al pueblo, el reloj de pulsera del jovencito, marcaba las cuatro y veinte minutos de la tarde; todos los pasajeros del autobús se apearon, hacía un sol candente y mientras la tarde moría con el avance de los minutos, los pasajeros que viajaban con intereses comerciales caminaron con rumbo a buscar hoteles, pero lamentablemente para varios pasajeros, ya no había cupo en ellos, todas las habitaciones estaban copadas por encargo de los campesinos que cada ocho días llegaban para pasar el fin de semana en la cabecera municipal. El adolescente y su compañero, a las cinco de la tarde, ya habían recorrido los tres hoteles del pueblo y no habían encontrado alojamiento, asunto por demás grave, si se tiene en cuenta que a esa hora justamente, cinco de la tarde, se daba comienzo al toque de queda decretado por el Gobierno Nacional, que culminaba al otro día a las seis de la mañana, en cuyo lapso de tiempo, si alguien fuera encontrado en la calle, tenía dos opciones: la una, era que si estaba con suerte, lo tomaban preso hasta el próximo día laboral, cuando lo presentaban ante un juez, quien casi siempre le ponía una multa que al ser pagada lo ponían en libertad; pero si por el contrario, la suerte no le acompañaba, entonces las patrullas estaban autorizadas para disparar a cualquier bulto que se viera en la oscuridad de la noche, época en la cual, los patios de los batallones y de la policía, eran los lugares de búsqueda de las personas que no habían llegado a sus respectivas casas durante la noche.

Fue entonces, cuando el hombre y el joven adolescente, entraron en una tienda que ya estaba cerrando, para evitar dificultades con las patrullas, quienes fusil en mano, listos para disparar o dar de culatazos, a las personas, entraban a los lugares que no tuvieran las puertas cerradas y trancadas, lógicamente.

¿Usted conoce al ciego Heraclio? Preguntó el hombre al jovencito; si él vive allí, señalándole la casa con el índice; camine vamos y nos entramos allá, mientras resolvemos el asunto de la dormida, le dijo a su compañero el adolescente. Hombre y joven caminaron con sus maletines en las manos, los cincuenta metros que los separaban de la casa donde vivía el hombre que buscaban; con el afán que es producido por el miedo a morir, se dirigieron al lugar, pero en ese preciso momento se escucharon ráfagas de disparos muy cerca, acelerando el miedo hasta llegar al terror, habiendo puesto a las personas trémulas. El caminar esos cincuenta metros fue eterno en el tiempo y muy lejos en la distancia. Cuando lograron pasar el débil portón de madera que daba privacidad a la casa, sintieron como si hubieran renacido; entraron al lugar y allí estaba la persona que buscaban "el ciego Heraclio".

Este invidente conocía perfectamente bien, por su voz al joven adolescente, pues en los pueblos que ambos visitaban, él lo escuchaba cuando hacía sus ventas y sabía de la capacidad de vendedor que era; cuando entraron en la casa, al saludar al hombre en tinieblas, con su bordón en la mano, reconoció la voz del adolescente y en su rostro se vio la alegría producida por el visitante, el hombre se paró de su asiento y se acercó al visitante extendiéndole la mano para saludarle, aunque en ese momento, saludó fue al compañero, al hombre mayor y en el momento le preguntó ¿y usted quién es? A lo que contestó el individuo: soy el compañero de su amigo, ha bueno; después saludó al que él conocía, con alegría lo hizo y le preguntó, aunque él sabía a qué era que habían ido ¿y que los trae por aquí? No pues venimos a trabajar, pero resulta que los hoteles están totalmente llenos, no hay en donde pernoctar; pues si quieren aquí se pueden acomodar, dijo el invidente y dichas las palabras, llamó a su esposa Rosa y le dijo que preparara cena para todos, y así lo hizo la humilde mujer.

El susto por los disparos escuchados no muy lejos de ahí, fue la nota en debate con el invidente quien aseguró que posiblemente habían matado a alguien y que quien sabe cuántas serian las víctimas, porque los disparos escuchados habían sido varios. De pronto, se escuchó la voz de la humilde mujer, esposa del invidente: Eso por la mañana se verán en el patio del batallón, pues esos chulos son asesinos, todas las noches matan tres o cuatro; hicieron bien en venirse para acá, pues si los hubieran visto en la calle los matan, porque así es aquí; decía mientras apuraba el fuego en el viejo fogón de leña, donde los vapores que las ollas en ebullición expedían, saliendo deliciosos olores alimenticios.

La conversación entre el invidente y los dos visitantes, se tornaba amena y entre historias contadas de muertos habidos en esa semana, los nervios se tensaron cuando el invidente dijo: yo les aconsejo que mañana tempranito, antes de las cinco, que es el "toque de queda" como a las cuatro, se vengan y se resguarden porque como son forasteros les pueden disparar, es mejor no darles esa oportunidad. El invidente acababa de pronunciar esas palabras cuando se escucharon más disparos a dos cuadras de distancia. Claro como mañana es mercado hay muchos campesinos que están llegando, les ha cogido la noche en los caminos y muchos no saben que hay el toque de queda. Quien sabe cuántos muertos amanecerán mañana, dijo el invidente, en ese momento se escuchó la voz de la humilde mujer, sírvanse pasar a la mesa por favor. En ella había suculentos platos con carne guisada, acompañada de arroz blanco, patatas y una fresca y deliciosa ensalada, todo esto acompañado de sendas totumas de un batido de maíz llamado masato, extraído por la humilde mujer, de una olla de barro donde ese delicioso manjar guardaba su frescura.

Mientras los visitantes y el invidente dialogaban en el empastado patio entró por la vieja puerta, de alambre y madera, una joven a quien solo se le vio la espalda, cubierta por una hermosa cabellera lacia y negra como azabache; la joven de caderas amplias, al joven verle, solo le soltó un piropo en voz baja, ¡huy mamacita pa casarnos! Al otro día era el mercado, el día en que el adolescente y su compañero trabajarían en sus ventas. A las siete de la mañana ya se escuchaban los murmullos de vendedores de toda clase de mercancías traídas de lejanas ciudades, otros vendedores locales y multitud de campesinos que de los campos traían en recuas de briosas mulas, sendas cargas de café, maíz, cacao y frescos comestibles que eran comprados por propios y extraños. Fue entonces, cuando ya desayunados, el joven y su acompañante, salieron con sus maletines para vender sus mercancías.

La joven mujer no se dio por enterada del piropo, pero al otro día, preparó una olla de limonada, que sació la sed del joven vendedor, quien bajo los rayos del sol en el verano ardiente, agotaba su humectante corporal y, entonces pudo verla de frente con la fresca figura de sus diez y ocho años, se había elaborado largas trenzas que doblaba por la mitad, posiblemente con el deseo de verse más hermosa. Aquí le traigo una limonada, se oyó decir a la joven, mientras el público la observaba; el adolescente le recibió la olla y cuando fue a beber le dijo: tomaré de la olla aunque dicen, que si se hace eso, el día en que nos casemos, lloverá. La joven, en una amplia sonrisa mostró su blanca dentadura, que al joven le gustó; cuando había bebido devolvió la olla y siguió en su trabajo. Los productos farmacéuticos que el adolescente y su compañero expendían, eran de amplio espectro popular y conocimiento general, por todos los ciudadanos en toda la Nación y el campesinado acudía a su compra para recibir todos los beneficios de los medicamentos.

Eran las diez de la mañana y el calor empezaba a hacer mella en las personas que trabajaban al aire libre, pues el sol reverberaba a tres metros de distancia. Las últimas mulas ya descargadas buscaban el camino de regreso a su adesa, menos, la que siempre los arrieros dejaban para llevar en ella el sustento para la semana. El sudor hacía el recorrido por toda la humanidad del joven adolescente, mientras desocupaba maletines que antes estaban llenos de medicamentos, mientras su compañero sonriente por el buen negocio, al haber acompañado al joven vendedor, le alcanzaba las últimas unidades dispuestas para la venta en ese día.

A las cuatro de la tarde, los maletines de los vendedores estaban vacíos y los comerciantes que bajo toldos de lona, en largas mesas exhibían sus mercancías empezaban a recoger los sobrantes, limpiando de polvo una, a una, sus mercancías, para llevarlas a un nuevo mercado o por el contrario, guardarlas hasta el próximo mercado. Federico y su compañero tomaron sus maletines ya vacíos y con ellos y la sonrisa del buen negocio, tomaron el camino a media cuadra de la casa del invidente amigo. Allí se sentaron para ver morir la enardecida tarde, mientras apuraban, bajo la ley seca, sendos tragos de cerveza fresca, que antes de las cinco de la tarde compraron en la tienda de la esquina, empacada en costales tejidos de fique, con capacidad para sesenta botellas.

Eran las cinco de la tarde, cuando las campanas de la iglesia, empezaron a repicar con la tristeza que requiere la muerte de la tarde en un día tan alegre como el día de mercado, avisando que el toque de queda y la ley seca ya empezaban y cualquier persona que osara quebrantarla sería herido de muerte, o si la suerte lo acompañaba lo tomaban prisionero, le daban de culatazos, lo lavaban en tanques de agua donde los había, o con mangueras de presión , para luego conducirlo a una fría y oscura celda, de dos por dos metros construida de piedra y cemento, con una reja de hierro como puerta. A esa hora, cinco de la tarde, todos los habitantes de la población deberían estar en sus casas u hoteles a puerta cerrada. Todos los que querían saciar la sed en los deshidratados cuerpos, temprano antes de las cinco de la tarde, se habían provisto de gaseosas y cervezas, ya que nadie saldría de sus casas.

De pronto, ya oscureciendo, el chirrido de la vieja puerta de alambre y madera de la entrada a la casa, se escuchó. Todas las miradas nerviosas o asustadas se dirigieron al lugar. Era alguien inesperado, se trataba de la joven de cabellos largos y piel como de canela, que llegaba de su lugar de trabajo a paso largo y ligero, con la respiración cortada a causa de los disparos escuchaos en su recorrido; nadie la esperaba, la autora de sus días, creía que ella se quedaría en la casa de sus jefes, como anteriormente lo había hecho, pero fortuitamente, se había venido a dormir en la casa de su madre. Cuando ya había descansado y respiraba bien porque el susto había pasado, el joven adolescente se le acercó y le preguntó: ¿que hubo de lo que le dije ayer? Mañana me voy, ¿en qué quedamos por fin? Pues diga usted que es el hombre, ¿Cuándo? En ese momento, a la mente del joven llegó el recuerdo de una frase popular que había escuchado de su madre: Martes ni te cases ni te embarques, ni de la familia te apartes. Entonces pensó en voz alta, el miércoles; ¿el miércoles que? El miércoles nos casamos, mañana vamos a la casa Cural y sentamos la partida de matrimonio y nos casamos el miércoles; está bien, contestó la joven; hasta ese momento no se habían tocado ni un cabello, solo se habían visto y nada más. Ella sabía el nombre de él, porque el invidente lo había pronunciado varias veces. Pero el joven, no había escuchado el de ella, ni se lo había preguntado. Fue en ese momento en que la madre de ella salió, había estado escuchando lo que ellos hablaban afuera en el prado de la casa. ¿Qué es lo que ustedes están hablando ahí afuera? ¿Qué es lo que estoy oyendo? ¿Que ustedes se piensan casar sin ni siquiera conocerse? El matrimonio no es cosa de un día para otro, es para toda la vida. Eso lo sé yo perfectamente bien, dijo el joven y la muchacha lo afirmó.

Entonces usted que conoce las gentes del pueblo, consiga los padrinos, dijo el joven adolescente. Yo les puedo servir con Lilia, mi mujer, dijo Horacio el compañero de Federico; entonces yo ya tengo mis padrinos; solo faltan los suyos; bueno mañana hago esa diligencia, contestó la joven; entonces yo le doy la plata para que compre la tela para su vestido, los zapatos y lo que necesite, yo compraré camisa y zapatos, pues el pantalón ahí lo tengo. Entonces mañana vamos a la casa Cural, hablamos con el padre y hacemos las compras; así está bien, dijo la joven. Al otro día muy temprano, Ana Rosa, la humilde esposa del invidente, que estaba para dar a luz en esos días, se había levantado a temprana hora, y al llegar la Aurora, ya tenía un suculento desayuno, mientras a ella acudían los fuertes dolores de parto.

La joven, muy temprano en la mañana del 18 de Agosto de 1959 se levantó y se fue para lo que sería su trabajo. De él regresó en compañía de su jefe, doña Leonor, a quien ella había solicitado fuera su madrina de matrimonio. Quería conocer al novio de su empleada y se paso acompañarlos a la casa Cural y a las compras que la pareja haría; diligencias que se hicieron durante el resto del día.

Ya en la casa Cural diez minutos después, por la misma puerta en la que desapareció la secretaria, entraron el sacerdote, un hombre como de cincuenta años de raza negra, decentemente, hasta los pies vestido con su negra sotana. Al mirar a los interesados en el matrimonio, saludo como lo hizo la secretaria; buenos días Leonor, como está tu familia; todos muy bien padre; y dirigiéndose a los jóvenes les preguntó ¿son ustedes los que se van a casar? Si padre; pero me cuenta la secretaria que quieren casarse pasado mañana y eso no se va a poder, porque hay que correr la amonestaciones y eso se demora tres semanas; fue entonces cuando habló el jovencito; si no nos casamos pasado mañana nos vamos a vivir juntos señor cura, yo no vivo aquí y no puedo esperar tres semanas, yo ando de mercado en mercado. ¿Usted si es capaz de mantener a esta mujer? Preguntó últimamente el sacerdote entonces quiénes son sus padrinos? Mis padrinos son los que aquí están. Y fue sentada la partida de matrimonio.

El miércoles 19 de Agosto del año 1959, temprano en la mañana, cuando habían levantado el toque de queda, se encontraron con los padrinos de matrimonio de la joven en la Iglesia. El joven iba con su compañero de trabajo y su esposa que eran sus padrinos y entraron hasta cerca del altar mayor.

El sacerdote no demoró en salir y se dedicó a leerles la carta de San Pablo a los contrayentes y sus padrinos, como a las curiosas que también entraron, solo para ver el matrimonio, siguió con el sermón, les dio la comunión y finalizó la misa. Del templo salieron en grupo y tomaron la calle con rumbo a la casa del invidente, acompañados de la madrina Leonor, quien los acompañó hasta la casa donde les esperaba la madre de la joven ya casada y su nobel esposo. La madre de la joven a pesar de sus fuertes dolores de dos días les había preparado el desayuno.

Al pasar frente a la casa de la modista, la familia salió para ver el paso de los contrayentes y más que todo como se veía el vestido elaborado por ellas, en el cuerpo de la novia.

Era tan fuerte la enajenación mental del joven ya casado, que sin darse cuenta, en la primera cuadra de trayecto caminado, ya se había adelantado a los acompañantes por veinte o treinta metros, por lo que la madrina Leonor, le volvió a llamar la atención: Federico, no se adelante, espérela, no la deje atrás, tómela por el brazo; dijo la mujer quien no concebía lo que estaba mirando. Solo volvió a tener conciencia plena de sus actos, cuando al pasar por la casa de la modista, vio que ella y su hija se asomaban al paso del matrimonio con la puerta entreabierta; fue entonces cuando se dio cuenta que como cosa rara, había estado ausente en sus conocimientos.

Pocos minutos después, por la misma puerta en la que desapareció la secretaria, entraron el sacerdote, un hombre como de cincuenta años de raza negra decentemente hasta los pies vestido con su negra sotana. Al mirar a los interesados en el matrimonio, saludo como lo hizo la secretaria; buenos días Leonor, como está tu familia; todos muy bien padre; y dirigiéndose a los jóvenes les preguntó ¿son ustedes los que se van a casar? Si padre; pero me cuenta la secretaria que quieren casarse pasado mañana y eso no se va a poder, porque hay que correr la amonestaciones y eso se demora tres semanas; fue entonces cuando habló el jovencito; si no nos casamos pasado m señor, yo gano suficiente para mantenerla ¿en qué trabaja usted? Yo vendo mercancía en los pueblos los días de mercado;

sin quitarle la mirada al joven, el sacerdote le preguntó ¿cuánto hace que se conocen? Como seis meses contestó el joven. El sacerdote preocupado por la amenaza de que si no se casaban el día citado, se irían sin la bendición, sin matrimonio, cambió su forma de pensar y dijo: tendrá que pagar las amonestaciones y el matrimonio; cuánto vale esa vaina, dijo el jovencito dirigiéndose al sacerdote; vaina es donde San Pedro metió la daga cuando le cortó la oreja al soldado, que tomó prisionero a Jesús; palabras ya escuchadas en anterior ocasión. Las amonestaciones son avisos que se dicen por el parlante cada ocho días, para saber si hay alguien que por algún motivo pueda evitar el matrimonió. ¿Entonces hay que pagar esas cosas que dice usted? Las amonestaciones; ¿a como son? Cada amonestación vale tres pesos. ¿El matrimonio cuánto vale? El matrimonio vale otros tres pesos. El joven Federico quien era conocedor de las matemáticas, de una vez dijo: son doce pesos; sí, son doce pesos, contestó el sacerdote; entonces tome se los pago de una vez y sacando billetes de varias denominaciones, pagó los doce pesos. El jovencito pensaba que iba a ser mucho más caro y aterrado se quedó al saber los costos tan baratos de un matrimonio; cuando creía que le iba a costar cientos de pesos, solo le costó doce pesos con todo.

Después de haber firmado los padrinos y los contrayentes, el gigantesco libro de matrimonios, salieron apresuradamente y una vez en la calle, la madrina Leonor, se despidió no sin antes hacer la última recomendación: no olviden estar en la Iglesia a la hora indicada: cinco de la mañana en punto, no vayan a hacer esperar al padre, levántense temprano, aquí nos vemos mañana. Los contrayentes también se despidieron y la joven se fue rauda a donde la modista para entregarle el corte de tela, buscar el estilo y para que le tomaran las medidas.

La humilde mujer, había preparado carne en bistec, y chocolate con biscochos caseros, dejó todo listo para ser servido y se acostó de nuevo en la espera de dar a luz, como realmente aconteció esa misma tarde al anochecer, cuando parió una hermosa niña a quien llamó Leonor.

Desde el comedor, en la cocina se escuchaban murmullos relacionados con el matrimonio del par de adolescentes; a Ana rosa, el ama de casa y madre de la novia, le preocupaba el no conocer al joven visitante y le preguntaba a su marido si su hija no iría a pasar necesidades al casarse con el desconocido, a lo que el invidente le contestó, que él conocía bien a ese joven y sabía que ganaba suficiente dinero como para mantenerla bien, sin que le hiciera falta nada, que de otra manera, él no iba a permitir un matrimonio si supiera que el joven no ganaría suficiente para sostenerlo; que por eso no se preocupara; preocúpese por otra cosa menos por eso, le dijo el invidente a su mujer. Con ese muchacho queda mejor casada que con cualquier campesino de por aquí, al no ser que esté de buenas y se case con un hacendado, ganadero, o un productor de café, pero que no sea miserable, porque, que sacamos con que tenga mucha plata, si es bien amarrado, avaro e infeliz. Déjela que haga su vida, aquí no va a pasar de ser un empleada. Fíjese todo lo que le ha pasado con personas de este pueblo, es mejor que se vaya ya casada, para empezar de nuevo y salvar responsabilidades nuestras.

Una vez consumido el suculento desayuno, la pareja de jóvenes salieron en busca de un fotógrafo que ella conocía con el nombre de Juan Pomar, y la primera parada fue en la esquina del parque; el sol brillaba y empezaba a calentar la madre tierra, al momento el joven esposo pensó en que era su deber comunicarle a su padre la noticia de su matrimonio, entonces le preguntó a la novia en donde era el telégrafo y ella le señaló el lugar, a él entró, escribió el telegrama que a la letra decía hoy casome a la fuerza, martes esa. Federico y lo mandó.

Federico y su compañero, pasaron por el lugar donde el día anterior habían trabajado y vieron la soledad de un pueblo al otro día de mercado; solo algunos campesinos retrasados para volver a sus campos, pues algunos habían amanecido ejerciendo su derecho de hombres, en el lugar llamado zona de tolerancia, donde entre copas y música de trastienda, le dicen, papito sin conocerlo y le hacen mil caricias distintas a las que le puede hacer la dignidad de la esposa si la tiene.

También estaban los comerciantes del pueblo, haciendo su mercado, pues ellos lo hacen un día después, porque el día de mercado, todos están ocupados atendiendo sus propios negocios, pero el lunes lo dedican a libar sendas copas de licor y a hacer el mercado para sus familias.

El martes, en horas de la tarde le fue entregado el novedoso vestido a la novia y el miércoles con el alba, las campanas repicaron haciendo el acostumbrado llamado para que los feligreses y pueblerinos fueran a escuchar la santa misa que empezaría a las cinco en punto de la mañana, como todos los días. El tilín tilan de las campanas despertaron al pueblo entero, como todos los días, pero muy especialmente a los contrayentes y a sus padrinos quienes apuradamente se alistaron para asistir al compromiso. Ese día la madre de la novia, apenas si se pudo levantar, para hacer el desayuno, contra su voluntad, pues ya le habían empezado los dolores de parto; así que ella aunque lo hubiera querido, no iría a la Iglesia. No mucho tiempo después, aún no habían acabado de alistarse los contrayentes, cuando sonaron las campanas nuevamente, anunciando que era el segundo aviso y solo quedarían algunos minutos para dar el tercer y último aviso, así que el sacerdote ya estaría listo en la sacristía, mientras los contrayentes aceleraban sus arreglos, especialmente la novia. El vestido, había quedado bien, según el gusto de la madre de la novia.

Por fin salieron de la casa los contrayentes, los padrinos del joven y el invidente, quien quiso acompañar a su hija al matrimonio. Unos minutos después, sonaron las campanas por última vez, dando el tercer aviso para la asistencia a la Santa Misa, la madrina de la novia, ya estaba esperando en el atrio de la Iglesia, mirando por la calle de abajo de donde suponía que llegarían los contrayentes. Ya se estaba impacientando cuando alcanzó a distinguir entre la penumbra del amanecer al grupo de personas; el sacerdote aún no había salido de la sacristía para la Iglesia. Con paso decidido y apurado avanzaban los contrayentes, en par minutos llegaron al atrio de la Iglesia, donde con ansiedad los esperaba la madrina de la novia, quien les dijo: apúrense que el padre hace rato está esperando; afanosamente entraron a la Iglesia por la nave central y se acercaron hasta el altar mayor. Mientras saludaron al señor y a los santos, apareció la figura morena oscura del sacerdote, quien con toda seriedad y concentración empezó el sagrado rito pidiendo a los contrayentes las argollas; en ese preciso instante, el jovencito contrayente, le dijo: no tenemos argollas, a mí, nadie me dijo que se necesitaban argollas, si me lo hubieran dicho las hubiera comprado; yo se las presto dijo el sacerdote y mandó al sacristán para que las trajeran; y sí, trajeron unas tan pequeñas que no cupieron en los dedos de los contrayentes; entonces fueron usadas simbólicamente y de inmediato, el sacerdote le dijo al jovencito: Federico devuélvame las argollas; al instante, el joven entregó la que a él le habían prestado y, la novia, la que ella trataba de entrar en su anular sin satisfacer su interés.

Al momento el joven contrayente, sintió estar enajenado; no estaba presente, ni su mente puesta en el rito, ni escuchaba lo que decía el sacerdote; tanto que cuando el sacerdote le hizo una pregunta que él no escuchó en ningún momento, la madrina de la novia, que estaba de pie, junto al joven, le tocó por el hombro y le dijo: El padre le está hablando, dígale que sí. Así lo hizo el contrayente, quien desde ese momento empezó a imaginarse que el sacerdote moría de repente. Vio como se desangraba y aunque no lo quería, no podía dejar de ver en su mente, la muerte del sacerdote.

El día del matrimonio, después del suculento desayuno al que la madrina Leonor no asistió, pues dijo estar de afán, se despidió y se fue. Todos se pararon de la mesa y la novia atinó a decirle a su reciente esposo: yo creo que deberíamos hacer que nos tomaran una foto y para eso tenemos que ir a buscar a don Juan Pomar, el es el fotógrafo del pueblo. Claro que si, dijo el jovencito y los dos salieron para hacer la diligencia, la cual fue cumplida habiendo quedado el fotógrafo de entregarlas ocho días más tarde; de paso, por orden del sacerdote, fueron a la notaría para firmar el libro de matrimonios sin lo cual, según el sacerdote, no quedarían casados, y así lo hicieron; de paso entraron al telégrafo y Federico mandó un telegrama a su padre que decía: Hoy cásome a la fuerza, próximo martes esa, Federico.

De regreso a la casa del invidente, de una pieza, como si estuvieran escondidos, salieron personas desconocidas, con guitarras con las que interpretaron canciones del amplio repertorio del Folclor Nacional, entre pasillos y bambucos, guabinas y torbellinos, cumbias y rajaleñas etc, que hicieron las delicias del invidente y sus invitados, mientras la mujer embarazada, ya no pudo soportar más los dolores de vientre y se recostó en su cama cerrando la puerta, para que no le entrara el ruido de la música que en el corredor había. Como toda la familia de la novia había sido informada del matrimonio, los abuelos maternos, no faltaron a la cita, para hacer un baile como lo hacían en la antigüedad. La anciana que vestía una saya hasta los pies desnudos. De repente en el corredor y el patio se oyó un grito ahogado, ¡ayyy!, entonces la anciana entró en la pieza de puerta entrecerrada y pudo ver a su hija quejándose del dolor de parto; al momento sacó la cabeza entreabriendo la puerta y mirando hacia donde estaba la animada reunión, y dijo ¡Vicente! Con tanta fuerza que todos oyeron la voz de la venerable anciana; el anciano esposo llamado Vicente, se acercó a ella y fue entonces cuando en su oído murmuró: ve a la casa y tráeme la canasta con los útiles de parto, Ana Rosa ya se viene, no se demore, ándale viejo.

El hombre endureció su rostro, en él se adivinaba que algo no andaba bien, de prisa salió pasando la puerta de palo y alambre y a paso ligero a su casa se fue. No pasó mucho tiempo para que volviera, en las manos la canasta traía, en ella las cosas que la anciana necesitaba para atender el parto de su amada hija, no era muy tarde, si acaso las ocho, cuando el llanto de un bebe se escuchó por doquier, la hija casada en el baile estaba y al oír el llanto, a la pieza se fue; allí vio a su madre con sangre en la sábana mientras con sus brazos abrazaba la infante nacida, que contra su pecho ponía, para amamantarla. Salgase y atienda su fiesta, le dijo la abuela, mientras yo la arreglo para que la vean.

Con toque de queda y matrimonio en casa, nació la hermosa niña y Leonor le pusieron en honor a la madrina de ese mismo día. Al saber de los músicos la buena noticia, silenciaron sus guitarras, entraron a conocerla y la fiesta siguió con más énfasis, ahora festejando el nacimiento de la hermosa niña; entretanto la anciana arreglaba la cama, la pieza y, todos entraron para ver el fruto de un viejo amor. Un día después el adolescente y su compañero, salieron a trabajar como de costumbre, llegando a la puerta de las casas para ofrecer sus productos, mientras llegaba el domingo para atender los campesinos en el mercado. Así pasaron esos dos días, hasta que el sábado en la mañana empezaron a llegar los campesinos para vender sus productos y comprar lo necesario para la semana. Duro trabajaron, sábado y domingo; el lunes el mercado estaba solo, sin compradores ni vendedores campesinos, solo compraban y vendían las personas del pueblo como era la costumbre; los recién casados ese día, alistaron las maletas para viajar el martes, despidiéndose del pueblo con un adolescente ya casado, quien viajaría con su esposa a la ciudad intermedia para lo cual alquiló un vehículo expreso, con el fin de dar cumplimiento a el telegrama enviado a su padre.

había nada más que discutir y se debía creer en el interlocutor y la gran mayoría de negocios se hacían basados en "La Palabra" aún hoy en muchas partes, tiene un gran valor. Pero no podemos dejar de reconocer que esta "Palabra" ha perdido mucha credibilidad y firmeza. La palabra era como una escritura en letras de oro y se decía para ratificar lo dicho: "palabra de hombre". Pues en aquellas épocas se decía que la mujer no tenía palabra y que era costumbre que con facilidad la cambiara, pues al no poseer Cedula de Ciudadanía, estaba impedida para celebrar contratos. Es lamentable, pero esa "palabra" ya no tiene la misma valides de cuando se compraban y vendían propiedades basándose en ella, y si alguien por algún motivo incumplía un negocio con toda seguridad se le podía replicar: ¡Usted me dio su palabra! Fue por eso que Federico se casó, porque "había dado su palabra" pues amor no existía, no hubo tiempo para que el amor naciera, pero en verdad, si le gustaba mucho la joven con la que se casó. Hay en esta historia una anécdota, increíble pero real. Cierta vez, como a los quince días de casados, durante los cuales siempre el trato personal de ambos era el de "mija por parte de él adolescente y el de mijo, por parte de la jovencita, quien si había cumplido los diez y ocho. Eran palabras con las que se trataban los adultos que hacían vida conyugal y en este caso, eran repetidas por el par de jóvenes que ya se sentían mayores. El asunto es que los dos estaban en la recamara, él recostado en la cama y ella sentada sobre un baúl. "en esa época la mayoría de personas tenían baúles de lámina o madera, en lugar de maletas o valijas" de repente, Federico quiso llamar a su esposa por su nombre, pero no lo sabía, nunca lo había escuchado y ya llevaban quince días de casados; entonces le preguntó, dándose vuelta en la cama para mirarla de frente, mija, ¿Cómo es que usted se llama? Ella lo miró también y le contestó: Atenais, pero no me gusta ese nombre, mejor me hubieran puesto Senaida, ese nombre es el que a mí me gusta. En ese momento Federico automáticamente se sentó, no porque le hubiera parecido feo el nombre, sino por lo raro, nunca lo había escuchado, pero no le dio importancia y le siguió llamando por el nombre de Atenais.

En Febrero del año de 1960 Federico se había mudado a vivir al pueblo grande, con el fin de que su mujer tuviera el apoyo de su papá, ya que él debía de viajar por lo menos semanalmente. Para esta fecha ya tenían un par de meses viviendo en una humilde pieza, en una de las casas de su padre y la joven estaba embarazada, entonces todos los días caminaba de el lugar donde dormía, a la casa donde vivía su suegro con la esposa, que era la madrastra de Federico, allí ella les colaboraba en los oficios domésticos a cambio del alimento que ellos le brindaban. Federico se iba los viernes y regresaba los lunes o martes; un día en que llegaron por la mañana a la casa de su padre, este le llamó a Federico para la calle y le dijo en secreto: Usted tiene un radio, yo se lo voy a comprar y con ese dinero usted se va bien lejos, para que se libre de esa mujer, que a usted no le conviene y yo le doy un dinero a ella para que se vaya para su pueblo con su familia, para que cuando tenga el hijo no esté sola, que esté con su familia y yo le sigo mandando para que coma mientras tanto, se lo digo es por su bien y el de ella, aquí quién la va a atender si cuando tenga el hijo usted no está, Isabel no se va a hacer cargo de eso, ella no sabe nada, aunque quisiera no se va a poder, es mejor que de una vez ella esté con su familia, ya después vemos que pasa.

El adolescente obedeció al pie de la letra lo dicho por su padre, como siempre lo había obedecido; se fue para la pieza, acomodó su ropa en el baúl, lo puso sobre su hombro y se fue como huyendo, hasta un lugar en la carretera, donde pudiera tomar un camión que lo sacara del pueblo grande, sin que su mujer se diera cuenta, como efectivamente sucedió. Allá en la salida del pueblo para la capital, el adolescente descargó el pesado baúl y esperó pacientemente a sabiendas de que allí no lo buscaría su mujer. No muy tarde vio venir un camión que despacio caminaba, el asunto era salir del pueblo aunque no supiera con exactitud para donde, solo sabía que la próxima ciudad era la capital y estando allá, sería muy difícil que la esposa lo encontrara; el camión paró, el jovencito subió al estribo y le dijo al conductor que si podía hacerle el favor de llevarlo a la ciudad, el hombre le dijo que si y ordenó al ayudante poner el baúl en la parte trasera, el joven se acomodó en el asiento del ayudante y respiró profundo al sentirse libre de una posible persecución por parte de su esposa, mientras el camión avanzaba lentamente por el peso de su carga, sobre una carretera destapada, de curvas cerradas y en mal estado por los huecos en ella; el joven pensaba en que se estaba librando del peso de la responsabilidad que había recaído bajo sus hombros desde el día en que se casó y sentía agradecimiento a su padre, pensando que sería lo mejor.

El camión se fue acercando a la gran ciudad; allí Federico sintió la paz que tanto anhelaba, lejos de la posible persecución que él pensaba, por parte de su esposa. Cuando el camión estacionó en una calle ya conocida por Federico, pensó en la pregunta hecha por el conductor del camión: ¿usted se voló de la casa no cierto? Cuando la realidad era que si iba volado, pero de su esposa. Allí el ayudante del camión bajó el baúl del muchacho, lo puso en el andén y se despidieron. El joven tomó el baúl, lo puso sobre su hombro y caminando llegó a un hotel ya conocido; en él dio a guardar el baúl en la esperanza del administrador, en que el conocido joven sería un cliente más por esa noche y quien sabe por cuánto tiempo más, pues sabido era que el jovencito podía vivir por tiempo indefinido pagando su estadía cada noche al llegar del lugar de trabajo. Pero no, más tarde, el jovencito llegó por su baúl, lo puso sobre el hombro y caminó hasta la empresa de autobuses que viajaban con rumbo a la ciudad de Honda, a orilla del río Magdalena, en el departamento del Tolima; donde se empieza a sentir el calor de la costa Atlántica Colombiana, el donaire de sus gentes de brazos abiertos, lo mismo que las puertas de sus casas, la generosidad y amabilidad de sus gentes, siempre hospitalarias. De la Ciudad de los puentes seguía La Dorada, en el departamento de Caldas y Puerto Berrío, en el Departamento de Antioquia. Hasta allí viajo el jovencito ese mismo día, llegando al maravilloso puerto fluvial en horas de la noche, pero en él, como en todos los puertos, las ciudades no duermen.

Con su baúl al hombro caminó para acercarse al lugar donde en la madrugaba zarpaba un barco, con destino a la costa atlántica y viajado durante tres días y tres noches, pasando por Barranca Bermeja, en el Departamento de Santander del Sur, Gamarra, La Gloria y otros puertos menores para llegar a Barranquilla en autobús desde bocas de Ceniza, en el Departamento del

Atlántico, desembarcaba los pasajeros y la carga en Bocas de Ceniza, de donde se trasladó a Barranquilla donde vivió por espacio de algo más de un año. Luego vivió en Santa Martha, la Bahía más hermosa de América. Ciénaga y antes de Fundación la tierra de " Gabo" Gabriel García Márquez, en una calle de arena como todas las calles del pueblo, llamado Aracataca y que los costeños llaman "Cataca".

Con el Baúl al hombro, en Barranquilla, Federico caminó, por la calle Progreso, "tal vez" la más comercial de la ciudad llamada La arenosa, hasta encontrar cerca al mercado un hotel de los baratos; allí se acomodó y salió a conocer la ciudad, especialmente la plaza de mercado, lugar que como en todas partes, sería el ideal para desarrollar su trabajo. El mercado era atravesado por uno de tantos caños que hay en la ciudad y por él entraban toda clase de lanchas repletas de pasajeros que vivían en las veredas a lo largo de su trayectoria, también llegaban balsas hechas de vástagos de plátano o guadua, con sendas cargas de madera y muchos peces, frutas, verduras, hortalizas, cacao, café y animales domésticos, que sacaban por el río de la Magdalena. Sobre el caño había un puente conocido Nacionalmente como el puente de Barranquilla; sobre ese puente fundó Federico su "trabajadero" y el de todos los vendedores de productos farmacéuticos que a la arenosa llegaban del interior del país.

En los días de soledad de Federico, una hermosa jovencita tal vez, de su misma edad, llegó al hotel donde descansaba el jovencito, por él preguntó en la recepción, dando datos sobre un vendedor que había visto pregonando en el sector de San Nicolás, la recepcionista le indicó en que pieza estaba el joven que allí se alojaba, la desconocida jovencita golpeó en la puerta, el habitante abrió, ella entró y se sentó en la cama. ¿En qué le puedo servir? Dijo el joven, en nada y en mucho, contestó la joven, es que yo lo vi a usted por San Nicolás y quise venir a verlo. Muchas gracias. Al momento la joven se tiró sobre el joven y lo empezó a besar apasionadamente, en un momento de libertad, mientras la joven se desnudaba, Federico cerró la puerta con tranca pues estaba franca a la vista de quien por el pasillo pasara, los dos dieron rienda suelta a su desenfrenada pasión y la joven, se fue, para regresar más tarde, con una maleta en su mano y la noticia de que allí se quedaría, como realmente sucedió. Unos días después cuando ya se consideraban pareja, un hombre entró en el hotel, preguntó por el jovencito y al verlo le dijo, vengo por mi mujer, ella es mi esposa y me la voy a llevar.

Ahí está, llévesela, le contestó el joven, la mujer salió pues había escuchado la voz de su marido, al momento la tomó por el brazo y le dijo, usted se va con migo, ella le dijo que no, que ella se quedaba ahí, pero el hombre insistió en que usted es mi esposa y se tiene que ir con migo, luego ella entró a la pieza llorando, empacó su maleta y la sacó, pero contra su voluntad, para irse con esa persona. Luego pasó como un año durante el cual Federico se fue para Cartagena, al regresar a Barranquilla, la empleada del hotel le dijo que la jovencita había ido varias veces a buscarlo, porque había tenido una niña de esa relación y le dijo en donde encontrarla. Federico fue al lugar indicado por la mujer del servicio del hotel y sí, allí estaba la mujer con una niña en sus brazos quien al ser requerida, al portón salió, al hombre reconoció, la niña le mostró diciéndole, esta es su hija, pero llegaste demasiado tarde, mañana me voy para Plato Magdalena, con el hombre que así me aceptó y aquí no vuelva porque yo me voy.

Cierta vez que Federico estaba abrazado por su inmensa soledad, optó por escribirle a su padre una carta para que se diera cuenta en donde se encontraba, en ella le contaba sobre sus labores y manera de vida. El padre le contestó con otra carta en la que le decía: a su mujer la mande para donde la familia de ella, porque ya iba a tener el parto y no he vuelto a saber nada de ella; lo que si le encargo es que por aquí no vuelva, olvídese de ella y de todo, rehaga su vida por allá o váyase más lejos pero por aquí no vuelva.

Esta comunicación hizo que Federico recapacitara en el porqué el interés de su padre en que no volviera a su pueblo, si no había hecho nada como para no volver; entonces como ya sabía para donde había mandado a su mujer, le mandó una carta a ella, la cual fue contestada con prontitud agregándole una fotografía de ella con una niña en sus brazos. Esa niña era su hija, la miró varias veces y quiso conocerla personalmente, pues el color de sus negros ojos le llamó mucho la atención y pensó que esa niña debería crecer en compañía de papá y mamá, entonces con mucho ahínco se fue a trabajar y empezó a juntar dinero para realizar el regreso, ya no al pueblo donde su padre vivía, sino al lugar donde había conocido, a la joven madre de su hija. Tres días después el viaje fue realizado en avión, habiendo llegado el mismo día por la tarde al pueblo donde estaba la madre de su hija. Cuando Federico llegó a la población, se bajó del vehículo y tomando su baúl se dirigió a la casa donde habitaba su suegra, creyendo que allí iba a encontrar a su esposa, pero no fue así. Cuando Federico entró en la casa, fue recibido por su suegra quien con mucho agrado lo recibió, mientras le decía: Ella no está aquí; ella está trabajando donde antes lo hacía, donde la madrina de matrimonio; en esta oportunidad fue ella, la madrina, la que le dio la mano. Inmediatamente la suegra de Federico, de un grito, llamó su único hijo varón, llamado Ermínsul y lo mandó para que avisara a su hermana que el marido había llegado; el niño salió corriendo y en termino de minutos dio la razón, esperó a su hermana y mientras ella cargaba a su niña, el hermano le ayudaba con la maleta y lo más pronto posible llegó a la casa, en compañía de la madrina quien después del saludo al esposo de la ahijada, aconsejaba al muchacho para que no la volviera a dejar abandonada a su suerte.

Federico que había llegado sin un solo peso en el bolsillo, aprovechó que estaba en el pueblo y fue a la alcaldía para solicitar el permiso para de una vez, con él en su poder, comunicarse con uno de los laboratorios para los que trabajaba, con el fin de que le mandaran mercancía para empezar a vender desde ese mismo sábado, que era el día de mercado en la población. Al llegar Federico a la Alcaldía y saludar a la secretaria a quien indagó por el jefe, la joven hermosa, le contestó que el señor alcalde no estaba en la ciudad y solo regresaría la próxima semana.

El joven se comunicó con laboratorios Escobar que era el más cercano, tanto, que si ese mismo día, le mandaban mercancía, esta llegaría a sus manos ese mismo día, como efectivamente ocurrió. La mercancía llegó a la empresa de buses que a la población diariamente llegaban y salían con horarios de seis de la mañana, diez de la mañana y una de la tarde, con regreso al día siguiente. Ya con la mercancía en su poder, no había problema, pues Federico era uno de los mejores vendedores de medicamentos, por esos días y gozaba del crédito de todos los laboratorios, que le mandaban la mercancía que necesitara a donde estuviera, inclusive a lugares tan lejanos como la Costa Atlántica. Allí en el pueblo donde la había conocido y casado, volvieron a hacer vida marital organizándose en una pieza de alquiler en el mismo lugar de trabajo de Federico. Allí vivieron hasta después del nacimiento de su segundo hijo.

En el curso de este tiempo, un Sábado cuando apenas empezaba a despuntar la mañana y Federico se alistaba para empezar a trabajar, vio la figura inconfundible de Josué su hermano mayor, que venía acompañado de una joven mujer llamada Pastora, sobrina de la madrastra de este, que antes había sido amante de su padre y fue ella, la madrastra, que viendo que este joven no trabajaba y maliciando lo que su sobrina se traía con el esposo de ella, pensó que esa podía ser la persona indicada para que se fuera del pueblo y se llevara a su sobrina. Así que le dijo a su sobrina: oiga mija, ¿A usted no le gusta ese muchacho hijo de Gilberto, el mayor de ellos? Ese muchacho está muy simpático y usted que ha quedado sola no le caería mal, déjeme a ver si yo se lo puedo aconsejar y si lo convenzo, se va con él. Pastora la miró sonriente mostrando su hermosa dentadura, mientras pensaba que para ella, sería mejor el muchacho, que el viejo esposo de la tía.

Pastora había contraído matrimonio con un primo hermano de ella, llamado Darío, Ampliamente conocido en el pueblo grande con el remoquete de aguililla, por aquello de que cuando las aves de corto vuelo sentían su presencia, empezaban a cacarear y asustadas volaban a los árboles, en defensa de su propia vida. Este sujeto, también sobrino de su tía Isabel, vivían con Pastora en la casa de Teresa, la madre de Darío, quien al morir le aparecieron dueños a la casa; de la familia, pero herederos, entre ellos Darío, Elvia y Alicia hijas de la difunta Teresa. A Darío le dieron uno buenos pesos que se le acabaron sin salir de la casa, hasta que tuvo que entregarla. Como Darío siempre había sido mantenido por su madre, desde el mismo desdichado día en que tuvo que parirlo para no morir, nunca había trabajado, entonces diariamente salía a caminar las diferentes veredas, llevando consigo el loco anhelo de que se le apareciera una emplumada ave. De este individuo Pastora tuvo dos niñas, con un año de diferencia, entre la una y la otra. Viendo Darío que no podía salir de la casa porque la policía lo tenía entre ceja y duda, ocultando una traición, a las leyes contra el abigeato, en menor escala o sea plumífero, optó por irse lejos por lo menos hasta que trasladaran una buena parte de los policías que ya lo conocían, para regresar al pueblo grande en mejores condiciones, o por lo menos, en condiciones de anti persecución, le recomendaron que se fuera para los pueblos del Valle del Cauca, en donde estaban dando trabajo para cortar caña de azúcar y así lo hizo, sabiendo que de todos modos estaría en lugares donde las aves de corto vuelo, estarían en abundancia.

Pero un buen día, para las aves de corto vuelo, Darío salió a la carretera para subirse a la boqueta que siempre lo recogía para trasladarse al corte de caña, y ¿que aconteció? Que Darío, no alcanzó a subirse al vehículo, cuando esté arrancó, el infortunado se cayó y el hombre se murió. Como la compañía cortadora de caña tuviera que responder por el desdichado padre de dos niñas y su esposa, entonces apareció el todo poderoso del pueblo, el rico de la familia, que se las huelen a largas distancias y a cobrar a su sobrino se fue, en compañía de un abogado que le hizo la segunda en los alegatos, sacando la tajada más grande, pero no para entregársela a la viuda madre de las dos niñas como era lo legal, sino para poner el dinero en la misma cuenta que durante tantos años mantuvo al corriente.

La joven viuda, con dos niñas donde la mayor apenas pasaba de un año y la otra recién nacida, asustada, teniendo que entregar la casa de su tía y suegra a los legítimos herederos, sin saber que a ella como esposa de el hijo de la difunta le tocaría tomar la herencia de su esposo, no encontró más en quien confiar como paño de lágrimas, que en su tía Isabel, a ella acudió en pos de su ayuda. La tía Isabel le dijo: no se preocupe mi hijita, vengase para acá, que aquí veremos qué podemos hacer; Gilberto no me puede decir nada, porque cuando nos casamos él tenía un poco de hijos y yo no he tenido a nadie. Pastora se trasladó ese mismo día a la casa de su tía y allí empezó a prestar sus servicios en oficios domésticos, mientras también podía atender a sus dos niñas, la tía que sabía que era su sobrina, viuda, y sin cinco, porque su hermano, el gamonal del pueblo ya había cobrado al muerto, y cuando la muchacha le tocaba ese punto; bajaba la cabeza y le contestaba: camine vamos a rezar el santo rosario y no pensemos más en esas cosas.

Fue allí donde Gilberto empezó a mirar los atractivos de la joven que en su casa estaba, era baja de estatura, blanca en su piel, facciones normales, cabellos largos y piernas bien torneadas, de caderas amplias y gozaba de tener una fuerte atracción para el sexo, puesto en su hermosa mirada. Entonces el viejo Gilberto, que dormía con la tía de la joven, con más de sesenta años de edad, vio que Dios era misericordioso, sumamente generoso y sin darse cuenta, le había puesto ni más ni menos que en su casa, a la mujer joven y bonita que él se merecía y, ni corto ni perezoso, empezó por brindarle cariño a las niñas cargándolas bajo su gruesa ruana de doble faz, hasta que pudo coronar a la madre de ellas, en una casa vacía que él tenía donde una mañana la invitó para que le ayudara a regar las plantas de florecidas azucenas, que él vendía por docenas. Solo que así pasaron los días, las semanas y los meses, las confianzas se fueron dando hasta que un día su amado hijo Cipriano, los vio haciendo el amor en la misma casa de la tía y sin demora se lo contó a la madrastra.

La mujer puso el grito en el cielo, le dio una reprimenda a la sobrina y fue cuando decidió cedérsela a Josué, el hijo mayor de Gilberto. A este que odiaba más que a la guadaña de la muerte, lo mandó a buscar con su hermano menor José Luis, en secreto lo llamó y le dijo: ¿Usted mijo, sabe en donde se encuentra esa porquería, mal viviente de su hermano Josué? Si señora yo lo he visto en el café Roma, ahí se lo pasa tomando café. Vaya y dígale que le tengo algo bueno que le va a gustar, que venga para que hable con migo. José Luis salió para dar cumplimiento al encargo, hecho por su madrastra, al trotecito como siempre lo hacía, en todos los mandados, (en esa casa, era ley, hacer los mandados a la carrera) al llegar frente al café, vio que su hermano mayor allí estaba, lo alcanzó a ver; desde el andén, le hizo una señal con la mano para que saliera y así lo hizo Josué, ya en el andén le dio la razón y sin pensarlo más, le dijo a su hermano: ¿entonces ahora la vieja hija de puta esa, tiene miedo de la bomba que le quiero poner en su hija de puta casa y, me manda a llamar para según usted, darme algo que me va a gustar mucho? Si eso fue lo que me dijo; y ¿no será una trampa de esa vieja para hacerme algo? No, no tenga miedo, ella está muy tranquila, camine a ver qué es eso que le va a dar. Bueno vamos, pero si usted ve que me va a hacer algo esa vieja, rápido me pasa el machete o un palo yo mato esa vieja hija de puta. Y acelerando el paso al momento llegaron; el menor empujó la puerta que quedó franca, la anciana escuchó los pasos en la sala de su casa y supo que ya estaban ahí, secándose las manos, mandó a entrar un poco más al hijastro que odiaba más que el diablo a la cruz y el muchacho observó que no había peligro en la mujer, entonces, se le acercó ¿Qué es lo que usted me va a dar? En ese momento mandó a Luis Ernesto, al fondo del solar, para que no oyera el trato. Lo que quiero es que se vaya y se lleve de aquí a Pastora mi sobrina, yo ya no la puedo tener más aquí; yo le doy a usted cinco pesos, para que se la llave y eso sí, que aquí no vuelva nunca más. Yo creo que usted se la puede llevar por allá para una finca, mire a ver si les dan trabajo y se la lleva. Yo le voy a dar la plata, pero usted me garantiza, que se la va a llevar de una vez. Está bien, vaya dígale que se vaya con migo. Ella ya está preparada, yo ya le dije. Ella se tiene que ir y no volver. La mujer sacó de su alcoba los cinco pesos que bajo el colchón estaban, se los entregó al joven Josué y le dijo a la joven: Pastora váyase con Josué para que cambie su vida.

La joven madre empacó sus cosas que no eran muchas, en una caja de cartón y salió con el joven que si había visto pero no lo conocía; de él solo sabía lo que la tía le había contado, que era buen mozo, que podía trabajar en una finca, a pesar de saber a tan corta edad, que ya era un mecanógrafo, muy bueno en contabilidad, grequero y buen vendedor de calzado especialmente, puesto que esto lo había aprendido durante el tiempo que había pasado en la casa de su tío; que un joven como él no tenía más mujeres, le podía ayudar a criar sus niñas y eso era lo que a ella le convenía etc. El joven se llevó a la muchacha para la casa inconclusa de su padre, mientras conseguía trabajo, pero para eso tenía que esperar hasta el Domingo que era el día de mercado y llegaban todos los administradores de fincas o sus dueños.

Ese domingo Josué consiguió que un administrador de una finca le diera trabajo a él y a la joven, que era en realidad a quien el campesino necesitaba como guisandera de los trabajadores; como siempre, Josué se inventó que tenía una enfermedad desde el segundo día de trabajo en la finca, donde lo habían armado de un azadón, para que deshierbara un cultivo de papas en compañía de otros trabajadores, quienes fueron testigos presenciales de que ese joven "pueblano", no sabía, ni servía, para trabajar en el campo. Al anochecer, después de la última comida, entró al dormitorio y no volvió a salir; cuando su amada Pastora, cansada, llegó para descansar a su lado, él le dijo, que le estaba rascando y doliendo un pie y le dijo, que le dijera a la patrona que le regalara un poco de mercurio o yodo para aplicarse en el pie. La joven hizo lo que su amante le ordenó y la patrona le prestó el frasco de mercurio cromo, con el cual untó todo el empeine de uno de sus pies y un poco más tarde dormido se quedó. Al otro día, se aplicó un poco más y descalzo salió como para que viera el patrón que algo no estaba bien, en el joven trabajador; así que lo dejó sentado en un banco, en el corredor de la casa contemplándose el pie y se fue, con los demás trabajadores. Así pasó ese día, por la tarde, dijo que tenía que irse para el hospital para que le hicieran algo, pues ya no aguantaba el "dolor" así que se despidió de el patrón y le dijo que si podía el domingo saldría a la plaza para recibir el pago laboral, el patrón le contestó que bueno, que se cuidara el pie y que se verían el domingo en el pueblo. Josué se despidió de su mujer le hizo una señal con el ojo, le dijo que el sábado la esperaba con las niñas en la tarde y así lo hizo la mujer.

El domingo estaba Josué sentado como de costumbre, en el café tomando un tinto en espera de que llegara el patrón; para este día ya se había puesto gasa untada de mercurio cromo y esparadrapo y caminaba apoyándose en un palo de escoba. Se había "agravado" la lesión, el patrón llegó, lo saludó, y se sentó para arreglar cuentas, a sabiendas de que el joven no había trabajado nada, el campesino quería reconocerle algo, pero lo que quería el "trabajador, era que le pagara la semana y la lesión en el pie que según él, había ocurrido durante el primer día de labores. Al rato el campesino que necesitaba irse, cedió a lo que el "trabajador" pretendía y de inmediato le pagó y disgustado se retiró; a la joven también le había pagado su semana laboral.

Con el dinero obtenido por los dos en las manos, Josué decidió lo que ya había pensado, se iría para el lugar donde estaba su hermano Federico, el siempre le había servido y seguramente que lo haría una vez más, pero para ese viaje, no llevarían a las niñas; así que al otro día, al amanecer, las metieron en una caja de cartón y como ya no estaba cojo, tomó la caja y la puso junto a la puerta de la casa de la madrastra, de manera que al abrir la puerta, lo primero que vería su padre o ella, era la caja con las niñas; la una, recién nacida y la mayor con un año de nacida. Serian las seis de la mañana cuando la madrastra necesitó salir a la tienda, para comprar el café, que era lo primero que prepararía. La calle estaba sola en toda su extensión, así que al ver la caja frente a su puerta, la fue a correr, empujándola con el pie, pero está no se movió, estaba pesada, la curiosidad la hizo agachar para destapar la caja, al hacerlo ¡oh sorpresa! las dos niñas hijas de su sobrina estaban ahí y la más pequeña empezó a llorar, lo que despertó a la otra y lloraron las dos.

La mujer llamó al marido ¡Gilberto! ¡Venga y me ayuda! El hombre acudió al llamado; vea usted, la sinvergüenza esa, me ha dejado en el andén, en una caja de cartón, las dos niñas, parece que tienen hambre, vaya a la farmacia y cómprese unos dos biberones y si tiene modo, un tarrito de leche para darles, mientras yo pienso que es lo que vamos a hacer; ahora estoy en choc. El hombre movía la cabeza incrédulo y mientras la mujer le echaba la culpa a su sobrina, él le decía que era irresponsabilidad del mozo ese. El hombre que había salido en calzoncillos al llamado de su esposa, se vistió y a largos pasos se fue a la farmacia que aún no habría, le tocó esperar, pero lo hizo. En el pueblo empezaban a llegar los animales que serian exhibidos durante las ferias mensuales y no muy tarde, fueron escuchados los ruidos producidos por los diferentes animales y los arrieros que los silbaban.

Josué y su Pastora decidieron irse rápidamente del pueblo, antes de que fueran encontrados y les devolvieran las niñas, habiendo tomado un bus para la capital donde cambiarían de transporte, para dirigirse al pueblo donde sabía que estaba su hermano Federico. Al pueblo llegaron y a un hotel se dirigieron, mientras al otro día empezaban a buscar a Federico y una casa donde les alquilaran una pieza para dormir. Así pasaron la semana, habiendo encontrado la hospitalidad de una señora que les brindó una habitación, para que fuera usada por la pareja, por unos pocos días. Entre tanto los dos andaban en la calle preguntando por el hermano Federico, a todas las personas que veían especialmente en la plaza de mercado; los datos que el joven daba de su hermano, hacían que los vendedores del pueblo identificaran al vendedor, pero no sabían en donde encontrarlo, no sabían en donde vivía, simplemente lo veían trabajando. Así pasaron los días de la semana, Josué sabía que cuando llegara el sábado encontraría a su hermano y resolvería la difícil situación.

El sábado llegó y el joven Josué, a lo lejos, por entre la gente, con su mirada, buscaba encontrar a su hermano menor Federico; ya lo había preguntado a los comerciantes del mercado, pues bien sabía que si su hermano estaba ahí, era conocido de todo el comercio en general, por cuestiones de su labor. Ya se acercaba el momento para que Federico empezara a trabajar, cuando a tres metros vio la imagen de su hermano, al momento, Josué se acercó y lo saludó dándole la mano; ¿Usted que hace por aquí? Fue la primera pregunta de Federico a su hermano; no, pues por aquí buscándolo a usted para que me dé posada donde usted vive, pues estoy sin una y necesito su ayuda. Era costumbre que cuando Josué necesitaba algo, como dinero o cualquier cosa que deseara, ponía cara de tristeza al pedirlo, para infundir lástima, esta costumbre se había generalizado y toda la familia ya la conocía, pero Federico, a pesar de que también le conocía, el estiramiento de la cara de su hermano y la malicia que le ponía para conseguir lo que quería, sus profundos rasgos de nobleza, lo hacían caer una vez más, en la trampa montada por su hermano; a él y a las persona de la que solicitaba el favor. Bueno por ahora yo voy a trabajar y después hablamos porque se me pasa el mercado.

Mientras Federico empezaba su labor, el hermano, Josué se fue alejando por entre la gente que a esa hora transitaban por el bullicioso mercado al aire libre. Federico se concentró en su trabajo y durante varias horas estuvo ocupado en sus pregones, con todas las claves conocidas, que son: empezar con algo de entretenimiento, con el fin de que el público se acerque, el amarre de los que van llegando para que no se vaya el público reunido, como voltear sin que se den cuenta, de entretenimiento a cosas más serias, con la explicación clara, diáfana, de los beneficios del producto a vender y la sugestión para venderle a todos los que reunidos están oyendo la conferencia del vendedor. El hermano sabía y confiaba en las ventas de su hermano, pues en varias ocasiones lo había visto trabajar y seguro estaba que limpio no se iba, algún dinero se llevaría.

No hacía mucho tiempo que Federico había acabado sus labores, cuando por entre la gente vio que venía su hermano Josué, pero no venía solo; estaba caminando acompañado de una mujer que él había visto en alguna parte, pero no se recordaba en donde, ni quién era. Fue solo cuando se acercaron que Josué con el brazo puesto por encima del hombro de la joven, se acercó y le dijo a Federico: hermano, le presento a mi mujer. Federico le dio la mano y la miró de frente, queriendo adivinar de donde la conocía, pero no lo pudo recordar. Entonces fue su hermano el que le dijo: ella es Pastora, una sobrina de la vieja esa madrastra de nosotros; fue entonces cuando a la mente de Federico llegó el recuerdo, de que un día que la madrastra lo había mandado a darle una razón a su hermana Teresa, esta joven era la que le había abierto la puerta y allí era donde la había conocido.

A Federico no le quedaba otra opción que llevar a su vivienda a su hermano y a su compañera, para presentárselos a su esposa, quien asombrada se quedó, al recibir la desconocida visita, la cual fue atendida de buena manera, pues la esposa de Federico no conocía la familia de su marido, solo había conocido a José Luis y a su padre, el día que después del matrimonio Federico la llevó para presentársela a su padre y a la madrastra. La esposa de Federico que venía de estrato humilde, hizo dentro de su humilde vivienda lo que más pudo para atender a los visitantes, con alimento y en la noche organizándoles la manera de acomodarse en un lugar para dormir. Menos mal que Pastora y Josué, no cargaban con las niñas de doce meses una y recién nacida la otra, pues de ellas nunca hablaron, ni la madre, ni el que ahora fungía como marido.

Después de un largo tiempo fue que se dieron cuenta los anfitriones, que la mujer tenía dos niñas y que después de haberse ido a trabajar a una finca donde duraron una semana, resolvieron poner las dos niñas en una caja de cartón, que Josué se encargó de llevar en una fría mañana y ponerla en el andén, junto a la puerta principal de la casa donde vivía la madrastra de él y tía de la joven. Cuentan que cuando Isabel se levantó fue porque una vecina golpeó en la puerta, cuando vio que allí en la caja, en el suelo, estaban las dos criaturas.

Dicen que cuando Isabel miró dentro de la caja, el asombro fue tal que recogió la caja, la abrió y reconoció que eran las hijas de su sobrina. Inmediatamente entró la caja, la puso sobre una cama y salió para informarle a su hermano, uno de los gamonales del pueblo, todo lo que estaba aconteciendo. El hermano salió con Isabel, para conocer personalmente el caso y decidieron que una de las niñas la acogería Isabel y la otra sería acogida por su hermano, pero la mandaría a la capital para que unas sobrinas suyas se hicieran cargo de la crianza, bajo la responsabilidad económica de él. Por eso fue que llegaron a la casa de Federico sin las niñas.

Los problemas empezaron cuando Josué no conseguía trabajo, no producía nada para contribuir con los gastos de él y de su mujer; fue entonces cuando Federico que si tenía facilidad de palabra para expresarse y habiendo sido criado en el bullicio de las plazas públicas, pensó que su hermano podía hacer una rifa de algún producto con el cual ganaría por lo menos lo de sus gastos. Federico compró una delgada cadena de oro y se la entregó a Josué, también le entregó un talonario de boletas y le dijo que se pusiera a vender y que anunciara la rifa para el Sábado a las ocho de la noche, en la entrada del teatro, lugar donde se aglomeraba la gente para entrar al cine. Josué tomó el talonario y la cadena y salió de la casa, para volver más tarde con un poco de dinero. ¿Hola, como le fue? Le dijo su hermano; no pues aquí traigo la plata y la puso sobre la mesa; Federico miró por encima y vio que no era la cantidad necesaria para sacar el valor de la cadena y que le quedara a su hermano ganancia para sus gastos. El había pensado que si su hermano hacía bien el trabajo de la rifa, cada ocho días podía hacer una con un producto distinto, inclusive con dinero en rama, pero no fue así.

Lo que había hecho Josué, era buscar una persona que le prestara dinero sobre la cadena a cambio de unos intereses, pero como su idea era no recuperarla, no le importó dejarla por unos pocos pesos, menos de lo que le había costado la cadena a su hermano. Viendo Federico que su hermano no se iba para continuar la venta de las boletas y hacer el sorteo de la misma, le dijo a su hermano: yo creo que usted está perdiendo horas importantes para la venta de las boletas, no se le olvide, que a la gente se le ha dicho, que la rifa es a las ocho de la noche en la puerta del teatro y allá van a estar esperando que usted haga el sorteo. Fue entonces cuando Josué le dijo a su hermano, que él no había vendido ninguna boleta, que él había empeñado la cadena y que ahí estaba la plata, a lo que Federico le contestó que como era eso, que ese dinero no alcanzaba a cubrir el costo de la cadena, que para esa gracia le hubiera dado el dinero. ¿En donde la empeñó? Le preguntó a su hermano, este le contesto diciéndole a quien; camine vamos y la sacamos ya va a empezar a oscurecer; si la va a sacar entonces hay que pagarle los intereses al prestamista dijo Josué. No importa le contestó su hermano.

Los jóvenes salieron a paso largo y ligero en busca del lugar prendario. Rápidamente llegaron, la solicitaron, Federico pagó con creces, la recuperó, tomó el talonario de boletas y desde la salida empezó la venta. Rápidamente se estaba oscureciendo, pero Federico era una estrella para el pregón consumado, y alzando la voz pregonaba la rifa de la joya ahora mismo, compre su boleta, ya se están acabando, a quien le estará palpitando el corazón de alegría, al saber que se la va a ganar; es una hermosa cadena de oro y lo que va usted a invertir son unos pocos centavos, en cambio se lleva una hermosa joya, la cadena tiene tres cientos sesenta y cinco eslabones, soldado eslabón por eslabón, un broche de seguridad que representa el día de año nuevo, con la imagen de la Santísima Virgen y por el otro lado, la imagen del Sacratísimo Corazón de Jesús, el tiempo se acaba compre su boleta. Al poco tiempo las boletas se acabaron y Federico hizo el sorteo delante de la genta amontonada en el andén del teatro; el ganador apareció y el dinero recolectado por la venta de las boletas fue entregado en su totalidad a Josué. Yo le puedo enseñar a pescar, pero no lo puedo mantener, dándole el pescado, yo también tengo familia, usted verá que va a hacer, fueron las palabras de Federico a su hermano Josué.

Al otro día se levantó Federico a trabajar en el mismo lugar de todos los días y su hermano se fue con su amante sin saber para donde, pero tres días después apareció en solicitud de ayuda, aunque fuera con enceres, para organizar una pieza que le habían alquilado sin pago por anticipado, como es la costumbre Federico habló con su mujer, para saber en qué le podían ayudar, entregándole algo que a ellos les sobrara y sí, encontraron que algunas cosas no eran para ellos tan necesarias y con gusto por el bien que hacían, le fueron entregadas.

Como los comerciantes conocían muy bien a Federico tanto en su forma de vida, como en su trabajo y responsabilidad familiar, un día de mercado en la plaza pública, caminaba Federico por la plaza, a larga distancia también estaba Pastora que coqueteaba con los vendedores y uno soltó un epíteto en contra de ella, a lo que Federico le reclamó al comerciante, diciéndole: esa mujer es la esposa de mi hermano; el comerciante lo miró sonriente y le dijo: ja, esa es una cualquiera, esa ha estado con todos los de la plaza. ¿Cómo así, usted está seguro de lo que me está diciendo? Si, esa mujer ha estado por aquí hace como más de una semana y todos los comerciantes han estado con ella. Federico completamente avergonzado dejó de hacer sus compras, regresando a su lugar de trabajo, en donde muy seguramente, llegaría su hermano Josué, a quien le informaría lo acontecido con su mujer y el conocimiento que de ella, tenían los comerciantes.

Efectivamente, no muy tarde llegó Josué a donde su hermano estaba, con el ánimo de que le diera ayuda económica para comprar un poco de mercado, ya el día anterior le habían dado los enceres; Federico entregándole un poco de dinero, lo miró a los ojos y creyendo que su hermano no sabía los pasos de su mujer, empezó a contarle lo que le había dicho el comerciante en la plaza, tal y como se lo repitió el individuo a él. A Federico se le hacía raro y dudaba del asunto, pues se le hacía imposible que la mujer de su hermano, hubiera estado, en tan corto tiempo de estar en el pueblo, con tantos hombres, no menos de veinte según lo dicho por el comerciante y, que, su hermano no se hubiera dado cuenta de nada. El hermano de Federico se quedó callado, no dijo nada, no lo afirmó, pero tampoco lo negó, ni dijo que no sabía o cualquier otra disculpa. Josué ya con el dinero en el bolsillo, que era lo que a él le interesaba se fue para el mercado dejando ver como que iba a reclamar sobre la dignidad de su mujer, pero no sabía cuál había sido el comerciante que le había contado a su hermano lo acontecido.

Federico volvió a iniciar su trabajo, pues el tiempo pasaba llegando la tarde y no podía darse el lujo de perder más tiempo y olvidándose de todo, inició su conferencia vendedora, treinta y cinco minutos después ya estaba vendiendo los productos de laboratorios Escobar; por ese día esperaba no ver más a su hermano Josué, pero equivocado estaba, a pocos metros esperaba que terminara, sabiendo que con dinero en sus manos el hermano menor no se podía negar a darle, con la cara que él simulaba, llena de necesidad y tristeza; así que cuando su hermano Federico, estuvo solo, el hermano mayor fue apareciendo por entre el gris oscuro de la caída de la tarde. Ya oscureciendo las dos sombras se veían paradas frente a la plaza de mercado, en épocas donde a las cinco de la tarde, repicaban las campanas anunciando que era hora para que todo ser humano se guarneciera dentro de su casa de habitación, so pena de amanecer en la cárcel o morir atravesado por una bala disparada por un agente del gobierno. Rápidamente, acelerado por los nervios, Federico quería irse a su habitación, negándose a darle dinero a su hermano, pues ese mismo día ya le había dado, aunque no todo lo que el hermano mayor pretendía; sin embargo y para quitárselo de encima como dice el refranero popular, le dio un poco más de dinero, mientras rápidamente caminaba a su habitación y el hermano mayor se perdía bajo las sombras de la noche.

Cierta vez en la misma semana en que Federico le había dado dinero en dos oportunidades a Josué, este llegó al lugar donde su hermano vivía, y quiso presionarlo para que le diera dinero, pero resulta que su hermano Federico no tenía, pues ya había gastado las ganancias del Domingo, en pagos y compras para el sostenimiento de su mujer y su hija, como de la casa. Josué se enojó y quiso presionar demasiado a su hermano menor, para que le diera dinero, este se enojó, se vio acorralado por las exigencias de su hermano y no aguantando más, un puño en su rostro le propinó, sin darse cuenta que en ese preciso momento pasaba por allí la patrulla del ejército (24 soldados bajo el mando de un sargento) estos aprovechando el estado de excepción penetraron en la casa, y sacaron a los dos hermanos a golpes de culata, como era la costumbre, los llevaron hasta el batallón en calidad de retenidos bajo los cargos de escándalo, aunque no había sido en la vía pública. Allí quedaron a órdenes de la alcaldía, el alcalde era un mayor del ejército, quien los mandó para la cárcel durante dos semanas. Allí fueron las dos mujeres, la esposa de Federico y Pastora la mujer de su hermano. No valieron suplicas ni ruegos de ellas al alcalde; la esposa de Federico todos los días iba a la alcaldía, cargando a su niña en los brazos con el aliciente de que al alcalde le tuviera consideración por la niña pero no logró quebrantar la voluntad del mayor alcalde.

Quince días después fueron llamados a la alcaldía, solo para decirles que le dijeran a sus mujeres que consiguieran los pasajes porque dos días después iban a ser declarados personas no gratas en el municipio y serian acompañados por la policía militar, hasta el lugar donde terminaba los límites del municipio a una hora de distancia en bus. La enjuta Pastora, sonrío y fue saliendo del recinto; por su perversa imaginación, pasaron en segundos, todos los hombres comerciantes de la plaza de mercado y desde ese mismo momento a el lugar se dirigió; al otro día, ya tenía en su seno, algo más que el valor de los pasajes para ella y Josué. Mientras tanto, la esposa de Federico, con la niña en sus brazos, desde la alcaldía empezó a llorar, no sabía cómo conseguir el valor de los dos pasajes, es decir, el de ella y el de su esposo; llorando por toda la calle llegó donde la madre y le contó lo sucedido. La madre también lloró, amaba a su yerno y sabía que era un abuso el sacarlo del pueblo, por algo tan simple como un puñetazo en el rostro del hermano mayor. Llorando dijo: y ¿luego cual es el crimen que Federico ha cometido para que lo echen del pueblo? El es un muchacho bueno, es trabajador y cumplidor de sus deberes; camine vamos a la alcaldía yo hablo con el alcalde. La mujer madre, rápidamente se puso un vestido limpio y las dos salieron para la alcaldía. Buenas tardes señorita, dijo la mujer llorosa, ¿el señor alcalde está? Si señora, pero está ocupado; gracias señorita yo lo voy a esperar; ¿para qué lo necesita? Es que me dijeron que van a sacar del pueblo a mi yerno y él no ha cometido ningún delito para que hagan eso. Ahora que se desocupe yo le digo y la hago pasar; gracias señorita. Una hora después, salió la persona que ocupaba el tiempo de burgo maestre, la secretaria entró y le comunicó que ahí estaba una señora que quería hablar con él; el alcalde se incorporó y salió mirando quien era la mujer que lo requería, cuando vio la humildad de la mujer, le dijo con voz castrense, ¿Que es lo que usted quiere? Que no mande a mi yerno para otra parte, el vive aquí con mi hija y no ha cometido ningún delito, como para que lo saquen del pueblo.

El alcalde inmediatamente recordó el caso y le contestó a la mujer: esa es una decisión tomada y mañana se tiene que ir él y su hermano, fuera de los límites del municipio; ¿Entonces mi hija que va a hacer sola y con la niña? Eso a mí no me importa, que se vaya con él, mi hija es de aquí y no se va a ir; ya se lo dije y salgase de aquí; fue entonces cuando un par de corpulentos soldados con casco de guerra, se acercaron a la mujer y tomándola por los brazos la sacaron de la alcaldía y la pusieron en el andén. La mujer asustada con su hija y su nieta, a la casa se fue; por el camino le dijo: no mija no se puede hacer nada, le va a tocar irse con él, él es su marido y su deber es seguirlo a donde él vaya; yo le voy a dar unos ahorritos que tengo, pero eso no le alcanza ni para los pasajes, déjeme la niña y vaya dígale a sus tíos, a ver con cuanto le pueden ayudar. La joven mujer le entregó la niña a su madre y llorando se fue para donde los abuelos en busca de sus tíos. En la humilde vivienda estaban el par de ancianos y uno de sus tres hijos, que allí vivía. La mujer les contó todo lo que estaba aconteciendo y en algo le pudieron ayudar, con lo que pudo completar los dos pasajes, el de ella y el de su marido, hasta la primera población a la que llegara el bus después de pasar los límites del municipio.

Al otro día, un par de soldados de la policía militar, llegaron a la cárcel municipal y solicitaron a los dos jóvenes hermanos, los sacaron bajo su vigilancia y los condujeron a la salida del autobús, allí ya estaban las dos jóvenes mujeres, la niña y la suegra, para despedir al yerno que se iba sin quererlo. Paradas las dos mujeres y la niña en brazos de la madre, llorando la injusticia del Mayor, en uso de su buen retiro, nombrado por el Coronel Cuellar Velandia, gobernador del Departamento, quien a su turno, había sido nombrado por el General Gustavo Rojas Pinilla, presidente de la República de Colombia 1953- 1957. Pacientemente esperaron la llegada de los prisioneros y los dos soldados quienes también subieron al bus, como vigilantes hasta llegar a la frontera del municipio, donde se apearon para regresar y dar parte de misión cumplida a su superior.

Cuando el conductor del bus encendió el motor, la hija con la niña en sus brazos se fundió en un abrazo con la madre, los rostros se unieron y las lagrimas de las dos mujeres lavaron los rostros llenos de tristeza. La hija se subió al bus para irse con su esposo, a algún lugar tan incierto, como su futuro; adentro ya estaban los dos jóvenes, los dos soldados y Pastora quien el día anterior había conseguido con su cuerpo, el valor de los pasajes de ella y su compañero, sentada al lado de él.

El autobús arrancó con lentitud, como dándole tiempo a que los pasajeros se despidieran del pueblo; la madre de la joven casada, no dejó de mirar el avance del autobús, secando sus profusas lagrimas a cada momento; los jóvenes vigilados por los soldados, miraban a través de los cristales cerrados de las ventanillas del bus conducido por un parroquiano; que las edificaciones avanzaban hacia atrás, mientras el bus lo hacía para adelante, avanzando en ilógica retirada de la población. Una hora más tarde se apearon los soldados, colocando sus fusiles sobre el hombro, después de advertirle a los jóvenes que desde ese momento quedaban en libertad, que no fueran a volver al pueblo para que no sufrieran las desconocidas consecuencias, si ellos u otros, los vieran de nuevo por allá.

Dos horas después, llegó el bus a su destino, como Pastora posiblemente poseía dinero, ella y Josué su acompañante, se fueron sin despedirse con rumbo desconocido. Federico llevó a su mujer y a su niña a un hotel, donde antes había vivido. Ya en el lugar, con el cobijo de una habitación, con cama, la angustia fue disminuyendo, inmediatamente Federico salió a dar una vuelta por los antiguos lugares de trabajo, para ver a quien veía, en busca de ver un compañero de trabajo para entrar en confianza con la ciudad ya conocida. Efectivamente, al llegar al lugar de encuentro, vio a varios vendedores que le saludaron si no con alegría, porque sabido era que era un fuerte contrincante en las ventas, si con entusiasmo, pues para algunos era importante su llegada para trabajar en sociedad. Alguno le dijo: si no tiene que vender, yo tengo de cada cosa un poquito. Gracias dijo Federico, primero tengo que ver lo del permiso y eso lo haré temprano en la la mañana, para poder hacer el pedido a los laboratorios. Federico tomó café con sus amigos y respiró profundo, en la seguridad de que a partir del otro día, cuando tuviera la licencia, que en este caso no sería de la alcaldía de la ciudad, sino del departamento, por lo tanto visitó la Gobernación, en solicitud de la licencia Departamental, con la cual podía trabajar en cualquier población o ciudad del Departamento.

Pasaron los días, las semanas, los meses y los años, mientras Federico iba creciendo en su fama como uno de los mejores vendedores de fármacos, con licencia para venta en público, visitando muchas de las poblaciones del mismo Departamento, aunque esporádicamente viajaba a poblaciones y ciudades de otros, siempre en compañía de algún vendedor que había buscado la manera de trabajar con él. De su hermano Josué, en un largo tiempo no supo nada de él. Cuando la mujer de Federico, fue a tener su segundo hijo, por cosas del destino, este viajó a la Ciudad donde se había casado y como allí viviera la

madre de su esposa, viajó con ella, para que visitara a su madre; viernes por la tarde llegaron y de una vez se fueron para la casa de la señora, mientras que el compañero de trabajo, buscó un hotel donde estarían hasta el lunes, día en que regresarían a la ciudad, donde vivían. El Sábado fue día de trabajo y el Domingo también, el Lunes regresarían, pero la suegra de Federico, al ver a su hija a punto de tener el hijo, les dijo que porqué no se quedaban mientras la hija daba a luz, lo que de inmediato fue aceptado por la hija y también por su marido. En el pueblo se quedaron y pocos días después, ella dio a luz, un varoncito que fue la atracción más importante para la abuela quien feliz lo estrechó entre sus brazos hasta después del bautismo, cuando viajaron de nuevo para la ciudad, donde con dos hijos hubo de dejar el hotel y alquilar un apartamento teniendo que comprar para amoblarlo.

Fue en aquella oportunidad que volvió a aparecer en el pueblo grande Josué, acomodándose en una ramada donde su padre trabajaba en oficios caseros, para no llegar donde la madrastra, que odiaba a morir. Al lado de la ramada, había una casa también de su padre, de donde en tiempos idos, había sacado la madera que guardada estaba y la herramienta que vendió para irse. Cierta vez que Federico llegó en Domingo para trabajar ese día en el mercado y Lunes en la feria, posó en un hotel como siempre lo hacía. Ese domingo trabajó y el sacerdote del pueblo, que salía a pedir la limosna a todos los peregrinos que en la plaza estaban, vio el ruedo de gente y asomándose, fue abriendo campo para entrar hasta el centro del círculo de gente, con el fin de pedirle la limosna a los que allí parados estaban, viendo a Federico expresarse con facilidad, para venderles los productos ya mencionados, una vez recogido el dinero de la limosna, decía al público: cómprenle los productos, que son muy buenos y las pocas personas que habían quedado pendientes de las palabras de Federico, le compraban, pero siempre le dañaba el publico que se iba saliendo el uno, tras el otro, mientras el sacerdote pedía la limosna. Entonces a Federico le tocaba volver a empezar, perdiendo tiempo precioso y trabajo en un fugaz mercado. De allí regresaba Federico al hotel con sus maletas, las guardaba y salía para donde su padre para saludarlo y dejarle algo del dinero ya ganado. Fue entonces, cuando su padre Gilberto le dijo: siquiera vino, camine me acompaña a la casa de arriba, voy a coger unas azucenas para mañana llevarle a la tumba de su mamá. Con estas palabras, era fácil que Federico lo acompañara, pero era para que viera que el azucenal que siempre estaba lleno de flores, que él vendía para sustentarse, no habían, porque Josué, las había vendido. Era para que viera, que su hermano ahí estaba y se lo llevara lejos del lugar, para poder tener sus propias cosas libres de la presencia de un hijo, al que siempre había amado, pero era incapaz de controlarlo, llamándole la atención; en algunas ocasiones Gilberto sobornaba a la policía para que metieran en la cárcel a Josué por tres días. Era entonces cuando Josué se ponía contento, porque sabía que Gilberto inmediatamente él estuviera en la guardia de la policía, el papá se iba para un hotel y le contrataba las tres comidas diarias y un paquete de cigarrillos extranjeros con fósforos para que no "le falte nada a mi muchacho". Entonces se iba para contarle la hazaña a su mujer, quien se ponía feliz al saber que Josué estaba preso. Ojala no lo dejen salir de ahí; es allá donde debe permanecer esa "peste maldita" esa maldita porquería, eran las palabras de la madrastra y en ocasiones las decía delante del padre de Josué, este se enojaba y se iba a buscar un aguardiente doble, para pasar la rabia y terminaba emborrachándose, para acercarse a la guardia de la policía y pedirles que trataran bien a "mi muchacho" dándoles un poco de dinero o hacerle la visita para escuchar improperios de toda clase, en boca de su amado hijo. En la mañana que Gilberto invitó a su hijo Federico para que lo acompañara a "la casa de arriba" se llevó una ingrata sorpresa, de entre las cincuenta a setenta docenas de flores de Azucenas que vendía semanalmente a las floristas que las compraban en los pueblos para llevarlas a la Capital, ese día no vio ni una, su amado hijo ya las había vendido y se había embriagado tomando Brandy y fumaba cigarrillos loocky, lo que enardeció a Gilberto y se quejó con su hijo Federico. Vea usted: yo me parto el lomo deshierbando, abonando y aporcando las azucenas y cuando ya están para sacar el provecho, entonces viene este gran bellaco y se las roba y las vende, teniéndolas yo comprometidas por encargo con las compradoras; entonces a paso largo y ligero, lleno de ira se regresaba a la casa para darle las quejas a su mujer. Fue entonces cuando Federico aprovechó para preguntarle a su hermano mayor: Hola Josué ¿Qué pasó con Pastora? ¿Donde la tiene? Ja, eso se acabó hace tiempo, yo la llevé hasta Palmira, allí la lleve al barrio de las putas y mientras ella atendía los clientes que le llovían porque era una puta nueva, yo era el cantinero, hasta que me cansé y me vine dejándola allá.

Al otro día en la noche estaba Federico tomando café en un bar del pueblo, cuando ante sus ojos apareció la figura de su hermano, que halaba un asiento y sin ser invitado se sentó; hola que más; no hermano, dijo Josué, menos mal que me lo encuentro porque necesito que me pase un dinero, porque estoy sin una; pero yo ya le di ayer y no tengo más, usted sabe que yo tengo obligación; si, pero es que yo soy su hermano mayor y como tal, usted debe darme y hacer lo que yo le pida. Pues como le parece que no, usted es solo y puede ponerse a trabajar; ¿trabajar? en que, en este malparido pueblo, no hay trabajo para nadie, deme algo que estoy sin cinco, Federico haciendo un gran esfuerzo, pues ya le había dado al papá y a él, lo que podía sin descuadrar lo que le correspondía a sus hijos y a su mujer. Entonces haga una cosa, deme posada esta noche, usted vio como me toca dormir, hace tiempo que no duermo en una cama, deme dormida, aunque sea por esta noche, para descansar de la espalda, ya mañana usted se va y yo tengo que seguir durmiendo en esa ramada, en ese banco. El corazón de Federico se doblegó ante las suplicas de su hermano, inmediatamente después de haber tomado café los dos, Federico le dijo a su hermano, camine pues vamos a ver si hay una pieza de dos camas, si la hay lo hacemos o si no dormimos en la misma cama pero no va a descansar como usted quiere.

Al hotel entraron y Federico hablo al conserje: necesito me cambie la pieza por una de dos camas por favor; si señor hay una de dos camas y, al momento les fue entregada; cada uno se acostó en su cama, apagaron la luz y Federico se quedó dormido; Al día siguiente cuando Federico despertó, su hermano ya no estaba, pensó en que seguramente estaba enseñado a levantarse temprano y por lo tanto se había ido. Federico se levantó, miró el reloj de pulsera que había dejado sobre la mesa de noche pero no estaba, entró al baño y se vistió rápidamente con la intención de encontrar a su hermano Josué, para recuperar su reloj, pero no fue posible; pensó entonces que tal vez en la casa de su padre lo podría encontrar y se dirigió a ella, pero no estaba, su padre salió con él, en busca de Josué, pero no estaba, por lo menos en el centro de la población; muy triste se puso Federico, pues no le había dejado ni para tomarse un tinto, café negro, que valía diez centavos; en el pueblo ya no había gente de afuera en abundancia, como para decir que trabajaría, pero ya no tenía nada para venderles, todo lo había acabado el día anterior; su padre entristeció y se regresó a la casa dejando a Federico solo en la plaza principal, en ese momento no tenía ni para tomarse un café que valía diez centavos, el hermano lo había dejado sin un céntimo y no estaba en la población. Federico fue entonces al hotel y no teniendo con que pagar el valor de las dos noches de pieza, habló con el conserje y como era conocido le acreditaron el valor hasta ocho días después.

Sabiendo que ya la gente que compraba, tenía los productos y que para poder volver a vender en ese pueblo, debería esperar a que fueran consumidos los medicamentos, entonces volverían a comprar y eso se demoraría por lo menos un mes o más. Del hotel salió con su maletín en la mano pero no tenía ni para un café, mucho menos para el pasaje y en la casa su esposa y sus hijos lo esperaban con los gastos de siempre. Federico se acercó al lugar de donde salían los automóviles para la Capital y habló con el conductor del vehículo que estaba de salida, este le dijo que sí que lo llevaría, que solo estaba esperando un pasajero que le hacía falta para el cupo completo, pero ya que él viajaba, saldrían inmediatamente.

A la ciudad llegó y de donde lo dejó el automóvil hasta donde vivía le fue agregado el costo de la carrera de taxi que la hizo el mismo conductor que lo llevó desde el pueblo grande a la Capital. A la casa llegó entristecido y con hambre, a su mujer le contó que ese día no había tomado ni el café de la mañana y mientras ella le preparaba el desayuno, aunque un poco tarde, Federico le contaba paso a paso lo ocurrido con su hermano Josué. A la señora no se le hacía raro, porque ya lo conocía, desde la población, donde ella había nacido y vivido durante toda su vida; desde el momento en que lo conoció, un halo de duda se metió en ella y nunca le había caído bien del todo; el joven Federico desayunó y se fue a trabajar, pues en la casa tenía mercancía para vender; en el lugar de trabajo encontró a sus amigos y estuvieron trabajado hasta bien entrada la tarde, cuando el sol había caído, ya con dinero en su bolcillo y estando cerca del estacionamiento de automóviles que viajaban al pueblo grande, fue para buscar al conductor que lo había transportado, pero ya se había ido, entonces con la despachadora le dejó el valor del transporte y la carrera a su casa y se retiró quedando un poco más tranquilo, o por lo menos con una deuda menos. Después, sabiendo los lugares que en antaño transitaba su hermano Josué y al no haberse encontrado en el pueblo grande, Federico quiso darse una pasadita por esos lugares y sí, aconteció que entró a un bar donde antes había trabajado su hermano y lo encontró sentado a la mesa rodeado de mujeres y hombres que para él eran desconocidos, solo pasó por un lado de donde estaban sentados, con el ánimo de que su hermano lo viera; la idea de Federico era reclamarle por el hecho y reclamarle todo su dinero, pero al verlo pasó de largo, saliendo por la otra puerta. Fue entonces cuando Josué salió al alcance de su hermano, pensando en que algo malo podía hacer su hermano contra él, como por ejemplo llamar a la policía o algo más grave; entonces lo paró para decirle mientras se sobaba las manos: vea Federico yo estaba muy mal y me tocó hacer eso, pero no se preocupe que usted es un buen trabajador y eso que yo le saqué, usted lo consigue en poco tiempo. ¿Sí? Eso es lo que usted cree y ¿mientras trabajo que van a comer mis hijos? Es usted un mal hijo, ahí está que le vendió las azucenas a mi papá, también es un mal hermano, porque yo toda la vida le he dado la mano a usted y mire como me pagó, robándome la comida de mis hijos. Cuando le dijo esto ya se había vuelto a entrar al bar donde lo esperaban las mujeres y sus amigos.

Pasó mucho tiempo con el alma herida Federico, hasta que

una vez, estando muy lejos del lugar donde Josué le había hecho el robo, por darle posada en el hotel, cuando de repente se le apareció el hermano, con la misma necesidad de siempre, entonces Federico con la ya, no nobleza, sino bobada, lo acogió en el hotel pidiéndole una pieza para que se acomodara, pero Josué aprovechaba en todos los lugares donde era conocido su hermano para hacer uso indebido del crédito que él gozaba; con solo decir: yo soy el hermano mayor de Federico, le daban lo que pidiera, entonces se dedicó a beber en un bar, hasta que un día ultrajó a tres hombres, que estaban en la mesa contigua a donde él estaba y le tocó salir huyendo de los botellazos que le tiraron, con la suerte de que ninguno dio en el blanco, pero nunca más pudo obtener servicio en ese bar.

Ya Federico estaba cansado no solo de pagarle todos sus gastos, sino que también semanalmente debía darle para que le mandara dinero a su familia; entonces pensó en que debía irse más lejos con el fin de que su hermano desistiera de su compañía y se alejara de él, yéndose para su casa, pero no fue así, empacó sus cosas y a su lado se puso en el momento en que entregó las piezas del hotel, con el fin de viajar con rumbo a la costa atlántica, a donde le tocó llevarlo contra su voluntad, aduciéndole cantidades de excusas como yo a que me voy, si por allá no hay trabajo. Después a Federico le tocó, para quitárselo de encima, como se dice coloquialmente, viajar al lugar donde su hermano tenía la esposa con la que tuvo dos niñas y dos niños y donde también vivía la esposa de Federico. Era muy lejos para regresarse pronto y aunque no era de su agrado, allí en esa ciudad se quedó durante un tiempo, siempre con su hermano al lado, aunque los fines de semana sin decirle a nadie para donde iba, en horas de la noche o en la madrugada, con su compañero, se marchaba para trabajar en un pueblo donde pudiera conseguir el sustento para su familia y el dinero para mandar a el laboratorio que le hubiera mandado los medicamentos que como ya se sabe, eran enviaos por varios laboratorios, pero de todos modos cuando llegaba del viaje, el hermano se aparecía en su casa para alargar la cara en cuanto lo veía. Que hubo hermano, ¿Cómo le fue? ¿En dónde estaba? ¿Por qué no me avisó? yo lo hubiera acompañado. Espero que le haya ido bien, porque estoy sin una y usted es la única persona en la que yo puedo confiar, para llevar algo a la casa allá todos están con hambre y como le conté, debo tres meses de arriendo y me van a sacar las cosas y la familia a la calle.

Federico le escuchaba el cuento y recordaba, que esa misma historia, la había escuchado muchas veces y sabía que cada vez que se la contaba, le daba el dinero justo, para que saliera de la deuda, pero nunca supo que hubiera pagado; su hermano era mentiroso y se gastaba el dinero en otras cosas como en vicios y a su mujer, le contaba otras historias, como cuando le regaló una casa para que no lo echaran más por el no pago de la renta y Federico se vino a dar cuenta de la mentira, una vez que estuvo conociendo la casa que había comprado su hermano y al saludar a su cuñada le dijo: hola ¿cómo te pareció el regalo? Esta casa no la recibo como regalo, porque a mi marido también le tocó herencia, contestó la mujer que ignoraba que era su cuñado quien le había dado el dinero para que la comprara.

EL VIAJE A CALI

Federico ya cansado del abuso de su hermano y el desagradecimiento de su cuñada, decidió de nuevo irse lejos sin decirle a nadie, solo su esposa lo sabría. Esa noche le dijo a su esposa que se iba y que como siempre, semanalmente, todos los lunes, le mandaría lo de los gastos de la casa y algo más si se podía, como siempre había sido, pero que nunca más pregonaría, para que su hermano no lo pudiera conseguir preguntándole a los pregoneros por él, como antes lo había hecho, que ya estaba harto de la persecución de su hermano, a lo que la esposa le contestó, yo ya le he dicho a usted, que él es un vividor, que le está quitando el dinero que nos pertenece a sus hijos y a mí como su esposa, pero usted siempre se lo da, él no trabaja, no hace nada, ya no le dé su dinero. Si no va a pregonar más ¿qué es lo que va a hacer? Cuando estuve en Cali mi hermano Luis Ernesto, me dijo que mi tío le había dicho a él, que cuando yo estuviera trabajando lo llamara porque me quería oír, para saber cómo era que Federico se ganaba el dinero, para sostener la casa y así lo hizo su hermano menor y, el tío llegó cuando Federico estaba iniciando su conferencia y el hombre se paró a escucharlo sin que el sobrino lo supiera y en una ocasión, en la que Federico pasó por su fábrica de calzado, para saludar a su hermana Genoveva, el tío lo invitó a tomar un café en el bar el León de oro. Allí le confesó que había estado escuchándolo hablar y que lo había impresionado como un joven sin estudios, hablaba con tanta firmeza y capacidad de convicción, que bien podría ser un locutor de radio porque su timbre de voz era formidable. Entonces a eso es que me voy, le dijo a su mujer y se levantaron a empacar maletas para irse esa misma madrugada.

A la ciudad llegó y en lugar de ir a donde los pregoneros para iniciar labores, en el hotel prestó un directorio y se puso a buscar emisoras, llamó como a diez emisoras de radio en solicitud de trabajo, pero todas estaban completas hasta que llamó a una donde le dijeron que no lo ocuparían, pero que si quería le rentaban el tiempo para que él hiciera su programa. Fue entonces cuando se puso a pensar, lo único que yo sé es vender y ¿qué voy a vender? Pues lo mismo, productos farmacéuticos, así que rentó media hora y hablaba de todo, de los productos y otras cosas, que leía en periódicos y revistas dando a conocer el horóscopo personal y empezó a sonar el teléfono del hotel del cual le pasaban las llamadas, para comprar productos y al final era como si los vendiera en pregón pero sin esfuerzo físico y sin sudar y le preguntaban cosas para la suerte y hasta consejos daba, hasta que el dueño del hotel le llamó la atención por el daño ocasionado a los muebles de la sala, porque las personas cansadas de estar de pie se sentaban hasta seis en un sofá para tres personas. Fue entonces cuando alquiló una oficina, le puso asientos y empezó a dar su propia dirección, especializada en horóscopos y consejería social, en el día atendía toda clase de consultas y en la noche leía todo lo que compraba en las librerías y que tuvieran que ver con la ciencia oculta y la consejería social. Así se hizo famoso como consejero a escala Nacional, asistiendo a talleres y conferencias.

EPOCA EN QUE JOSUE TUVO LA NECESIDAD DE TRABAJAR

Fue después de mucho tiempo que Josué se encontró nuevamente con su amigo Eliseo Pachón, quien era su amigo desde niños por haber crecido en el pueblo grande. Joven trabajador y conductor de camiones, que le aconsejó se fuera a trabajar con él; entonces sí, Josué se fue a manejar camión. Según los comentarios, en los paraderos de camioneros, Josué era muy buen camionero y los dueños de carros lo buscaban para ocuparlo y le decían que cuando no tuviera trabajo les avisara.

LA RAMADA

Después de la casa, estaba la ramada donde durmió Josué, durante el tiempo que vivió en el pueblo grande; allí en la casa al lado del azucenal, con su anciana madre, habitaba una hermosa mujer, que se dedicaba a la alta modistería, era visitada por damas de la más alta jerarquía de la capital, como de otras ciudades adyacentes, para mandarle a hacer finos vestidos, abrigos de paño y otras prendas de vestir que ella elaboraba con delicadeza, finura y cumplimiento, su fama de buena modista, se había extendido de boca en boca, por lo que nunca le faltó trabajo, en un pueblo de mujeres campesinas, cuyos vestidos no tenían las exigencias, como las de las damas, de la sociedad, de las ciudades. No se sabe el porqué o cómo, pero esta hermosa y laboriosa mujer, se fue enamorando de la figura de Josué y casi a diario lo invitaba para que tomara un delicioso café, que su anciana madre preparaba, a cambio de leer en un periódico que el joven siempre llevaba, las últimas noticias relacionadas con la moda y la política.

Un día en que solo ellos dos sabían de sus aspiraciones, el joven fue a la casa de la madrastra para hablar con su padre y contarle sus anhelos. Papá, vengo a contarle que me voy a casar; ¿Cómo así? ¿Y eso con quien? Con la modista que vive en su casa; si lo que me estás diciendo es cierto, ¿Con qué vas a mantener esa mujer? si vos no trabajas en nada. Si quiere vaya y pregúntele y verá que ella le cuenta, la que no se puede enterar es doña Conchita, la madre de ella, porque se puede morir, esto lo vamos a hacer es en secreto. Voy a trabajar en lo que sea, pero me voy a casar, fíjese que Federico se casó ya tiene tres hijos y le va bien; claro que le va bien porque es un vendedor y trabaja todos los días; bueno a lo que yo vengo es a que me ayude porque estoy sin una y necesito un vestido y unos zapatos para ese día, ella ya está haciendo un vestido pero no de novia para que la mamá no se dé cuenta. No pues imagínese usted que yo no tengo ni un centavo, pues cuanto hace que yo no trabajo y vivo es del arriendo de esa muchacha y las azucenas que vendo, pero como a voz, le dio por robárselas también, entonces estoy jodido. Yo me he llevado esas flores porque he tenido hambre y usted no me ha ayudado, entonces ¿qué puedo hacer yo? Gilberto con el vivo deseo de ayudarle a su hijo, para ver si casándose cambiaba su manera de ser el muchacho, le dijo: lo único que yo tengo es el vestido azul de paño inglés, que fue con el que me case con su mamá, si quiere mídaselo y si le queda bueno se lleva a la lavandería y queda como nuevo y ya veremos lo de la camisa y los zapatos.

Gilberto hubo de prestarle también sus zapatos negros que solo usaba los domingos desde las siete de la mañana para asistir a misa y dejárselos puestos para estar elegante hasta el anochecer, porque al otro día, desde que el alba lo iluminaba, él calzaba los viejos guayos que le permitían transitar por terrenos destapados o fangosos sin tener cuidado de donde se paraba. La hermosa joven, para asistir a la casa Cural con el fin de sentar la partida de matrimonio, hubo de salir con su delantal de diario, el cual se fue quitando al voltear de la esquina, exhibiendo entonces un bonito vestido que como recuerdo de un día hermoso en su vida, estaba usando, sin que su progenitora lo tuviera en cuenta. A paso largo y ligero acortó la distancia que la separaba de la iglesia, donde ya estaba el joven prometido esperándola, para entrar a la oficina clerical, donde firmarían el acta de matrimonio. En tres semanas se llevaría a cavo el enlace matrimonial, entre la hermosa modista y el hijo del dueño de la pieza que ella rentaba, tiempo suficiente en el que el sacerdote correría las amonestaciones, que por regla de la iglesia eran tres, una cada domingo en la misa mayor, las cuales fueron pagadas por el padrino principal que guardaba la esperanza de que el joven contrayente pusiera los pies sobre la tierra y mejorara el camino de la vida, poniéndose a trabajar y formando un hogar que le diera tanta felicidad a la novia, como a él mismo, así al principio le tocara ayudarle a mantener a su nuera.

Tres semanas después llegó el día en que se debía sellar el compromiso, adquirido un par de meses antes, entre la modista y el joven Josué. Al evento asistirían: la hermana mayor de la novia y sus dos hijas y el hijo, todos adolescentes, habiéndose comprometido todos a guardar en absoluto secreto de la abuela el asunto matrimonial. Así que la joven hermosa se levantó casi a tiempo con la anciana madre, que como buena campesina era madrugadora, por tarde a las cinco ya estaba haciendo el café para ella y su amada hija, quien a las seis ya estaba lista para después de saborear el exquisito café, se sentaría a la máquina de pedal, para confeccionar uno de los vestidos o abrigos encargados. Raro se le hizo a la anciana, que su hija ese domingo se estuviera maquillando un poco para resaltar su femenina belleza; pues nunca antes lo había hecho a tan temprana hora. Mientras la anciana soplaba el fogón, la leña ya encendida, impidiendo se enfriara la olla del café, la experiencia, de madre y de mujer mayor, algo normal, en la ya larga trayectoria de su vida, le anunciaba, que estaba pasando algo extraño; el sexto sentido se había despertado una vez más, pero no dijo nada, callada se quedó, observando lo que acontecía. La anciana coló el café, y como todos los días sirvió para ella y su hija, quien le dijo que hoy no tomaría el café porque se sentía un poco mal del estómago y que no había dormido bien. Entón, ahora le cocino una bebida de hierbas que le quitarán su malestar, dijo la anciana, no mamá yo ahora voy a comprar unos botones para un vestido y cuando vuelva, me cocina el agua; bueno pues cuando venga ahí va a tar, dijo la anciana oriunda de los campos Boyacenses

Lo que le impedía a la hermosa modista tomar la taza de café, no era otra cosa que la comunión en el matrimonio, pues en esa época era prohibido que por la garganta pasara cualquier cosa, antes del santo cuerpo de Cristo. Todo el que quisiera comulgar, primero debería el día anterior confesarse, cumplir con la penitencia y entonces al otro día antes de la comunión, no podía pasar ni agua, primero tenía que comulgar y después, si podía comer o beber lo que fuera, pero antes de la comunión nada, pues sería un sacrilegio, que se pagaba con la excomunión y ningún creyente que tuviera fe, quería pasar por eso porque sería como rechazar el cuerpo de Cristo.

La joven rápidamente se puso el nuevo vestido y para que la madre no se diera

Cuenta, que estaba estrenando y que algo estaba tramando, se puso el delantal de todos los días. Ya lista la hermosa mujer se acercó a la madre y le dijo: mamá deme su bendición que voy a salir; la madre se acercó a la hija y le dio su bendición. La joven escondió su manto dentro del vestido y salió a paso largo y ligero para no hacer esperar mucho al novio y menos al sacerdote, con ese era que le daba pena, porque se retrasaría la misa. Bajando hacia la plaza no hubo demora, cuando llegó a la esquina de la plaza, alcanzó a ver a su suegro sentado en la mesa de un bar; había invitado a su hijo amado, para que se tomara un aguardiente doble, sin pensar en la sagrada comunión (aunque el muchacho, de niño había sido acolito y le habían inculcado que cuando grande debería ser sacerdote, este no creía mucho en eso). Pues había estado suficiente tiempo donde su tío que pertenecía a la logia Masónica después de haber sido educado por sacerdotes Salesianos.

La joven que se había amarrado el delantal, en torno a su cintura, se lo quitó; cuando a su encuentro acudieron el novio y el suegro olorosos a anís, suavizado con delicioso café. El suegro le recibió el delantal y lo sostuvo en la mano hasta salir de la iglesia, largo rato si tenemos en cuenta que para la época las misas eran de dos horas de duración. El matrimonio se realizó como todos los anteriores con la bendición del sacerdote y todas las advertencias. De la iglesia salieron y lo más rápido que se pudo caminaron con rumbo a la casa de la madrastra, que era donde vivía el padrino y padre del novio; allí como cosa rara y más que todo por consideración con la novia, la madrastra había dejado preparado el desayuno para cuando llegaran a la casa servirlo. La novia se estaba esforzando para irse a su casa, pues no quería que su madre se enojara. Fue allí donde el suegro le entregó el delantal con una sonrisa maliciosa. El novio salió ese día con su ya esposa para acompañarla hasta lo más cerca de la casa donde vivía la novia con la madre, quien nunca quiso a el yerno. Mucho menos ahora que según ella lo dijo después, le había quitado a sui hija, se la había robado y eso no lo podía perdonar. En síntesis el joven casado se quedó a vivir en casa de la madrastra, aprovechando la oportunidad de que ella no le podía decir nada, puesto que había sido la que le dio el dinero, para que se llevara a su sobrina que también fue regalada, o vendida al joven por ella misma.

Al otro día, el muchacho consiguió lo más humilde en trabajos que hubo en la población, que fue en un tejar, fabricando tejas sin saber hacerlas, pero lo hizo para demostrarle a su esposa que por ella, trabajaría en cualquier cosa. Un poco después, llegó del tejar Josué, que venía a almorzar de lo que hubiera hecho la madrastra o su hermana, que también estaba de visita; la sorpresa fue el haber visto a su hermano Federico que acababa de llegar y había ido a saludar a su padre y de inmediato le brillaron los ojos, mientras alargaba la cara y con tristeza le decía: el sábado me casé y me tocó ponerme a trabajar pisando barro y haciendo tejas, pero estoy a punto de renunciar, yo no sirvo para eso, lo hago para que mi mujer vea que puedo trabajar, pero el pago es casi nada; siquiera vino usted para que me dé un empujón, porque estoy sin cinco y usted es la única persona a la que yo le puedo decir que me tire cualquier cosa, para conseguirme un apartamento y poderme llevar a mi mujer, porque estamos casados, pero ella vive con su mamá y yo mientras tanto vivo aquí, donde esta vieja hijueputa, porque no tengo para donde irme. Allá con mi suegra, no puedo vivir porque ella no me puede ni ver, cuando fui a visitar a mi mujer nos vio dándonos un beso y casi se muere, le dio de todo y me gritó que me iba a demandar porque yo le había robado a su hija y claro, como ella es la que siempre la ha mantenido, le da miedo de que yo me la lleve y entonces no tenga quien la mantenga. Ya que está usted aquí yo me le voy a pegar para ver si por allá consigo un trabajo o algo para mandarle a mi mujer.

Cierta vez que en casa de Federico, sus cuatro hijos y su esposa, pasaban necesidades por demora en recibir las mercancías que por encomienda le llegaban, salió en busca de encontrar un amigo que le facilitara un poco de dinero para saciar el hambre de su familia y sin buscarlo, se encontró con su hermano Josué; se estaba embriagando en una cantina donde solían llegar los camioneros; Federico se alegró y al saludarlo vio que su hermano no le prestó la atención que en otras oportunidades el si le había prestado, entonces de inmediato le dijo: hágame el favor de prestarme unos diez pesos para llevar algo para la casa; este lo miró de mala manera y le contestó: yo a usted no le doy nada; préstame aunque sea cinco pesos, es que en la casa no hay nada, entonces Josué se metió la mano al bolsillo y sacó un fajo de billetes, se los entregó a la cantinera y le dijo: guárdeme usted estos cinco mil pesos y no se los entregue a nadie, solo a mí, y mirando a su hermano, al que siempre le había ayudado, al que le regaló la casa para que nunca más tuviera que pagar renta, le dijo: a usted yo no le doy nada.

Para Federico fue como si le hubieran metido un puñal, fue grande la tristeza y sin mirarlo salió del lugar y caminando volvió a su casa, miró a su esposa que ilusionada esperaba que su marido llegara con algo para sus hijos, pero lo que recibió fue un: nadie me quiso prestar ni cinco pesos; ni siquiera Josué, que estaba bebiendo y le contó la historia y tanto que le ha servido usted a él y a su familia; así es la vida. Esa misma tarde le dieron a Federico la noticia de que ya le había llegado la encomienda, el corazón se le lleno de alegría y como no tenía para el transporte salió a paso largo y ligero para reclamar la encomienda que consistía en varias cajas con productos farmacéuticos. Muchas cuadras caminó hasta la oficina de los correos, reclamó la encomienda y como ya era conocido, fue rápidamente la entrega; allí mismo destapó una caja y sacó un poco de los productos, como para una pequeña venta ese mismo día, una hora más tarde ya tenía suficiente dinero para llevar a su casa las cosas más necesarias. Estando en el centro y cerca al mercado hizo las compras y tomó un taxi para llegar ligero, fue entonces cuando volvió la alegría al rostro de su esposa, quien de inmediato empezó a preparar los alimentos. Hasta hoy a Federico no se le ha olvidado el detalle de su hermano mayor. La única vez que necesitó de él, no le sirvió habiéndolo podido hacer.

EN CALI DONDE
VIVÍA SU HERMANA

La sorpresa fue mayor, pues Federico no sabía que ya era tío de una preciosa niña hija de su hermana con Fabio Molina, el buen mozo marido, quien ejercía como mensajero y ayudante, de la remontadora de calzado de su esposa, con una asignación de veinte pesos semanales, habiéndole prohibido ella, beber cerveza, fumar y comer fuera de la casa; solo eran esos veinte pesos semanales que ella le daba, para el gasto diario en los buses que como mensajero, debía tomar varias veces al día. Como Genoveva era dos años menor que Federico, tenían una fraternal y valiosa amistad que había crecido con ellos, aunque habían crecido separados a causa de la muerte de su madre a tan temprana edad; a los treinta y siete años, era madre de cinco hijos cuatro hombres y una mujer que se llamó Genoveva. Cuando se abrió la puerta de doble ala, todo lo que quedó al frente, fue la figura de su amada hermana, a quien abrazó con el amor de siempre. Al momento el visitante entró en la sala de la casa y con su hermana atrás de él, pasaron al corredor donde estaba el comedor de madera aserrada y la cocina. Allí saludó a su padre quien tenía en su regazo a una hermosa niña y después del acostumbrado beso de saludo con su padre, este le dijo: esta niña es la hija de Genoveva, y mostrándosela dijo: es muy hermosa. El tío la miró, pero el padre no la soltó de su regazo Arropándola con el canto de la ruana. Tienes arrugado el vestido, dijo su hermana; si es por el viaje que siempre fue un poco largo; quíteselo y yo se lo aplancho, dijo Genoveva; gracias hágame ese favor, le dijo Federico.

Federico fue un joven que siempre había sido dominado por su hermano, a causa de aquello, que sus padres le habían inculcado, que Josué, era su hermano mayor y siempre desde niños, él le imponía lo que quisiera que su hermano hiciera para él. Cuando de niños, sus padres iban a castigar a Federico este salía corriendo para la calle, buscando la manera de que al regresar ya se le hubiera olvidado a papá o a mamá y librarse de el castigo que era con rejo o con correa; pero todo eso era perdido porque su hermano mayor salía a buscarlo, le llamaba a la amistad y al descuido del menor, lo tomaba y aunque fuera arrastrando lo llevaba, lo entregaba y lo azotaban.

La corrupción gubernamental rápidamente se extendió de tal manera, que caló en los medios privados y empresariales. Ya la policía que conocía a los vendedores, no pedía la licencia, sino que decían: por aquí vamos a estar, no se retire sin hablar con nosotros. Es decir, esperaban que trabajaran los pregoneros y luego se daban la vuelta por el lugar en espera de que por lo bajo se les diera en cantidad que alcanzara para el número de agentes en la patrulla, ya fuera motorizada o a pie. Entonces nadie se preocupaba por ir a la alcaldía para solicitar una licencia, pues ya no era necesaria y solo se hacía en los pueblos donde los oficiales no eran conocidos, pero de todas maneras, en cuanto se conocieran había que darles la cuota, con lo cual ya quedaba el vendedor reconocido por los oficiales, quienes notificaban verbalmente a sus compañeros de que el vendedor de tal o cual laboratorio, eran personas bien.

Para evitar problemas Federico acostumbraba llegar primero a la capital del Departamento y se dirigía a la Gobernación, en donde solicitaba "una licencia para distribuir productos farmacéuticos en todo el Departamento" entonces lo que acontecía era que con esa licencia se llegaba a cualquier Alcaldía del mismo Departamento y se le pedía al alcalde por favor, un visto bueno para esa licencia que había sido expedida por el jefe de ellos, entonces de inmediato le decían claro, con mucho gusto y le escribían v/b, firmaba el Alcalde y le ponían el sello. Con ese visto bueno se podía trabajar todo el tiempo sin ser presionados por los agentes aunque siempre había que "pasarles algo por lo bajo" pues de lo contrario en cualquier momento entraban al ruedo de gente, suspendían el trabajo llamándole la atención al pregonero para pedirle la licencia, aunque sabían que la podía tener pero también sabían que le hacían perder su trabajo, la gente se iba, y de todos modos tenía que volver a empezar; asunto que le dañaba por completo el día al trabajador en ventas. Y si era con parlante se acercaban y le decían: "apágueme ese parlante" en esas condiciones más le valía irse de vuelta. Entonces lo mejor era tenerlos contentos pasándoles algo. Como lo que se vendía eran medicamentos, los inspectores de salud pública, se dieron cuenta de que podían sacar partido económico de los vendedores; entonces hacían lo mismo que los oficiales, o le decomisaban la mercancía, aduciendo que era prohibido vender en las vías públicas y que solo se podían vender en farmacias y droguerías. Entonces también había que darles dinero, luego fue con los inspectores de policía, cuando los agentes conducían al vendedor a la inspección, entonces era este el que pedía más dinero que los agentes, para después repartirse lo que se le daba al inspector y lo hacían para quedar limpios de que habían pedido o recibido dinero. Fue entonces cuando los vendedores se dieron cuenta que la corrupción oficial no les dejaba ningún margen de ganancia para sostener sus familias y los dueños de los laboratorios no colaboraban aduciendo que estaban dando la mercancía a precios por debajo de los que se vendían en las farmacias al por mayor.

Los vendedores de medicamentos fueron abandonando las ventas, pero ya habían hecho millonarios a los dueños de laboratorios y jamás volvieron a los pueblos que nunca más en sus mercados volvieron a ver al que les entretenía con la exhibición de serpientes, que se paraban en la punta de la cola, o hombres que se hacían morder la punta de la lengua, desafiando la muerte, ni micos o monos, maromeros, perros y toda clase de animales amaestrados, como a muñecos que hablaban y ventrílocuos que hablaban sin mover los labios y marionetas que bailaban a la voz de mando; lo mismo que mentalistas que con los ojos vendados, sabían los colores de las prendas que vestían los espectadores y hasta el número de su cedula, o el de los billetes que mostrara; además le podían decir quién era usted, de donde venía y para donde iba, dándole contestación exacta a todo lo que el observador le preguntara. Todo se acabó, no hubo más voces cansadas, gargantas afónicas de hombres y mujeres que al menor sentido de afonía rápidamente se iban a la farmacia para hacerse aplicar una dosis de "Bronconeumonil" inyección, que por perdida que tuviera la voz el vendedor, mientras se la aplicaban en el musculo, en la garganta sentía el sabor a eucalipto, mentol, guayacol y, a la hora, ya podía gritar como si nada hubiera pasado en su garganta.

Pasaron los años, pasó mucho tiempo y el camionero viajó por el país entero, pisando el pedal del acelerador del camión, mientras su esposa, ponía sus pies en el pedal de las dos máquinas, cosía y bordaba, trajes hermosos y finos, abrigos para clientas que de la capital venían, para que la mejor costurera, por ellas conocida, les hiciera las prendas más finas, en su humilde apartamento donde con su madre y esposo vivía, mientras sus inteligentes y guapos hijos y hermosas hijas tenía. Dos varones nacieron con inteligencia capas de ascender en los cursos para graduarse de la secundaria a los escasos quince y diez y seis años, mientras que lo normal era que lo hicieran a los diez y siete y, dos hermosas e inteligentes mujeres, también hicieron la secundaria a los quince años de edad. El padre se sentía orgulloso de que sus hijos todos se hubieran graduado a los diez y seis. Pero hasta ahí llego la preparación de la familia porque su padre siempre se creía demasiado pobre como para darles una carrera universitaria.

La desesperación cundió en la mente desperdiciada de los hijos de la modista, que querían estudiar a toda costa. Entonces hubo de esperar sin ilusión alguna que el tiempo pasara inexorablemente, hasta que un día cuando creían perdida la esperanza, especialmente la hija mayor, quien por su propia cuenta se matriculó en la Universidad e hizo una carrera contra viento y marea, mientras su madre cosía y lloraba, al sentirse sola, sin el aliciente de tener cerca al esposo para descansar en él la inmensa preocupación; mientras su esposo viajaba sin descanso llevando la carga que en el camión ponían.

Pero un buen día ese Dios inmensamente grande y poderoso, la miró con ojos de piedad y le mandó la visita de un cuñado que vivía en Nueva York y quiso venir a visitarlos; este cuñado con esposa pero sin hijos, pudiendo disponer de los dos salarios en dólares, vivían con uno y guardaban el otro para hacer turismo por Europa cada año, ese cuñado resolvió que él pagaría la universidad de la niña hasta que culminara su carrera. La felicidad reinó en los espíritus de la familia, incrédulas aún, con el cuñado fueron a la universidad donde había sido registrada y matriculada la adolescente. Cuando de viaje llegó su padre, la dicha fue grande y ya la niña se había curado del malestar psicológico causado por la falta de estudio.

El tío cumplió a carta cabal con el ofrecimiento y la joven se graduó con honores y desde entonces trabaja con el magisterio nacional. El padre siguió manejando camión, trabajo del que se salía cada vez que quería, siendo muy solicitado como buen conductor; total que no temía dejar abandonado el trabajo en cualquier lugar.

La otra niña era aún más hermosa y se resignó a ayudarle a su madre en la modistería, habiéndose convertido en su compañera de oficio, aprendiendo el maravilloso arte de la modistería, convirtiéndose también en una maravillosa ama de casa. EL rígido carácter de su padre contrastaba con la nobleza de su madre, que temerosa de que su esposo tuviera una actuación grotesca por su vulgaridad de camionero, aconsejaba a sus hijas que no fueran a traer a la casa a ningún enamorado y como no salían sino en caso de necesidad, la hija mayor para la universidad y de ella a la casa y la otra, permanecía con la autora de sus días, dentro del apartamento en la espera de que a cualquier hora su padre se presentara para descansar por un par de días, para volver a empuñar el timón del camión para ausentarse por un tiempo nuevamente, sin imaginar que ruta tomaría en cada puerto de llegada, su destino era el país entero.

La familia de Josué, fue creciendo, sin encontrar como entrar en la universidad, especialmente los dos hijos varones, habiendo quedado a la deriva intelectual, pero su hermana mayor si estaba aprovechando plenamente la ayuda de su tío, mientras que la segunda niña se dedicaba a los oficios de la casa bajo la dirección de su abuela doña Consepción o sea cariñosamente, doña Conchita. y a la modistería bajo la dirección de la madre, de la que la niña, rápidamente aprendió corte y confección. Conchita la anciana que por lógicas razones, empezó a enfermar, padeciendo los achaques de que son producidos por el paso de los años. Sabiendo que a la anciana no le gustaba ser asistida por la ciencia médica y se valía de remedios caseros ampliamente conocidos por ella. Los males siguieron avanzando haciendo mella en el débil cuerpo de la anciana, hasta que un día ya no pudo parase más y falleció.

Desde ese día en adelante, la madre se enfrentó a las labores de atender a su familia; ya no era tanta la clientela para recibir costuras.

Un día en que su esposo llegó de viaje entró en la casa, al estar la puerta abierta, ya adentro vio que tres mujeres hablaban animadas con su esposa, le habían llevado varios cortes de tela y se dedicaban a mirar en las revistas de moda el estilo para cada uno de los vestidos. Cuando se vio sorprendida por la llegada de su esposo, ella se puso de pie y le saludó cariñosamente, pero este lo que hizo fue dirigirse a las visitantes diciéndoles: ¿Estas viejas que hacen aquí, es que en su casa no tienen oficio? Lárguense de aquí y usted deje de perder el tiempo atendiendo estas viejas, le dijo a su mujer, que en ese momento ya estaba roja encendida por la vergüenza, mientras trataba de explicarle al marido que las señoras estaban ahí mandándole a hacer unos vestidos. La mujer se entró llorando y sin saber de sus movimientos volvió a entrar para despedir a las señoras citándolas para otra ocasión, para dedicarse a atender a su marido que ya había quedado muy mal con las señoras pero eso a él no le importaba.

Ese día había dejado el camión abandonado, al tiempo que el propietario le rogaba para que siguiera manejándolo; entonces le contestó: yo vivo mejor comiendo mierda aquí, sin hacer nada, que manejando su camión, no me joda más, yo no vuelvo a trabajar con usted. Busque otro hijo de puta chofer, a ver cómo le va. Esto lo hacía Josué con frecuencia, cuando quería dejar el trabajo tirado, sin importarle nada. Sabía que los dueños de camiones, lo buscaban para darle trabajo y él se daba el lujo de escoger con quien trabajaba otra temporada, ya los dueños de camión sabían que en cualquier momento les dejaría el Camión tirado y abandonado el trabajo, aduciendo que el camión era una "hija de puta chatarra" así el carro fuera nuevo y el dueño también era un hijo de puta, sin embargo, habiendo muchos choferes vacantes, buscaban a Josué hasta en el apartamento donde vivía. Entonces la esposa de Josué, fue perdiendo la clientela por temor de que en algún momento su esposo las tratara mal, prefería decirle a sus clientas que no tenía tiempo, que tenía muchos encargos, que después cuando tuviera tiempo se los haría con mucho gusto. Una vez, que Josué estaba sin dinero, tomó unos cortes de seda y tela que le habían dejado para que la esposa hiciera unos vestidos, pero ella no se había dado cuenta, hasta que un día llegaron las dueñas de los cortes para reclamar sus vestidos y aunque la esposa los buscó por todas partes y al no encontrarlos, supo que su esposo se los había llevado y hubo de mentir mientras conseguía el dinero para comprarlos nuevamente y dedicarse a hacerlos para entregarlos. De la única manera que no se le perdían era trayendo las telas y cortando los vestidos, al estar cortados entonces se dedicaba a hacerlos.

Como los choferes de camión apreciaban a Josué y se encontraban en las carreteras, le habían aconsejado que se metiera al sindicato de choferes y aunque era incrédulo en todo, inclusive en la fe, aceptó en ir y después de preguntar cuales eran los beneficios que él recibiría al convertirse en socio, entró y por tiempo laboral le dieron una pensión con servicios médicos y un salario mensual con lo cual ha vivido en compañía de su hija quien después de la muerte a temprana edad de la madre, se dedicó a atender al padre quien aún vive en Ibagué Tolima Colombia. Josué nunca permitió a sus dos hijas mujeres, que tuvieran novio o que alguien las visitara en la casa. Así que ya son bastante adultas, y viven solas, la una trabajando en el magisterio viniendo cada sábado a la vieja casa, obsequio de su otro tío Federico, quien lo había hecho para que no los sacaran más de las viviendas que siempre fueron apartamentos en arrendamiento donde nunca cumplía con las mensualidades y si le cobraban entonces desafiaba al dueño a que lo sacara por encima de su cadáver.

Como era su hermano Federico el que le daba la mano económicamente, cuando se encontraba debiendo hasta tres meses de renta, ponía la cara larga y le decía si no pago mañana me van a sacar a la calle con la policía y no tengo en donde meter a mi familia, tíreme cualquier cosa, para pagar esa deuda; y sabía que Federico le solucionaba el problema hasta que un día le dijo: busque una casa que no sea muy cara y yo le doy la plata para que la compre. Y Así lo hizo, en quince días encontró una casa, la compró, pero no la ocupó porque esperaba que su hermano Federico volviera de viaje, como lo hacía cada quince días; entonces le tenía la lista hecha de los materiales y valor de la mano de obra para él mandar a hacer una pieza más, para la señora Conchita y las niñas, lo cual también fue cubierto por su hermano Federico.

Los dos jóvenes en la flor de la adolescencia lo mismo que las niñas se graduaron a los diez y seis años, eran guapos y la madre hacía que siempre estuvieran bien presentados, estaban bien educados en sus expresiones y modales. Ellos después de haberse graduado quedaron en el aire sin poder seguir estudiando y trabajo no encontraron; entonces se dedicaron a entrar y salir de la casa; desayunaban y salían, venían a almorzar y salían para regresar al anochecer. Fue así como siendo ya jovencitos, sin dinero y sin quien se lo suministrara para sus gastos personales, como para pagar el autobús o tomarse un refresco, se encontraron con condiscípulos que en las mismas condiciones estaban, pero habían aprendido malas costumbres, que de inmediato les contaron y uno de ellos, el menor tuvo la osadía de ensayar bajo la enseñanza de un ex compañero de colegio; el hermano mayor le dijo que no lo hiciera, pero este hizo caso omiso y se fue por el mal camino, apareciendo en la casa con pequeñas cosas como cadenas de oro, relojes o dinero que le daba a la madre contándole mentiras que ella aceptaba como verdades. El padre se dio cuenta pero poco o nada le importaba, por el contrario se sentía orgulloso de que su hijo a tan temprana edad tuviera esos arrestos; entonces fueron más amigos y el jovencito siempre tenía algún dinero en el bolsillo para darle a su padre y si en la casa faltaba para comprar algo o suplir alguna necesidad el joven decía: esperen que yo lo traigo y salía para regresar más tarde con lo necesario. Así pasaron los días con el hijo menor, mientras que el mayor, hacía "trabajos" que también había aprendido, cuando una mujer mayor lo enamoró y lo llevó a su residencia donde operaba una guarida de personas que vivían del robo, el secuestro y el chantaje.

El inteligente jovencito rápidamente aprendió, sintiéndose con dinero en el bolsillo, nunca le contó a sus padres lo que hacía pero siempre tenía dinero que invertía en ropa fina y algo le daba a la madre que no sabía cómo lo conseguía y si le preguntaba, mentiras le contestaba; que le ayudaba a un señor en los negocios de compra de granos o de lo que fuera. Hasta que un día, alguien tocó en la puerta de su casa, buenos días señora; buenos días, contestó la madre de los muchachos, que se había parado de la máquina para abrir la puerta. Es que me pidieron el favor de que le entregara esta boleta que le manda su hijo. ¿Mi hijo? Si señora o por lo menos, eso fue lo que me dijo a mí. Es que yo tengo un hijo preso y estuve visitándolo y su hijo entraba en ese momento y me pidió el favor. La mujer asustada al saber que su amado hijo estaba preso le preguntó: ¿y porqué está preso mi hijo? No sé decirle, lea la boleta, ahí le debe de decir. Siga y siéntese un momentico, le dijo la madre del muchacho a la persona que le había traído la boleta; ¿le provoca una taza de café? Se lo agradezco señora; la mujer se sentó donde la ama de casa le indicó. En espera de la taza de café y de la respuesta si era que la señora quería contestarle para ella llevarle al otro día la respuesta al jovencito ya conocido de su hijo.

La mujer abrió la boleta y empezó a leer mientras la abuela Conchita preparaba una deliciosa taza de café, de pronto se puso trémula y sus manos empezaron a temblar, mientras que por su rostro, bajaban como arroyos en avenida, lágrimas de madre, no crea otra cosa, sus labios al igual que su cuerpo, temblaban. De pronto se hizo presente Conchita y en sus manos traía dos tazas de café; al ver llorando a su hija, quiso saber el porqué; ahora hablamos madre. ¿Le va a contestar? Preguntó la mujer, yo mañana tengo que ir a llevarle a mi hijo el almuerzo y de paso puedo llevarle su respuesta; muchas gracias señora, más bien cuénteme ¿cómo se hace para ir? ¿En dónde está? ¿Qué le puedo llevar a mi hijo? La amable señora, dio respuesta a cada una de las preguntas. Yo voy a ir ahora mismo, dijo la entristecida madre; entonces llévele cosas de uso personal, cepillo de dientes, crema dental, jabón, toalla, chancletas, comida y ropa; eso es lo más necesario, agregó la señora quien se despidió, no sin antes darle su dirección, por si algo se le ofrecía.

La madre del adolescente, no paraba de llorar, se entró en la ducha para darse un baño, se puso ropa limpia, se peinó de afán y salió a comprar las cosas de uso personal, que la señora que le llevó la boleta, le había dicho. Compró un pollo asado y tomó un taxi que la llevara al lugar de retención de su hijo.

Allí había una extensa cola de personas que necesitaban entrar a ver a sus familiares o amigos; la mujer con las bolsas en sus manos, se formó en orden esperando que la cola avanzara, pero esto pasaba muy lentamente; al otro lado de la fila, un grupo de agentes del gobierno "vigilantes" requisaban una a una cada persona que era sometida a las más horribles maneras de requisa, violando todos los reglamentos establecidos; manoseaban a las mujeres y si alguna reclamaba, entonces la llevaban a una pieza la desnudaban y las ponían a caminar en cuatro pies. Cuando le tocó el turno a la madre del muchacho ya tenía los pies hinchados por haber estado parada por casi cuatro horas haciendo la cola. Cuando llegó por fin a la reja donde se presumía que estaba su hijo, una vigilante le dijo que el joven estaba castigado en uno de los calabozos y que no tenía visita, hasta la semana entrante; que lo que podía hacer, era dejarle las cosas que le llevaba a su hijo, que más tarde ella se las entregaba, le dijo la vigilante a la adolorida mujer, quien no pudo ver a su hijo; viendo que no podía hacer nada, le entregó las cosas, le recomendó que por favor se las entregara y que le dijera que al otro día ella regresaría para llevarle almuerzo. Al preguntarle a la vigilante si ella sabía por qué estaba su hijo preso, le contestó que ella no sabía, que su trabajo era vigilar y requisar a las mujeres que entraran de visita y nada más.

La madre no cesaba de llorar, pero no podía hacer nada hasta saber qué autoridad estaba comprometida en el caso; lloró el resto del día y parte de la noche el encarcelamiento de su hijo adolescente, hasta que por fin, se quedó dormida. Cuando los gallos cantaron, ella ya estaba despierta con su mente inundada en los pensamientos más negativos de la vida, pensando porqué a ella el destino la trataba así, habiendo sido una mujer creyente en ese Dios, para ella inmensamente grande, poderoso, principio y fin de todas las cosas; hacía el recordatorio de el historial de toda su vida para ver si era que en alguna oportunidad, ella le había fallado a su Dios, pero no encontró nada que la inculpara de pecado alguno y empezó a llorar de nuevo. Fue entonces cuando escucho el mágico concierto de sinzontes, toches y mirlas blancas y negras que la hicieron levantar antes de que la abuela de sus hijos la viera llorando.

La llorosa mujer puso en el fogón donde la leña ardía, la cafetera y un par de ollas para empezar a preparar un almuerzo que le llevaría a su amado hijo. Tenía que ser temprano porque según había escuchado, había que hacer cola desde muy temprano y si llegaba tarde de pronto no alcanzaría a entregárselo a su hijo, a quien debía preguntarle lo que había ocurrido para tener una leve ida de lo que ella pudiera hacer mientras llegaba de viaje Josué, el padre de sus hijos. Cuando la anciana escuchó ruidos en la cocina se levantó, e inocente de lo que en la familia ocurría, le dijo a su amada hija: váyase a su trabajo que yo me hago cargo de la cocina; no mamá déjeme que le ayude porque tengo que llevarle el almuerzo a fulano que está en problemas, ¿como asina? ¿Qué problemas va a tener? No se mamá, pero tengo que hacer temprano el almuerzo; yo selo hago, salgase de mi cocina, bueno mamá ahí la dejo, por tarde a las diez necesito el almuerzo para ir a llevarlo. Me voy a arreglar un poquito; mientras seguía llorando la falta de su hijo.

Un poco más tarde, la madre atormentada estaba lista para salir con el portacomida en la mano, frutas y panes en una bolsa plástica y cubiertos desechables. La abuela ya acostumbrada al trajín de la cocina, muy pronto preparó el almuerzo, llamó a su hija que sentada en la máquina de pedal hacía costuras en finas telas ya cortadas, dándole forma al vestido encargado por la mujer que de su confianza gozaba. La joven mujer, se levantó y de prisa, a la cocina entró; el portacomida en sus manos tomó, en él puso el alimento que a su hijo llevaría de inmediato;

una pequeña cartera en sus manos tomó, con el dinero apenas suficiente para el auto bus de ida y regreso. Con el portacomida en su mano caminó un par de cuadras, hasta donde el autobús paraba, unos minutos de espera hubo y el transporte apareció, en el subió escuchando la voz del conductor que mientras recibía el dinero dejaba escuchar su voz: por favor córranse atrás, atrás hay campo, córranse por favor; mientras la mujer sosteniéndose de un pasamano, con la otra mano sostenía el portacomida con el alimento que caliente estaba. A pocos metros el autobús paró con fuerza haciendo que los pasajeros perdieran su equilibrio, se corrieran atrás para que entrara más gente; con el desequilibrio la mujer se corrió y el portacomida se volteó regando su contenido. Ahora la mujer lloraba de ira, al ver que no podía llevar el alimento completo a su amado hijo.

Por fin el autobús llega a su destino y ella se apea con el portacomida en la mano; mira al frente y ve que ya la fila de personas con almuerzos está bastante larga, apura sus pasos y se posesiona atrás de todas las demás. Todas están a la espera de que abran la puerta para que empiece a avanzar la fila, asunto no tan fácil, puesto que a la entrada había una especie de mostrador donde deberían poner el portacomida, que sería revisado por las autoridades de la guardia, evitando que entraran artefactos y cosas prohibidas; mientras pasaba la revisión alimentaria, pasaban a otro lugar donde eran requisadas las personas, hasta en las partes más intimas, si querían pasar a ver a sus seres queridos, o tendrían que dejar los portacomidas cono los guardianes que, quien sabe si los entregarían y si lo hacían, no se sabía a qué horas; lo mejor era poder entrar para entregarlo, ver y saludar a la persona amada, eso era lo que quería la abnegada madre, pero no lo pudo hacer, pues no estaban dejando entrar a nadie, tendría que esperar hasta una próxima visita, para poderlo ver y saber cuál era su caso, para poderle decir a un abogado o a su marido cuando de viaje llegara.

Ella que no sabía nada de asuntos relacionados con reos y policías, al ver que no podía entrar, le preguntó a un agente, si le hacía el favor, de preguntarle a su hijo, cuál era el delito que había cometido, para estar preso. El agente le contestó que su hijo estaba preso, por atraco y que si le ponía un buen abogado podría salir pronto, pero que si no, quien sabe cuánto tiempo estaría preso y que lo hiciera rápido porque como el muchacho estaba tan joven, podrían sucederle cosas con los otros presos. La mujer salió diciéndole al agente que por favor le guardaran el portacomida que más tarde volvería por él. Como si algo traumático hubiera pasado por su mente, como un autómata salió por la puerta que un policía le abría; caminó unas cuadras sin saber por dónde lo hacía, hasta que vio un taxi el cual paró y al subirse, le pidió al conductor que la llevara al centro de la ciudad; era inminente conseguir un buen abogado si hacía caso a las recomendaciones del guardián carcelario.

Al desconocer en donde encontrar un abogado, se dirigió a la residencia de una hermana suya, a la que le conto el caso y ella, que tenía un hijo mayor y dos hijas, le pidió que la acompañara al trabajo de una de ellas de nombre Omaira, quien podría saber de un profesional del derecho, especializado en lo penal. La joven que trabajaba en un almacén de abarrotes, miró en el directorio telefónico y optó por uno, que pagaba un aviso enmarcado con letras negrillas, por ello dedujo, que sería un buen abogado, le anotó la dirección en un papel y la mandó habiendo hecho una llamada para reservar una cita con el profesional, que en el momento no estaba, pero fue atendida la llamada por su secretaria. En minutos el taxi acortó la distancia y en la puerta del edificio donde estaba marcado el número anotado en el papel. Ella entró en el edificio tomó el elevador y subió al lugar indicado, entró en la oficina del abogado, fue atendida por la secretaria quien la mandó a sentar, mientras el profesional llegaba; por la cabeza de la modista, pasaban toda clase de pensamientos, preguntándose el porqué su pequeño hijo, se había envuelto en cosas tan horribles como el atraco a personas; a cada momento enjuagaba sus lágrimas, los ojos los tenía rojos de tanto llorar. No muy tarde, entró un hombre vestido de paño inglés y corbata, quien después de una señal a su secretaria pasó de largo para su privado.

Un momento después la secretaria hizo pasar a la mujer quien una vez más, lloraba ríos salobres de lágrimas amargas. Doctor, dijo la mujer llorando profusamente: mi hijo está preso y no sé porqué; ¿quiere decir que usted no ha ido a ver a su hijo? Yo fui pero no pude entrar, el almuerzo que le llevé me tocó dejárselo con un vigilante y me dijo que consiguiera un abogado y mi sobrina me lo recomendó a usted, ayúdeme Doctor; primero debemos saber cuál es el delito por el que se le acusa y, entonces ya sabremos qué es lo que vamos a hacer. Deme el nombre de su hijo, yo tengo algunos amigos en la guardia penitenciaria y de pronto me dicen sin tener que ir por allá, pues hoy no puedo ir porque en un rato tengo una audiencia con un cliente muy importante; déjeme yo hago una llamada. El abogado tomó el teléfono y marcó el número de la cárcel; le contestó el oficial de servicio, haló contestó el oficial, ¿con quién hablo? dijo el abogado; con Méndez el oficial de servicio; hola Méndez le habla el Doctor, Agujas; hola Doctor, ¿cómo le va? ¿En que le puedo servir? Es que hay un recluso que se llama Eduardo Figueroa, es un joven que está detenido y necesito saber cuál es el delito que se le imputa, o cuáles son los cargos y por cuenta de quien está, es que aquí tengo a la madre y necesita ayuda; un momento Doctor, no me vaya a colgar yo hago una averiguación; gracias yo espero. El oficial llamó por el intercomunicador la presencia de un agente y varios llegaron al momento: a sus ordenes mi coronel; ¿quién de ustedes conoce al detenido Eduardo Figueroa? yo lo conozco mi coronel, ¿sabe usted porque delito está retenido? Si mi coronel, este jovencito está retenido por atraco y su caso lo tiene la fiscal nueve del distrito central; muchas gracias dijo el coronel y agregó, puede retirarse. El oficial miró a la mujer que en ese momento enjuagaba sus lágrimas y le dijo: bueno pues ya sabemos el porqué su hijo está detenido; ¿porqué doctor? Preguntó la madre; por atraco, es lo que me dijo el oficial; eso es muy delicado señora, ese delito da por lo menos diez años de prisión, si no tiene agravantes, como que lo haya hecho a mano armada, o que sea un reincidente; está por cuenta de la Fiscal nueve del distrito central; váyase para su casa señora y vuelva mañana yo tengo que hacer personalmente unas averiguaciones. ¿Cuánto me va a cobrar Doctor? porque yo no tengo plata; por ahora no le puedo decir nada, venga mañana por la tarde, para saber que he averiguado. La entristecida mujer se despidió y salió del privado del abogado, luego se despidió de la secretaria quien para consolarla le dijo: no llore más señora que con lágrimas no se resuelve nada y sí, se debilita usted, haga lo que le dijo el abogado y confíe en él.

La noble mujer salió a la calle y tomó el primer taxi que pasó y le pidió que la llevara a la cárcel, tenía que reclamar el portacomida para llevarle la comida de por la tarde. Media hora después el conductor se parqueaba al frente del portón de los suspiros y las tristezas, la mujer se apeó y le pidió al conductor que por favor la esperara un par de minutos mientras le entregaban el portacomida; el taxista le hizo una señal de asentimiento, la mujer al vigilante exterior le preguntó como hacía para recuperar el porta alimentos; el agente dijo en voz alta, como para que desde adentro le oyeran: ¡puerta! Y segundos después, la puerta se abrió apareciendo tras de ella la figura de un agente de la vigilancia interna, quien al ver a la mujer le hizo una señal de que esperara y le entregó el portacomida, el cual tomó y rápidamente se subió al taxi con rumbo a su vivienda; con los nudillos tocó y entonces apareció la figura de Conchita, la anciana madre de ella; ¿cómo le fue hija? pues ahora tengo que volver, para llevarle la comida y mañana debo de ir para saber qué me dice el abogado.

Las dos mujeres se entraron para hacer los preparativos para la comida del joven prisionero, las niñas notaban la falta de presencia de su hermano pero la abuela no les había dado ninguna señal de lo que acontecía. Mientras la anciana se dedicó a la preparación de los alimentos, la hija se sentó en la máquina de pedal dando rendimiento a la costura, mientras limpiaba su hermoso rostro del torrente de lágrimas que se secaban de tanto rodar.

Un día después, luego de llevar el almuerzo a su hijo, la mujer volvió a la oficina del abogado; buenas tardes señorita dijo la mujer, saludando a la secretaria; buenas tardes, siga y siéntese que el Dr. no demora; la mujer se sentó a la ansiosa espera, de que por la puerta entrara la figura del abogado, quería saber lo que había que hacer para que su hijo saliera de la cárcel. Más tarde entró el abogado y sin más preámbulos, la saludó y la invitó a que pasara a su privado. Las noticias no son muy halagadoras pero en derecho no hay imposibilidades, claro que el trabajo es arduo porque fue detenido infraganti delito; ¿qué es eso Dr.?, eso quiere decir que en el momento en que el joven cometió el delito, fue aprendido por la policía; ¿entonces qué puedo hacer? Usted nada señora, voy a decirle a la secretaria que haga un poder para que usted lo firme para poderle ayudar, para que su hijo salga rápido de la cárcel y si no, allá se pudre. Mientras la secretaria escribía el contrato, la mujer le preguntó: ¿ por favor Dr. dígame por cuanto, usted me va a sacar a mi hijo de la cárcel, yo soy una simple modista y no dispongo de mucho dinero: el abogado se levantó del asiento, se pasó las manos por la cabeza en ademán de disgusto, miró a la mujer que sentada estaba y le dijo: usted sabe señora que estas no son cosas fáciles, Todos los documentos que se presenten ante el juez, deben de ser registrados y estampillados y eso vale dinero, yo solo le voy a cobrar lo de los gastos, teniendo en cuenta que siempre es necesario hacerle una invitación al juez para una cena y si él no acepta entonces al secretario o a los dos al tiempo y en el restaurante, eso lo cobran.

Es que si fuera por otro delito, sería distinto, pero por delitos contra la propiedad, las cosas son mucho más serias y con el agravante de que el delito fue cometido con arma blanca. Por ahora necesito un dinero para empezar y después veremos cómo arreglamos, lo más importante es tratar de que el juez lo ponga en libertad, que ya afuera él mismo consigue con que pagarme; como así Dr. si señora, el muchacho sale y esté segura, que vuelve a delinquir, eso ya me lo conozco yo en esta profesión, póngale cuidado y verá, usted me firma unas letras de cambio y después el muchacho las va pagando, pero si lo vuelven a detener, entonces usted me paga, por eso no se preocupe señora; es que Dr. lo que yo anhelo es que mi hijo salga de esta y no vuelva a hacerlo. Ese es el deseo de todas las madres y padres de familia, ojalá su hijo lo entienda y no lo vuelva a hacer. Es verdaderamente lamentable que un joven a tan temprana edad, adquieran esos vicios, vengase el viernes por la tarde a ver qué noticia le tengo, yo tengo que ir a hablar con él. Gracias Dr. entonces hasta el viernes por la tarde.

La madre salió más confundida que antes, con la noticia dada por el abogado quien le dijo que el jovencito seguiría delinquiendo, las lágrimas no se detuvieron y siguieron rodando por todo su rostro; cuando al otro día fue a llevarle el almuerzo, el vigilante que se lo recibió, le contó por lo bajo, que la situación de su hijo se había agravado pues en la noche había tenido una sangrienta pelea con otro recluso y que estaba incomunicado y en investigación por habérsele encontrado un arma corta punzante en su poder, lo cual era absolutamente prohibido en ese lugar.

Pasaron los días y rápidamente el viernes llegó, en horas de la tarde la angustiada madre, al abogado acudió, pensando que tal vez el abogado no sabía de lo ocurrido con su hijo en la cárcel; pero este como muchos abogados, tienen personas que los llaman para comunicarles si algo fuera de lo normal le sucede a alguno de sus clientes, lo que indicaba que ya el defensor sabía lo ocurrido.

Siga usted señora hablamos, la mujer se sentó frente al escritorio de cedro negro para escuchar a su interlocutor; lamentablemente tengo que comunicarle que el asunto se nos agravó, ahora tenemos atraco y lesiones personales con arma blanca, por parte de su otro hijo, tenemos que esperar los resultados del médico legista para evaluar, tanto el juez como yo, la gravedad de lesiones; por ahora necesito un par de millones de pesos para papeleo y otros gastos; dos millones de pesos no los he tenido yo en el curso de mi vida Dr. ¿entonces como quiere usted que le ayude? Yo no creí que eso costara tanto, más bien yo voy a esperar que mi esposo llegue de viaje y entonces veremos que hacemos ¿y cuando llega él? No sé Dr. Porque el maneja un camión y no se sabe cuando cargue el camión para este lado, que es cuando llega a la casa. Bueno señora entonces cuando él llegue, por aquí los espero para seguir con el caso.

La madre que seguía llorando cada vez que hablaba con el abogado, tomó un autobús y se dirigió a la casa para sentarse en la máquina de pedal. Allí mojando la costura con sus lágrimas, donde se secaban de tanto rodar por sus hermosas mejillas enrojecidas por el llanto, de una semana en espera de que llegara su marido, para que después de darle la triste noticia, cuando caía del alto pedestal de buen estudiante. La tarde se acabó y la noche llegó, las luces debieron ser encendidas para seguir cortando telas y dando pedal en la hechura de vestidos que gracias a ese Dios tan grande y poderoso, en cuanto a trabajo nunca le faltó. El pequeño radio de dos bandas, encendió, para escuchar noticias, que como la mayoría de las editadas, no son buenas, pero entretienen entre trazo y tijeras.

Limpiando su enrojecido rostro y sin ánimos para seguir pedaleando, sintió que la puerta de su vivienda humilde, a su mente llegó la figura de su esposo y rápidamente le retiró la tranca y le soltó la aldaba para que la puerta quedara franca; a pesar de que esperaba ansiosa la presencia de su esposo, ahí parado estaba y ella no lo creía; ¿hola Guillermina como está? Jmm, si supiera; pero entre, le voy a traer algo, ¿quiere comer, o antes, un café? Por ahora, un café mientras descanso un poco. La mujer salió para la cocina donde estaba la abuela Conchita, mamá llegó Josué y quiere primero un café; ya se lo pongo a hacer, para que se lo tome fresquito, contestó la abuela Conchita. La mujer estaba que le contaba todo lo acontecido a su esposo con relación a sus hijos, pero quería esperar a que comiera primero; no quería indisponerlo antes de que se alimentara. ¿Y qué más, Guillermita? era como le decía a su mujer; ¿está bien? Si estoy bien; no se pero la veo como rara; ¿pasa algo? No, no pasa nada; es que la veo como rara, no es nada, es que a usted le parece, dijo la mujer, pero al momento el llanto atacó nuevamente y tuvo que salirse para la cocina; ya la abuela, traía el café para su amado yerno. Hora si, ¿cómo le ha ido a usted por allá? A mi bien señora Conchita, trabajando duro para poderle dar ganancias al patrón, lo malo es que no puedo estar más tiempo aquí en la casa, como me gustaría, disfrutar más a mi familia. ¿Ya va a comer? Ahora que me pase el cafecito, yo le aviso. Bueno la comida está calientica, no me la vaya a dejar que se enfríe; no señora, vaya me la va sirviendo, para que descanse de la cocina y se pueda a costar temprano.

La anciana obedeció al yerno y se acostó a descansar después de haberle servido la comida a sus dos amadas nietas y al yerno. Cuando terminó de comer, estaba un poco preocupado por la no presencia de sus dos hijos, entonces preguntó a su esposa, si hacía mucho tiempo que habían salido de la casa, a lo que ella se vio obligada a contarle lo que acontecía. Al otro día Josué debería continuar su viaje pero quería saber lo que pasaba con sus dos hijos. Entonces temprano se levantó, y salió a largos pasos en busca de un abogado para que hiciera la defensa de sus hijos, sin importarle que el dinero que poseía fuera del patrón, producto del producido del camión.

Consiguió el mejor abogado de toda la comarca, y de inmediato lo acompañó a la cárcel municipal para visitar a su hijo y enterarse de sus propia boca, el motivo por el cual estaba preso y saber que tan grave era el asunto. Así que el viaje tuvo que esperar dos días más para la entrega de la carga que esperaban recibir. A partir de ese día, pasaron semanas y meses sin que los dos hermanos obtuvieran su libertad, con el único aliciente de ver cada sábado los rostros marcados por la angustia de la autora de sus días y el de sus dos hermosas hermanas quienes siempre hacían acopio del valor de las costuras recibidas o hechas con el fin de llevarles alimentos calientes y objetos de uso personal, mientras el reconocido abogado cada semana les solicitaba dinero, según él para papeleos y copias, más abonos en el costo de su defensa, hasta que por fin llegó el día en que les llegó la orden de libertad, la cual ellos creían había sido por tiempo cumplido, según sus cuentas de el tiempo de reclusión, pero cuando en medio de la alegría familiar, que es producida por el invaluable sentimiento de la libertad, de verse nuevamente en familia, después de mucho tiempo de separación y la abnegada madre se disponía a preparar una suculenta comida para celebrar tan magno acontecimiento, llenando de besos y caricias a sus dos hijos, quienes eran asediados por sus dos hermosas hermanas, quienes con tristeza recorría en sus mentes el triste recuerdo de la separación familiar durante tanto tiempo, entonces era apenas normal que quisieran estar felices al lado de sus hermanos, atendiéndolos como hacía tiempo no lo hacían.

Fue en el preciso momento en que se dedicaba a servir el primer plato con olor a manjar y sabor a gloria, que escucharon que alguien tocaba en la puerta de entrada; una de las jóvenes salió para abrir la puerta y al hacerlo se vio frente a frente con el rostro adusto de el abogado que ella había conocido en alguna oportunidad y que sabía que era el defensor de sus hermanos, aunque nunca más lo había vuelto a ver. Buenas tardes doctor, dijo la niña; buenas tardes señorita, contestó el hombre; ¿su papá esta? No doctor, él está viajando; ¿su mamá está? Si señor, ella si está; ¿puede llamarla? Sí señor, pase y se sienta yo se la llamo; el robusto y acuerpado hombre, entró en la casa y se sentó en el mueble tallado en cedro negro, que completaba el juego de sala, sobre sus piernas puso un maletín con documentación de otros presos; el ama de casa llamada por su hija, se enteró de que la visita la necesitaba y acudió a su llamado; aunque ella le había dicho a sus dos hijos espérenme aquí, voy a ver que quiere el doctor y ya vengo a servirles la comida, el hijo mayor un poco sorprendido al darse cuenta de la visita, siguió a la madre sin dejarse ver del abogado; envolviendo sus manos en el delantal, lo mismo que había hecho el día de su matrimonio, se presentó frente al abogado; buenas tardes doctor, ¿en qué le puedo servir? En mucho señora, es que sus hijos ya están en libertad gracias a mis influencias y a largos alegatos, fue que logramos que les dieran la libertad antes de cumplir la pena principal, así que es hora de que me cancelen el resto de mis honorarios que me adeudan; claro que si doctor, pero de eso se encarga es mi esposo y él no se encuentra, cuando llegue de su viaje yo le informo de su visita y él arreglará con usted. ¿Sabe usted cuando regresa su esposo? No doctor eso depende de para donde haya cargado el camión, pero no se preocupe que apenas llegue yo le aviso de usted. Yo si me preocupo señora, porque es dinero que me deben y si no me es entregado al momento de satisfacer mi compromiso y este se cumplió hace varias horas, entonces tendrán que pagarme con intereses por el tiempo de mora en el pago. No se preocupe doctor que yo le digo a mi esposo y él le pagará absolutamente todo. Eso espero señora. Al momento el hijo que tras la puerta del patio estaba escuchando todo, dio un paso al frente y le dijo: ¿Qué es lo que usted está cobrando? Si hace mucho tiempo que usted no nos visita, hace más de seis meses no lo vemos y ahora que le avisaron de la cárcel que estamos en libertad, viene a decir que fue usted el que nos sacó y eso no es cierto, si hubiera estado trabajando para nosotros, nos hubiera visitado para informarnos, por lo menos como iban las cosas, pero hasta hoy lo volvemos a ver; al momento salió el otro hermano y reafirmó las palabras dichas por su hermano. Pues si no me pagan los embargo y cuando vuelvan a caer yo los acabo de hundir, para algo soy abogado y despidiéndose de mala gana salió a pasos largos perdiéndose en la próxima esquina.

Había pasado algo más de una semana sin que el padre de los jóvenes hiciera presencia en su casa, lo que marcó preocupación en la familia, más aún, cuando recibieron una nota de cobro enviada por el abogado donde les informaba que el tiempo de espera había terminado y que empezarían a correr los intereses porque según él, los muchachos estaban disfrutando de su libertad y él, tenía derecho a disfrutar del dinero, por sus servicios prestados. Fue entonces cuando el mayor de los jóvenes, recapacitando en el sufrimiento de su padre que estaba quien sabe en donde, cansado, tal vez con hambre o con sueño sentado en la cabina del camión, en quien sabe que solitaria carretera, para conseguir el dinero para pagarle a un abogado que no había hecho lo necesario por conseguirles la libertad, como se había comprometido con su padre, sino que estaba haciendo una jugada truculenta para cobrarles un dinero no trabajado, no ganado con honestidad, se levantó de la cama y sin que nadie lo notara salió de su casa con el amparo de la oscuridad de la noche, habiéndose encontrado con un ex presidiario ya mayor, con un voluminoso prontuario a quien le contó lo que estaba ocurriendo; el hombre mayor lo llevó a su apartamento y de un armario sacó un revólver treinta y ocho largo con su recamara completa, se lo entregó, mientras le preguntaba si alguna vez él había disparado un arma a lo que el joven contestó que nunca antes lo había hecho. El hombre mayor sonriendo le dijo: ponlo dentro de sus pantalones y vamos a hacer un trabajo, si coronamos, partimos y le regalo el arma, camine que yo tengo el cliente y salieron con ansiedad en los dos, diciendo el viejo: siempre es bueno ponerse pálido de vez en cuando.

El cliente era el despachador de una gasolinera a quien el muchacho encañonó mientras el hombre mayor le sacaba de su bolsillo la totalidad de las ventas de ese día y parte de la noche. Una vez cometido el ilícito, si disparar el arma se dieron a la fuga, mientras el empleado llamó a la policía a quienes dio detalles de lo ocurrido; los agentes empezaron una investigación y dos días después encontraron a un sospechoso, estrenado ropa, zapatos y bebiendo en un bar. La policía entró en el establecimiento, le pidieron documentos, los mostró, pero al requisarlo le encontraron el arma y una gruesa suma de dinero de la cual no supo dar ninguna explicación; era para pagarle al abogado desde el día anterior, pero no lo había hecho hasta ese momento, solo había atinado a decir que ese dinero no era de él sino que era de el abogado, pero de todos modos le fue decomisado. Al otro día llamaron al bombero para que reconociera al sospechoso en rueda de presos y dijo: este fue el que me apuntaba con el arma mientras el compañero me esculcaba los bolsillos y me sacaba la totalidad del dinero obtenido durante mi turno.

Una vez más el regreso del padre estaría marcado por el arresto de su hijo, ahora próximo a ser sentenciado por robo a mano armada. Tres días después, arribó el padre a su hogar, allí encontró a su esposa; su rostro estaba marcado por la profundidad de la inmensa tristeza, mientras que por él, casi de manera permanente, corrían ríos del fruto de sus negros ojos, que caía sobre la costura, que mojaba la finas prendas. Entre tanto su lacia, larga y negra cabellera, ya pintaba algunas canas; sentada a la máquina como siempre, cociendo un abrigo o un vestido que próximamente entregaría a su clienta, cuya ganancia de muchas horas de pedalear, era puesta a disposición de la familia.

De pronto un toque en la puerta principal anunciaba que alguien llamaba, lo primero que llegó a la mente de la abnegada madre, fue la adusta figura del abogado de marras, con otro cobro, en esta vez con intereses; se paró de la maquina y abrió la puerta, su fragilidad emocional al ver la imagen de su esposo que llegaba con el rostro marcado por el hambre, la falta de sueño y los rayos del sol, que en la carretera le marcaba su frente, formándole unas pequeñas arrugas en torno a sus pardos ojos. Ella se abalanzó sobre él en un abrazo de profundo sentimiento fraternal; allí sin quererse desprender del hombre que había amado desde antes de tener que envolver sus manos en el delantal para distraer a su madre, cuando en realidad se iba era a casar. El hombre de sus manos dejó caer el maletín de viaje y, una bolsa repleta de golosinas, manjar blanco y ricuras que siempre traía para sus cuatro vástagos y su amada esposa, para poderle devolver el emocional saludo. Cuando por fin se desprendió del cuello de su marido, este pudo ver en ella, el crudo llanto que de sus ojos brotaba, desfiguración en su espíritu y la débil fortaleza de su ánimo.

Un minuto después el hombre se agachó, retomó el maletín y la bolsa y entonces dio el paso de entrada a su resquebrajado hogar, por la falta de su hijo. Allí, la mujer le contó lo que estaba aconteciendo y mientras la abuela le pasaba una taza del mejor café suave del mundo, tomó la decisión de salir a buscar el abogado antes de probar bocado. Salió de su casa, caminó hasta la avenida quinta, tomó un taxi y en pocos minutos a la oficina del abogado llegó. El abogado no estaba, dijo la secretaria y que ya por ese día no regresaría, pero que al día siguiente desde las ocho de la mañana estaría dispuesto para el que le solicitara. Señorita dijo el hombre: le voy a dejar un dinero al doctor, para que me haga el favor de entregárselo en la mañana apenas llegue, pues por la tarde volveré cuando descargue el camión, hágame el favor y le dice. Este es el pago de la deuda que con él tengo, para quedar a paz y salvo. Hágame el favor de darme usted un recibo por la cantidad de dinero entregada. La joven después de contar el dinero hizo el recibo lo firmó le puso un sello y lo entregó al hombre quien a su casa regresó. Mañana no me esperen a la hora del almuerzo pues tengo que hablar con el abogado haber si quiere volver a sacar a mi hijo de la cárcel. Ese es muy buen abogado y si creo que lo haga, respondió la angustiada madre.

LA NIÑEZ DE GENOVEVA

Un mes después de haber cumplido Federico dos años de edad, nació una "hermosa niña" (palabras escritas en todas las partidas de bautismo expedidas por la curia) a quien bautizaron con el nombre de Genoveva, quien vino a tratar de bajar del "curubito" al primogénito Josué, pero solo fue en parte por el hecho de ser una niña, nacida después de dos varones. Entonces se convirtió la recién nacida, en algo que llamaba la atención de sus padres, sin bajar el cariño por su primogénito quien siempre fue el preferido inclusive cuando llegó a la mayoría de edad y años después, aunque la madre había muerto dejándolo de once años de edad y cuatro hermanos más que en edades descendientes se llevaban de a dos años.

Mientras la familia crecía en hijos, el tiempo pasaba y los críos crecían, viéndose siempre la diferencia no solo en el trato entre Josué y Federico, sino en la forma de vida en cada uno de ellos. Mientras que a Josué lo vestían decentemente; es decir: lo calzaban usando medias, zapatos, pantalón y camisa y bien peinado, podía salir a la calle para jugar con otros niños, mientras que Federico tenía que usar la ropa que el hermano mayor dejaba, a Federico nunca le dieron un par de zapatos, siempre estuvo descalzo y si el papá lo veía aunque fuera parado en el portón mirando la calle, con un: qué estás haciendo ahí gran bellaco, lo entraba su padre y como añadidura le daba tres fuetazos y a llorar al último rincón del patio que era inmenso. A causa de los malos tratos que Federico recibía de su hermano mayor (palabra que siempre le restregó) "yo soy su hermano mayor y debe de obedecerme" fueron muchos los disgustos que Magdalena tuvo con su esposo quien no permitía que a su primogénito lo pisara un mosco, hasta que ella dejó de insistir en consejos y llamadas de atención al niño mayor. Nueve años tenía cuando lejos lo mandaron a estudiar con el apoyo de un tío; para Federico, fue como un oasis de paz por el alejamiento de su hermano, aunque le quedaba el dolor de la ira de su padre por la falta de su amado hijo.

Para esta época ya había nacido Genoveva la niña que llenó de alegría la familia, pues hacía falta la mujercita de la casa, la niña en la familia, sus padrinos fueron el tío y su esposa, ella fue creciendo entre mimos, caricias y besos; cuando cumplió los tres años, las monjas del colegio del pueblo le ofrecieron la educación, como el mejor regalo de cumpleaños para una niña, la cual fue aceptada y desde los seis años cumplidos entró a formar parte del alumnado del colegio regido por las monjas dominicas, siendo este el mejor colegio femenino de toda la comarca, donde estudió hasta los doce años cumplidos. Ya su mamá había muerto solo unos días después de su ingreso al colegio donde siempre, desde el primer día de clase estuvo interna. Su padre la visitaba cada ocho días, los domingos cuando aprovechaba para comprar frutas y después de verla en la fila escuchando la Santa misa, entraba para hacerle una corta visita entregándole las frutas, darle un par de besos y estrecharla entre sus fuertes brazos. De esa visita salía Gilberto directo a tomarse un aguardiente doble en el primer negocio que encontrara al salir del colegio, y no tenía que caminar más de media cuadra, pues el colegio estaba a continuación de la iglesia en la plaza principal y muy cerca había bares, tiendas y cafés.

Cuando la niña terminó su primaria, las amigas de su madre ya no estaban en el colegio y la madre superiora ordenó que la mandaran para la casa de su padre que era la misma de su esposa y madrastra de Genoveva. Al llegar la hermosa jovencita a esa casa, la madrastra pensó que podía contar con sirvienta gratuita y de una vez la puso en la cocina donde había un fogón de leña, donde si hubiera leña o carbón se preparaban los alimentos, que mal o bien para una niña que en sus doce años nunca había preparado nada en cocina alguna. Como no le gustara ese oficio, en la casa se dieron cuenta de que en la notaría estaban necesitando una secretaria para escribir las escrituras de compra venta. La interesada debería tener muy buena letra y mejor ortografía. Pues eso era lo que la niña tenía, bonita letra y muy buena ortografía, pero debería tener el permiso de sus padres para poder trabajar y el padre ni corto ni perezoso, inmediatamente se dirigió a la notaría del municipio para personalmente comunicarle al señor notario el apoyo brindado a su hija quien así empezó su primer trabajo a los doce años, escribiendo de su puño y letra todas la escrituras de las propiedades urbanas o rurales, del municipio. No fue por mucho tiempo, pues el padre recibía los pagos quincenales que el notario le hacía a la niña, entonces a la niña no le gustó y pensándolo mucho recordó que tenía un tío en una ciudad lejana y el próximo domingo resolvió viajar a la ciudad desconocida, pero con la dirección en los sobres de las cartas que él le escribía a su hermana, la madre de la niña, las cuales estaban en el fondo de un baúl, que la madrastra ignoraba que existían. Entonces a escondidas salió de la casa un domingo al medio día, llevándose de la mano al último de sus hermanos, salió a pie, unos cuantos kilómetros caminó y un camión que pasó los recogió y a la gran ciudad los llevó, un taxi le pagó el amable conductor y a la casa de su tío, llegó.

El tío recibió a la niña y pensó en lo que podría hacer por ella; sabiendo que había hecho su primaria en tan selecto colegio, decidió pagarle un curso de mecanografía y taquigrafía en una academia de la gran ciudad. Hecho el curso, ubicó a la niña en el almacén y fabrica que poseía para que fuera aprendiendo un poco de lo comercial y lo laboral, ya que en su casa trabajaban muchos obreros en la fabricación de calzado, el calzado que el tío fabricaba era en ese momento el de más demanda en la Nación, por ser hecho a mano con los mejores materiales del mercado. Cuando la ya jovencita terminó el curso de mecanografía y taquigrafía, el tío le entregó la contabilidad de la empresa en la que incluía la nomina de setecientos obreros, ubicados en los patios de la casa adecuados para ello y los de más confianza que se llevaban el trabajo para sus casas donde laboraban de lunes a sábado.

Semanalmente la jovencita Genoveva, tenía que revisar la producción que de las casas traían los obreros, hacer las liquidaciones de todos y cada uno de los obreros y hacerles el pago correspondiente a cada uno de ellos, según lo que habían hecho. Para esta época los créditos de las peleterías al tío que siempre habían sido generosos empezaron a sufrir menguas por la difícil situación del país, el tener que dar cumplimiento a todos los obreros sin mermarles la cantidad de trabajo, mientras las ventas mermaban, por la importación de calzado a menos precio aunque lógicamente mucho más ordinarios en materiales y construcción, todo esto hizo que las ventas de calzado fino, mermaran hasta el punto en que si se atendía el pago a los obreros que era lo inminente, no quedaba para pagar los materiales habiéndose visto obligado el tío, a conseguir dineros a préstamo en bancos, con lo cual hizo abonos pero el crédito se fue mermando de tal manera que se fue perdiendo, hasta que llegó el día, en que no tenía materiales, aunque tenía diez mil pares de zapatos estilo italiano elaborados en inventario.

Fue entonces cuando le entregó a la hermosa niña el manejo total de la empresa para que ella se defendiera como pudiera mientras él, por temor a una huelga de los obreros, se fue un día del país. La joven se enfrentó para sostener la empresa y cuando los obreros le preguntaban por el patrón, ella les contestaba que había salido de la ciudad pero que tal vez por la tarde o mañana llegaría. La jovencita llamó telefónicamente a los peleteros solicitando crédito y estos le creyeron dándoselo, siempre y cuando no lo hiciera el tío al que ya nadie le creía, pues al principio prometía pero no cumplía. Fue así, que la joven recuperó el crédito perdido y nuevamente los obreros tuvieron trabajo siendo muy cumplida en los pagos pero esto no fue por mucho tiempo ya que las ventas seguían bajando. Entonces reapareció el tío y como los obreros que lo esperaban para saber qué pasaría con su futuro y el de sus familias, ya que la jovencita no los liquidó pero si les mermó las tareas para bajar costos y poder pagar los créditos que le habían confiado a ella.

Como respuesta, los obreros hicieron una huelga laboral, que en cuarenta días dio al traste con la industria de calzado a lo que el tío les dejó la maquinaria para que se apoderaran de ella e hicieran lo que tuvieran que hacer. Con este gesto el tío acabó con más de cincuenta años de duro trabajo, entonces con unas viejas maquinas que habían sido reemplazadas por nuevas, inició las remontadoras y remiendos de calzado, con lo que culminó su vida.

En los días en que presenció la huelga y entregó su fabrica a los obreros, con el corazón hecho pedazos, se sintió presionado por el futuro de su sobrina y como hubiera llegado allí un sobrino de su esposa que también era la madrina de Genoveva, un domingo que los dos fueron a cine, al regresar en un taxi, el tío que también llegaba a la casa, los vio besándose dentro del taxi y según él, para evitar un problema mayor, sin avisarle al padre de la sobrina, que aún vivía en su pueblo natal, les dijo que era mejor que se casaran lo más rápido posible, así que cuando un día los dos llegaron a la casa del padre de la jovencita, ya llevaban una hermosa niña, hija del matrimonio. El padre de la joven no estuvo a gusto y renegó de su cuñado, el tío de su hija, pero la figura de la preciosa niña lo calmó habiendo aceptado al joven esposo que no sabía hacer nada, pues en la fábrica solo era el mensajero. La experiencia recogida durante los años que estuvo a cargo de la fábrica de su tío, el trato con los obreros y el escudriñamiento de la obra que cada ocho días recibía de los obreros, fue la escuela que la llenó de conocimientos, para después de casada iniciar por su cuenta, aprovechando el abundante crédito adquirido por parte de los peleteros, una remontadora de calzado donde aún se asegura que es allí donde "Sus Zapatos Viejos Quedan Como Nuevos".

Genoveva ha sido una luchadora incansable, para hacerle frente a la vida con un esposo que no sabía hacer nada, pero cuya presencia física la había enamorado, mientras estuvo bajo su mando como mensajero en la fábrica que ella a tan temprana edad, había administrado. El matrimonio no duró mucho, no por el cansancio de ella en el manejo de la remontadora, mientras que él esposo aprendía zapatería, sino porque después de haber tenido su segunda hija, el joven hermoso, tenía una amante en un restaurante, al norte de la ciudad. Fue entonces cuando Genoveva hizo acopio del pasado, habiendo resumido que el apuesto marido nunca le había dado nada, que ella era la que siempre había respondido por la obligación y al haberlo encontrado en infraganti traición, lo sacó de su lado para nunca más volver a recordarlo. Fue así que crió y educó a sus dos hijas en los mejores Colegios y Universidades de la Ciudad Capital del Departamento con especializaciones en los Estados Unidos de Norte América, donde las dos jóvenes ya profesionales viven de sus conocimientos siendo visitada por ellas en la mitad del año y a finales la madre las visita en USA, mientras ella atiende, siendo ya mayor, su vieja remontadora de calzado para seguir sobreviviendo, sin pedirle ayuda a nadie.

LA NIÑÉZ DE CIPRIANO

Cipriano fue un hermoso niño, el cual fue solicitado por el sacerdote del pueblo para hacer en esa navidad, el nacimiento en vivo habiéndose trasladado la madre al colegio de las monjas que estaba adyacente a la iglesia, para sustentarlo durante la misa de gallo a las doce de la noche y al otro día durante las innumerables visitas de los pobladores a la iglesia para ver el pesebre humano. Este niño tuvo la suerte aún en vida de su madre, aunque sí muy enferma, de haber encontrado la casa de una familia a la que por sus venas les corría su propia sangre, pues la mujer que se había enamorado del menor de dos años, era su prima hermana, sobrina de su mamá, contaba con veintisiete años de edad, era una hermosa mujer delgada, pecosa y fina en sus ademanes, modales y costumbres, llamada Isabel. Trabajaba en la compañía de seguros más grande del país y tenía a su cargo el departamento de transporte. El contemplado Cipriano gozó no solo del amor de Isabel, sino del de la madre de ella, el padre de ella y el de Teresa, su hermana menor, quien para la época contaba sus hermosos diez y ocho años. Hasta Alicia, la muchacha del servicio doméstico se entretenía en sus ratos libres jugando con el menor, a quien por demás le gustaba hacerle los rubios y largos crespos, El niño fue creciendo mientras el tiempo pasaba y llegó la hora en que debería entrar a estudiar, como todos los niños de seis años de edad.

En aquella época, el niño desapareció de la casa de su protectora, no se supo nunca, como ni porqué y fue visto deambulando en el aeropuerto internacional de "Techo" hoy "El Dorado", con tan buena suerte que un acomodado matrimonio residente en la Isla de San Andrés, lo vio y lo llevó a su residencia en la encantadora isla; allí aprendió el "Patúa" que le facilitó aprender el idioma inglés, lo adoptaron como su hijo y lo pusieron a estudiar habiendo cursado hasta el 5 año escolar, perfeccionando el idioma. Como el aún niño, sabía que tenía familiares tales como padre, hermanos, tíos y primos, tuvo la oportunidad de viajar para llevar al interior del país, lo que en la época se llamaba "un cupo" que no era otra cosa que traer de San Andrés, un hermoso equipo de sonido o un novedoso televisor en blanco y negro, (pues los televisores a color aún no existían) mientras le pagaban los pasajes de ida y vuelta y algún dinero extra, para lo cual sus padres adoptivos le dieron el permiso, después de haber estado con ellos durante cinco años, ayudándoles en las ventas de su almacén y hotel, del cual eran propietarios.

El apuesto joven viajó con el cupo para la persona que lo había contratado, lo entregó y aprovechó para saludar a un tío residente en la misma ciudad y allí, supo que también en esa ciudad, estaba uno de sus hermanos ya casado al cual también visitó. Unos días después, el jovencito debería regresar a la Isla, seguramente para reintegrarse a sus estudios; de paso, el tío le hizo el encargo de que si podía, le trajera un televisor, habiéndole dado el dinero valor del aparato de televisión y el pasaje para traerlo, pues al entregarlo le daría el pasaje de regreso a la Isla. Al llegar el jovencito a su residencia habitual, los padres estaban enojados por no haber regresado tan pronto como lo deseaban, que era, inmediatamente después, de la entrega del envío. Claro estaba, que el jovencito, al darse cuenta que en esa ciudad habían familiares, los visitaría y dejó que se le pasaran los días, lo cual no fue aceptado por las personas responsables de él en la isla.

No se sabe en realidad que decisión hayan tomado los adoptantes de oficio, pero pocos días después el joven regresó con el encargo para el tío, lo cual hizo sin demora y volvió a visitar a su hermano mayor y hasta llegó a su pueblo natal para visitar a su padre, quien se había vuelto a casar. Al padre le dio mucho placer volver a ver a su hijo a quien había bautizado con su mismo nombre. A este el padre le pidió el dinero que le había entregado el tío por la traída de el televisor, diciéndole que él allá no necesitaba plata porque esa era su casa y en ella no le faltaría nada. "Viveza" del padre para apoderarse del dinero del pequeño hijo, pues unos días después de su llegada tuvo que buscar trabajo en el campo, habiéndose visto descalzo y sucio y con un viejo sombrero de paja que se le tragaba las orejas.

Después reapareció rondando la casa con miedo de que su padre lo fuera a castigar, pues era violento en los castigos. El joven tuvo suerte, no hubo castigo, pero debería ir a trabajar con su padre picando tierra en la profundidad de un hoyo, con lo cual llegaba a la casa donde la esposa del padre, (su madrastra) cansado y pasado del hambre que nunca antes había sentido, ni donde su prima, ni donde sus protectores de San Andrés. El jovencito no resistió el mal trato oral de su padre, la mala alimentación y el duro trabajo, entonces tomó la decisión de fugarse nuevamente para encontrar un trabajo digno, con alimentación y dormida, hasta juntar el valor del pasaje que el padre le había quitado para regresar a la Isla, pidiendo perdón el cual no le fue concedido, entonces aprovechando que era conocido por otros dueños de almacenes, trabajó hasta tener el dinero suficiente para irse de la Isla para Honduras, donde estuvo durante nueve años, para luego llegar a Nueva York, donde actualmente vive, habiéndose hecho ciudadano del maravilloso país de los sueños.

En la Capital del mundo, con doce años de edad, sin conocer a nadie, ni a la ciudad, pero armado del idioma, se dirigió al mejor lugar de la ciudad, llamado Manhattan, consiguió un estudio en un cuarto piso en la primera avenida, con sesenta y nueve, donde actualmente vive, está casado con una mujer de raza blanca, inteligente, culta y graduada de la universidad, quien trabaja como secretaria de un colegio Judío. El jovencito consiguió trabajo con el administrador de los catorce parqueaderos que tiene el New york Hospital Center, donde después de haberse pensionado, sigue trabajando con el mismo cargo que tenía el que lo empleó por primera vez. Ha recorrido con su esposa los cinco continentes en varias ocasiones, y se considera un hombre feliz, aunque nunca tuvo hijos que son entre otras muchas cosas, los que ponen la felicidad en los hogares.

LA NIÑÉZ DE
LUIS ERNESTO

A su último hijo de gruesa contextura y de color trigueño, cabellos lacios y gracioso al caminar, llamado Luis Ernesto, se lo entregó a la madrina, mujer sin hijos, adinerada y quien por compromiso religioso, como madrina estaba obligada por la iglesia a darle sustento y educación moral y religiosa a la criatura huérfana, quien dichosa se lo llevó para su hacienda; allí el infante gozó de el cariño y atenciones de todas las sobrinas de la madrina del menor y las mujeres que allí trabajaban en los oficios domésticos, las cuales sumaban más de quince, quienes eran acompañadas por sus esposos quienes laboraban en jornadas de cinco de la mañana a seis de la tarde, cuando después de la última comida, algunos de los labriegos se armaban de tiples, guitarras, bandolas, maracas y carrascas, que después de ser "templados" afinados, empezaban a ser interpretados mientras las mejores voces, forzaban sus gargantas para entonar canciones del pentagrama popular, hasta que las iluminantes velas de parafina que pendían de las paredes, abatidas por los vientos que llegaban por el cañón del río, bermellón, cuyo murmullo era el eco que arrullaba a niños y adultos con el paso de la noche. Era entonces cuando se acordaban de que al otro día había que trabajar; entonces se apagaban las velas que aún quedaban encendidas, mientras toda la hacienda quedaba en silencio mudo, hasta que se volviera a escuchar el canto del gallo, anunciando que había llegado la hora para ejercer el acto que la Naturaleza dejó para satisfacción de todos los vivientes, como premio por su existencia; entonces el gallo sacudía sus alas como despertador y desde la altura se tiraba al suelo informándole a las gallinas que ya estaba listo para ejercer su capacidad del macho más viejo y recibiría una a una a todas las gallinas, hasta que todas fueran montadas y satisfechas bajo sus dos alas.

El canto del gallo era el despertador no solo de las gallinas, sino de todos los habitantes de las haciendas, ranchos y fincas, era el despertador de todos los habitantes del inmueble, quienes se levantaban para saborear una deliciosa taza de café caliente, recién hecho por las mujeres que desde las tres de la mañana estaban haciendo las más exquisitas viandas que alimentarían a todos los habitantes de la casa, mientras que los hombres iban al monte más cercano para traer un viaje de leña, después recibirían el suculento desayuno que los reanimaría para la diaria faena.

Las matronas de antaño en los campos Colombianos, eran muy celosas del canto del gallo, pues si aparecía una gallina cantando como el gallo, era sentenciada a muerte inmediatamente, antes de que hubiera una desgracia en la casa. Eran épocas en las que ninguna matrona campesina sabía a ciencia cierta cuantas gallinas tenía, pues algunas se perdían y el ama de casa presumía que se la había comido "el animal" zorra, lobo, gato de monte, etc. pero con el pasar de los días aparecía la gallina con una nidada de catorce o más pollitos, con su clo, clo, clo, mientras era seguida por el pio, pio, pio, de sus hijos; las gallinas caminaban sueltas, por todos los lugares y anidando bajo los matorrales, donde calentaba sus huevos, mientras su dueña pensaba que ya no existía.

El amado niño fue creciendo de brazo en brazo de las quince mujeres y no de pocos hombres si fuere necesario. Amado por todas las mujeres que habitaban en la hacienda, por lo que era pequeño, de un año de edad y por lo que era huérfano de madre, los sentimientos nobles de las mujeres campesinas se partían y se desbordaban en cariños, regalos y alimentos para el infante. Pero cuando hacía cinco años de permanecer al lado de la madrina y cuando ella estaba lista para ponerlo a estudiar, se encontró con el padre del menor, un domingo, día de mercado, estando el hombre en estado de embriagues, entonces ultrajó a su comadre, le dijo que ella le había quitado el último de sus hijos y que la iba a demandar; fue cuando ella le contestó: no se preocupe compadre que maña al cantar el gallo, le mando a su niño, me da lástima con él, porque yo le iba a costear los estudios y porque sé que con usted no va a ser nadie, pero si por cumplir con el mandato de la Iglesia y, por haber escuchado el clamor de la comadre, me voy a ver envuelta en problemas judiciales, mañana mismo se lo mando.

La madrina volteo la espalda al desagradecido compadre, salió de la tienda y en la próxima tienda que encontró, entró, pidió un aguardiente doble, se lo tomó para bajar la amargura de la humillación causada por un compadre embriagado, desagradecido, que pensaba que ella se quedaría con el hijo, cuando ya hubiera crecido y llorando a mares siguió bebiendo hasta emborracharse. Y efectivamente, eran las seis de la mañana cuando alguien golpeó en el portón de la casa; al abrir la puerta, uno de sus hermanos, se vio de frente con la imagen del niño que hacía cinco años no veía. Llegó como se lo habían llevado, con una sola muda de ropa puesta, la madrina no permitió que le empacaran maleta y nunca más saludó a su compadre, solo a su ahijado cuando en ocasiones se lo encontraba en el mercado los días domingos.

El niño fue creciendo, la madrasta lo puso en la escuela pública y estudió hasta el quinto grado de la enseñanza primaria. A estas alturas del partido en la vida de Luis Ernesto, ya entraba en la adolescencia, caminaba por las calles de su pueblo natal descalzo, y a través de del tiempo se había enseñado a que era mejor trotar que caminar, entonces todos los mandados los hacía al trote; vestía pantalón corto y camisas de manga corta, era de color trigueño, cabellos lacios que peinaba hacia atrás, rápido en sus acciones, sagaz y astuto, para conseguir lo de sus necesidades escolares, pues después de matriculado, la madrastra nada le dio para lo necesario en la escuela, él tenía que conseguirlo todo.

Al terminar la primaria, ya vislumbraba su futuro: picando tierra en el fondo de un hoyo, para sacarla en canastos y llevarla al lugar donde su padre a punta de pisón la convertiría en casa de tapia pisada; pero sus ambiciones iban más allá, él quería ser algo más que picador de tierra, quería ser un profesional en cualquier carrera, pero si pudiera, sería un gran músico o por lo menos abogado. Había heredado de la autora de sus días, el don sublime de poder cantar y mientras trotaba al hacer los mandados iba tarareando una canción del Putumayo que no se sabe en donde la había escuchado, tenía buena voz y buen oído.

Un poco después, hizo parte de un conjunto musical con jovencitos de su misma edad: el uno tocaba el acordeón, otro mayor tocaba la guitarra y él tocaba a la perfección las maracas o la carrasca, pues había tenido desde la infancia ese entrenamiento, golpeándose el pecho con los dedos mientras entonaba la canción del Putumayo. Así, que formaron un trío que después fuera muy reconocido y solicitado en la comarca para amenizar fiestas y dar serenatas, siendo el maraquero la primera voz, mientras que los otros hacían los coros. Cierta vez, estando sentado con sus amigos en un bar tomando café, se les acercó un hombre adusto, de tez trigueña y les dijo con voz que inspiraba confianza, pues era conocido hombre visionario del pueblo, voy a poner una fabrica y necesito obreros, les pago a tanto la semana de lunes a sábado, libre de alimentación.

De esta manera quedaron contratados los tres músicos para curtir pieles y con ellas hacer pulsos para relojes.

Fue por estos tiempos en que los tres músicos consiguieron novias y se dedicaban a darles serenatas por lo menos dos veces por semana, mientras los domingos seguían tocando en los bares y cantinas del pueblo, si no estaban comprometidos con algún "toque" para amenizar alguna fiesta. Luis Ernesto tuvo la fortuna de encontrar una hermosa jovencita que estudiaba en el colegio del Rosario, administrado por monjas a dónde llegaban las niñas traídas por sus padres de lejanas tierras, para ser educadas con la rígida disciplina de las monjas dominicas. Habiendo llegado el grado de la hermosa joven, el músico fue admitido como novio de la joven en su casa, para más tarde casarse formando un bonito hogar que aún existe. De este hogar salieron tres vástagos: Albeiro, Carlos y Lida Consuelo; esta niña hermosa, de menudo cuerpo, inteligente y estudiosa, heredó la voz de su padre que la había heredado de su madre, con la ventaja de que la niña estudió música en el conservatorio, siendo después una soprano bien cotizada, casándose años después, con un reconocido tenor de la capital de la montaña.

La realidad fue que Luis Ernesto, no volvió a estudiar nada, se dedicó a cantar los fines de semana y a trabajar en la industria peletera del hombre que les había ofrecido trabajo en la mesa de un café. Cuando se enamoró de la hermosa joven que vestía falda a cuadros que apenas cubría sus rodillas y blusa acorde a su esbelto cuerpo, que hacía juego con su falda, para poderse ver debidamente uniformada, como lo exigían las normas del colegio del Rosario, dirigido por las rigurosas monjas.

El joven Luis Ernesto, aún vivía en la casa de su madrastra

y su padre, normalmente como toda familia pueblerina, quienes lo apoyaron en su noviazgo hasta el acompañamiento a la iglesia donde contrajo matrimonio, una vez que la joven enamorada había culminado sus estudios secundarios y estaba lista para entrar en la universidad, pero el amor por Luis Ernesto, la hicieron desistir de sus propósitos. Meses después, contrajeron matrimonio y se fueron a vivir a la capital, donde el recién casado puso su propia industria de finos pulsos de cuero para reloj, los cuales también fueron vendidos por él mismo mientras fueron llegando vendedores profesionales que en su propia casa le compraban toda su producción.

Los niños y la niña fueron creciendo formándose hombres y la hermosa niña también se convirtió en mujer. Como lo dije anteriormente, la niña entró a estudiar música formándose como soprano y empezó a hacer presentaciones de ópera, opereta y zarzuelas, con grupos que llegaban de otras partes. Estando en una de esas presentaciones llegó como invitado, un joven tenor de una ciudad distante, se conocieron, se enamoraron y con el paso del tiempo se casaron haciendo "El Dúo" pareja muy famosa por estos tiempos. El joven Carlos se convirtió en Profesor de enseñanza media y el hijo mayor se especializó en tecnología electrónica.

LA NIÑÉZ DE GENOVEVA

Genoveva fue una hermosa niña de tez blanca como la de su madre, cabellos negros y finas facciones, siendo la tercera hija en el matrimonio de Gilberto y Magdalena, amada en profundidad por sus dos padres, pues por ser la única mujer y por lo tanto fue quien puso el rayo de felicidad en el hogar donde ya habían dos varones: Josué de seis años y Federico de cuatro. El matrimonio estaba realmente feliz y todos sus consentimientos estaban dirigidos a la niña, sin abandonar el cariño por su primogénito, del cual había dicho Gilberto, que si le llegara a pasar algo a ese niño, él se moriría; pero ciertamente, cuando tenía la niña en sus fuertes brazos, miraba el brillo en los ojos de ella, la contemplaba y no había felicidad mayor en él.

La pequeña fue creciendo y cuando la madre le hacía los crespos que eran humedecidos con la baba de los cogollos de la planta llamada Ruibarbo, romaza o lengua de vaca, para eso siempre estaba su hermano Federico que ya la conocía, la conseguía y la traía para desleírla en la taza de agua con la que le humedecía la madre sus cabellos, para fabricarle lo que ella llamaba "los cachumbos" que hermosos le caían bajo sus hombros. Como Magdalena fuera amiga personal de dos monjas llamadas Sor Clara Inés y Sor María de Jesús, que en antaño habían sido sus compañeras en el convento, allá en la capital, pero que ahora trabajaban en el colegio que siempre existió al costado de la iglesia y donde diariamente se veían en la misa de cinco de la mañana donde Magdalena dirigía el coro y cantaba el Ave María, con su maravillosa voz de soprano, dos veces a la semana estas dos monjas la visitaban en su residencia para cargar a la hermosa niña y tomar lo que jocosamente llamaban "cacao" que es el mismo chocolate, con deliciosos bizcochos que Magdalena solía hacer para atender sus visitas, mientras reían a carcajadas de los recuerdos de tiempos idos, cuando hacían sus pilatunas de hermosas mujeres en plena juventud y efervescencia de la vida.

No fue muy tarde cuando con rostro adusto, llegaron para hablar muy seriamente con Gilberto el esposo de Magdalena, con relación a la salud de la esposa de este, quien había sido desahuciada por los galenos de la capital y ella lo había comunicado con reserva a sus mejores amigas, las monjas, quienes según manifestación de ellas, se harían cargo de la educación y tenencia de la niña, como una interna más a pesar de su corta edad, pero Gilberto no sabía nada del comentario hecho a las monjas por su esposa. A eso iban a hacerse cargo de la niña, pero para eso tendrían que convencer a Gilberto, de los beneficios que recibiría la niña estando con ellas. También le hicieron ver al rudo hombre, quien alegaba que él no necesitaba nada de nadie porque sabía trabajar, no se trata de que sepa trabajar Gilberto, le dijo sor Clara Inés, se trata es del bienestar de la niña y de su esposa, ya que como usted lo sabe ella está impedida para prestarle a la niña todas las atenciones que la menor necesita a tan temprana edad. La niña va a estar bien atendida por nosotras y Magdalena se va a quitar un peso de encima; ella lo hace porque nos conoce hace muchos años y sabe que con nosotras nada le va a pasar y nada le va a faltar. Nosotras vinimos por ella, por orden de la madre superiora, para que habláramos con usted, haciéndolo entrar en razón por el descanso que necesita Magdalena y por el futuro de la niña.

Gilberto salió como evadiendo la discusión mientras Magdalena tendida en la cama lloraba con la tristeza, con que llora una madre que sabe que de esa cama nunca se levantaría y seguramente nunca más volvería a ver su niña, que solo contaba con cinco años de edad y el hombre fuerte, rudo y guapo como el que más, allá en el inmenso patio bajo árboles secaba sus lágrimas, en el silencio viviendo la angustia, al ver que su mujer se iba quedando solo y su hogar quedaba destrozado, pensando en las palabras de la monjas, las amigas cuando le decían que la niña, en mejores manos no podía quedar. Los días iban pasando y Magdalena cada día estaba más grave, el tumor en su pecho iba creciendo hasta reventarse, haciendo metástasis en él mismo dejando lo que podía llamarse una tronera o hueco profundo en el mismo seno, hasta que un día el médico del pueblo popularmente llamado como el Dr. Orozco, entró en la casa para revisar a Magdalena, habiéndola encontrado supremamente grave y le recomendó inyecciones de morfina, mientras que en su real saber y entender, le calculaba máximo tres días de vida. Cuando el médico ordenó las tres ampolletas Gilberto le preguntó si con esas inyecciones se curaría magdalena, a lo que el médico contestó, asombrado por la ingenuidad de Gilberto, no señor, la señora está agonizando y las inyecciones son para que esté tranquila hasta el final; no compre más de tres porque yo ya le apliqué una, si le sobra alguna de las que va a comprar yo se la compro.

Gilberto sin un peso en el bolsillo, salió para conseguir prestado, posiblemente con el dueño de una obra de construcción que él estaba realizando; tan pronto como consiguió lo anhelado viajó a la capital donde compraría las ampolletas. Al otro día, personalmente fue donde el Dr. Orozco, para que llegara a la casa e inyectara a magdalena, lo que el médico hizo de muy buena voluntad. Otra fue aplicada un día después, día Sábado, último día de agonía y dejó de existir a la una de la mañana del domingo 30 de julio de 1950. En la casa solo estaban: la abuela maría Paulina, Madre de Gilberto, quien había sido mandada a llamar el mismo día de la aplicación de la primera inyección, para que se viniera de urgencia, desde la finca donde siempre vivió a la orilla del río Anaime. Ernestina Jiménez Aranzazu, hija natural de Gilberto, lo mismo que su hermano Héctor Gonzalo Jiménez Aranzazu, quien fue el que le dio aviso a la abuela Paulina para que se viniera. Gilberto esposo de la difunta y Federico su segundo hijo, del matrimonio con magdalena. El hijo mayor del matrimonio Josué, lo habían llevado para la ciudad de Cali donde un hermano de la madre quien se encargó del niño desde los nueve años de edad; Genoveva, menor dos años de Federico estaba con las monjas desde los siete años de edad mientras que el menor de Genoveva llamado como su padre estaba en Fontibón pues desde su nacimiento, una sobrina de Magdalena llamada Isabel, se había enamorado de él y lo había pedido a lo que Gilberto aceptó y a los dos años se lo entregaron viendo la gravedad de la enfermedad, que agobiaba a Magdalena; Luis Ernesto estaba donde la madrina desde el año y medio de nacido, hasta los seis años, cuando fue enviado a la casa de su padre, el último de los vástagos, de nombre Jairo Alberto, había muerto a los dos meses de edad, dos meses antes de la muerte de Magdalena, quien fue sepultada ese mismo día a las cuatro de la tarde, puesto que los otros días de la semana no había sacerdote en la población hasta el jueves que regresaba de la capital.

El día lunes en la tarde, casi oscureciendo arribaron a la casa

familiares llegados de Fontibón Cundinamarca, al haber sido avisados del fallecimiento de Magdalena. Los familiares fueron: Cayetano hermano mayor de la difunta Magdalena, Teodocia su esposa, Teresa, hija de Cayetano con diez y siete años, y Ana María, sobrina de Teodocia. Los viajeros habían tomado el tren de las seis de la mañana en la estación de Fontibón Cundinamarca, para llegar a la ciudad de Ibagué a las cinco de la tarde y después encontrar un escaso transporte que los llevara al pueblo donde estaba la difunta. Casi oscureciendo llegaron a la casa y asombradas se quedaron al ver que la difunta
ya no estaba, había sido enterrada el mismo día de su muerte a las cuatro de la tarde.

El hermano de la muerta y sus acompañantes le reclamaron a Gilberto el porqué, no había esperado hasta su llegada, pues querían ver por última vez aunque fuera el cadáver de magdalena pero ya no estaba; si lo hubieran sabido no habrían venido dijo, mostrando su disgusto. Teodocia, la mayor de las visitantes a lo que Gilberto respondió, que la había enterrado, el mismo día de su muerte, porque cuando fue a hablar con el sacerdote, este le dijo que el entierro sería ese mismo día, a las cuatro de la tarde, porque al otro día se madrugaba para la capital y no regresaría hasta el día jueves por la tarde.

El único que le creyó fue su cuñado Cayetano, quien desde el mismo día en que se habían conocido con motivo del matrimonio de él con magdalena, se habían caído muy bien llegando a ser buenos amigos; las mujeres no le creyeron y al otro día dijeron que se iban a dar una vuelta por el pueblo y salieron las tres, Teodocia, Ana María y Teresa, salieron directamente para la casa Cural, donde averiguaron a la secretaria por el sacerdote habiendo recibido como respuesta que el "padre" estaba en la capital desde el día anterior y que regresaría el jueves por la tarde. Las mujeres salieron habiendo confirmado la veracidad de los hechos y cuando más tarde regresaron a la casa le presentaron disculpas a Gilberto y dijeron que como habían perdido el viaje al otro día se marcharían en el primer vehículo que las quisiera llevar tan temprano que pudieran tomar el tren de seis de la mañana con rumbo a Bogotá. Esa noche en la despedida es cuando Luis Ernesto se arma de valor y reclama el porqué nadie lo reclama a él mientras que a los otros ya los han ubicado en distintos lugares, pues ya estaban repartidos cada uno en su lugar. Al reclamar Luis Ernesto el porqué a él no lo reclamaba nadie Teresa respondió: si Gilberto deja que se vaya con migo yo me lo llevo; a lo que Gilberto contestó inmediatamente: si quiere lléveselo. Fue entonces cuando Teresa le dijo al niño traiga sus cosas para ponerlas en la maleta. Federico buscó en un rincón de una pieza de la amplia casa, una vieja cobija de lana, que un día su madre le había regalado y la entregó a Teresa; cuando Teodocia la vio le dijo: cobijas no, su ropa, su cepillo de dientes, cosas suyas; entonces el niño contestó: yo no tengo más de lo que tengo puesto; todos voltearon la mirada a donde estaba el niño mientras Gilberto volteó la cara, como buscando una escusa. La verdad era que Federico heredaba lo que su hermano mayor dejaba, pero como este se había ido a donde su tío en la ciudad de Cali, no tenía herencia alguna, es decir no tenía más ropa que la que llevaba puesta; pantalón corto de tela con tirantas de la misma y una camisa de manga corta, con lo que cubría su diminuto cuerpo, tampoco usaba zapatos, pues siempre había caminado descalzo. Tersa puso sobre una cama la cobija, miró al niño de arriba abajo con una mirada de misericordia, le acaricio en la cabeza y le dijo vaya acuéstese para que madrugue, mañana nos vamos. El niño tomó su cobija y se acostó en su estera, pero el profundo pensamiento en el anhelado viaje lo desveló tanto que casi no durmió. Eran las tres de la mañana cuando Tersa lo llamó para iniciar el viaje a la capital donde tomarían el tren que saldría a las seis de la mañana para Bogotá haciendo su última parada en la estación de Fontibón alrededor de las cinco de la tarde. Había que madrugar a parase en la orilla de la carretera en espera de que uno de los camiones de carga y pasajeros llamados mixtos pasara con puestos disponibles para poder entrar a la ciudad de Ibagué antes de las seis de la mañana hora en que salía el tren con rumbo Bogotá. No era raro que un camión gastara entre Cajamarca e Ibagué tres o más horas si había llovido en la destapada carretera. De no llegar con tiempo para comprar los tiquetes habría que hacerlo al otro día y esto comprendía el pago de hotel y alimentos hasta el otro día, pero por fortuna alcanzaron a llegar a tiempo para comprar los tiquetes y subir al tren que un poco después, el conductor hizo sonar el estrepitoso sonido del pito anunciando su salida de la ciudad musical de Colombia con rumbo a la capital de la República.

Pocos minutos, había pasado el tren en su recorrido, cuando el calor se hacía más penetrante, más ardiente, más sofocante, en cada parada en las estaciones. La primera fue en un lugar llamado Buenos Aires, donde estuvo estacionado mientras mujeres vestidas con pulcros delantales, ofrecían refrescos fríos, que sacaban de vasijas con pedazos de hielo, que Federico no conocía; otros ofrecían gaseosas y avena helada, para que fuera degustada por todo aquel que tuviera disponible los diez centavos, como valor por cada vaso. Como Federico, nunca había probado el producto, no sabía de su delicia, entonces no extrañó la falta de su consumo, pero más adelante en la próxima estación llamada Gualanday, otros vendedores subieron al tren en su parada y allí Teodocia compró gallina sudada con papa, plátano y deliciosa yuca, que se pasaba con el precioso líquido blanco, de la avena helada. ¡Qué delicia! Desde entonces, Federico no pierde la oportunidad de tomar avena fría, en cualquier lugar donde la vendan. Dicen los viajeros que la más sabrosa es la que hace más de cien años venden, en un pueblo del Tolima, llamado venadillo.

La locomotora que halaba varios vagones de carga y pasajeros, viajaba a más de setenta kilómetros por hora y al acercarse a cada paso a nivel o a las estaciones, se escuchaba el estrepitoso sonido de la fricción de las poderosas ruedas con los rieles, avisando su peligroso paso a tiempo que llamaba la atención de pasajeros anhelantes de viajar en tren.

Se aproximaba la pesada y ruidosa máquina locomotora, la población de Fontibón, eran aproximadamente las cinco de la tarde y la anciana de más de ochenta años, se paró de su asiento y empezó a sacar sus pertenencias del porta paquetes de mano y se fue buscando la salida diciendo párense que ya llegamos, hay que bajarse ligero porque el tren no se demora en volver a partir, mientras se aferraba al pasamanos de la primera salida del mismo vagón. Un minuto después, el estruendo del pito, se hizo escuchar y, se oyó, el freno de la poderosa máquina; la primera en apearse fue la anciana seguida por Federico, quien no salía de la sorpresa recibida al haber conocido el tren, recordando que alguna vez su mamá le había dicho que el tren en su caminar decía: mucha plata poco peso, mucha plata poco peso etc. Los tres, la anciana, su hija y el niño, caminaron unas pocas cuadras para llegar a la casa de Teodocia y el tío Cayetano, había que entrar por un zaguán hasta llegar a un patio y en torno a él estaban las habitaciones, la sala y él comedor; pasando por una puerta, estaba el otro patio, con jardines y ciruelos cuya cosecha era vendida por la anciana en Bogotá con lo cual se ayudaba comprando madejas de lana para tejer y vender sus apreciaos tejidos, para ayudar en las necesidades de la casa, que era mantenida por Isabel, su hija mayor, pues el tío se había desentendido de la obligación desde que su hija empezó a trabajar en una compañía de seguros en la sección de transportes.

Lo primero que le ordenaron a el niño, era que no fuera a tocar nada, especialmente un reloj de campana, supremamente caro, pues había costado la no despreciable suma de tres pesos $3.00, luego lo pusieron a deshierbar el jardín para que estuviera ocupado y no fuera a dañar el reloj o cualquier otro artículo en la casa. Así transcurrió el tiempo hasta el próximo miércoles cuando en la noche, llegó el tío, que se había quedado acompañando a su padre, mientras hacían el novenario dedicado al alivio y descanso del alma de la autora de sus días. Al otro día en la mañana ya levantado estaba carrasqueando de frío, en el patio trasero, cuando de repente vio al tío de más de setenta años, envuelto en una levantadora, que entraba al baño, fue entonces cuando se dio cuenta de que había llegado el tío, quien apenas lo vio, empezó a arremedarlo, diciéndole lo que él, había dicho, para que lo trajeran: a mí no me reclama nadie, lo dijo con sorna, con burla y lo miró muy mal. En ese momento Federico lo vio con sorpresa de cómo una persona a la que él respetaba tanto, se burlaba de él; entonces pasó por su mente el nefasto pensamiento de verlo morir, para nunca jamás volverlo a ver.

Al día siguiente de la llegada del tío, fue a la casa Ana maría, la sobrina de la anciana y un poco más tarde Teresa, la encargada de velar por la seguridad y atención al niño, ante su padre Gilberto, le dijo que él, iba a tener que irse para la casa de Ana María la prima de su mamá, porque la policía estaba buscando niños que no fueran de allá, para llevárselos, que para que no le pasara eso, era mejor que se fuera con ella y así sucedió. Ana María después de almorzar le dijo que se fuera con ella y así lo hizo Federico, quien no podía borrar de su mente la imagen de un policía llevándoselo sin saber para donde. Niño y mujer caminaron bastante tiempo y ya al atardecer, llegaron a una humilde vivienda a la orilla de la carrilera del tren, donde ella vivía con su esposo, conductor de bus urbano y diez hijos entre ellos su única niña de quince años llamada Elena, quien era la encargada de hacer todo en la vivienda, hasta por la noche que llegaban Ana María de alguna larga visita, pues eso era lo que hacía para poderse dar los tres alimentos diarios, sin importarle sus hijos ni el marido y, su padre quien llegaba un tanto embriagado después de estacionar el bus, en algún lugar donde pudiera hacerlo, pero siempre lejos de la vivienda, pues por allí, no podía entrar ningún vehículo, pero siempre llevaba una bolsa con papas criollas fritas, que compraba en alguna fritanga Bogotana para que sus hijos se las comieran.

Allí estuvo el menor hasta el dos de Enero del año cincuenta y uno, cuando le dijeron a Ana María, que lo llevara para entregárselo a su padre. Al llegar Federico a la casa de su tío, la anciana sacó un telegrama, que había llegado el día anterior, enviado por el padre de Federico, que a la letra decía: ayer sepulté a mi madre, estoy solo, mándenme a Federico. Mañana nos vamos dijo la anciana, esta noche duerme aquí porque tenemos que madrugar a coger el tren. Al otro día temprano en la mañana Federico volvió a escuchar el estrepito del tren, al hacer sonar el pito que avisaba el inicio del viaje a Ibagué la ciudad musical de Colombia. Allí sentado, no muy tarde empezó el niño a sentir de nuevo el intenso calor que se iba sintiendo a medida que el tren avanzaba, sintiéndose más alta la temperatura al paso de la inmensa máquina, por las poblaciones de Tocaima, tierra de panela y frutas tropicales, como del famoso tenor Colombiano Carlos Julio Ramírez, quien había nacido en ella.

Luego tendría que pasar por ciudades en las que no bajaría las altas temperaturas, como Girardot, nombre dedicado a un tal Atanacio, héroe de las luchas contra los españoles en tiempos en que Con Simón Bolívar buscaban la libertad. Flandes, Espinal,

Chicoral, Gualanday, Buenos Aires e Ibagué. Ciudades donde era imperdonable no saborear la ya ansiada avena helada, para pasar la gallina sudada exhibida en limpias bateas de madera forradas en amortiguadas hojas de plátano, adornadas con astillas de plátano, yuca, papas acompañadas de un ají picante, elaborado con fina cebolla picada, cilantro, rojos tomates, y un arroz blanco como nieve. Sencillamente un plato delicioso al paladar en cualquiera de las estaciones del ferrocarril. Sin la menor señal de que bajara la temperatura, a las cinco de la tarde, el conductor del tren hizo sonar el estrepitoso ruido producido por el sonoro clacson de la gigantesca máquina, avisando que estaba próximo a llegar a la estación de la Ciudad Musical de Colombia llamada Ibagué, donde finalizaba el largo viaje y tendrían que apearse todos los pasajeros. Con la rapidez a la que podía someterse la anciana, tomó su vieja cartera de piel de vacuno, color negro y apoyándose en el pasamanos y los puestos, buscó la salida mientras era seguida por su hija Teresa y el infante Federico.

Rápidamente la anciana empezó a caminar, para subir a la altura de la carrera primera con calle catorce, separada de la estación por unas cinco cuadras, donde alcanzarían el último autobús con destino a la población de Cajamarca. Como hubieran tenido la suerte de encontrar el vehículo, compraron tiquetes y se acomodaron dentro del bus. A Cajamarca llegaron ya oscuro como a las siete y treinta minutos de la noche, después de un viaje por una maltrecha carretera destapada y con muchos huecos. Rápidamente la anciana en compañía de su hija y el niño Federico; caminaron con rumbo a la casa donde había vivido desde su nacimiento en la esperanza de que su padre los estuviera esperando, pero no fue así. Al llegar a la casa, golpearon en la puerta y salió para abrir, una persona completamente desconocido para los recién llegados. Buenas noches dijo la anciana; buenas noches, contestó un joven como de veinte años, que jamás habían visto los ojos de los visitantes incluido el niño Federico. Hágame el favor de llamar a Gilberto, dijo la anciana; él ya no vive aquí, contestó el joven, entonces ¿sabe usted en donde vive? El vive por allá, por calle larga, dijo el joven; inmediatamente Federico le dijo a la anciana, yo sé en donde es, vamos para allá y dando media vuelta la anciana y su hija Teresa, siguieron al niño hasta llegar a la humilde vivienda construida en tapias de tierra negra, sin puertas ni ventanas, las que habían sido cubiertas con trozos de negro papel encerado. Quien adentro estaba, escuchó voces o ruidos y alumbrándose con una vela en un candelero, salió hasta la entrada; buenas noches dijeron en coro los visitantes, a la luz de la vela se vio el rostro del que allí estaba, era Gilberto, el padre de Federico. Venimos a traerle al niño dijo la anciana; ha bueno, que se entre, dijo el hombre, si quieren ahí está la cama de Magdalena, pueden acostarse en ella; no, muchas gracias, dijo Teresa, lo que necesitamos es que nos preste el baño; aquí no hay baño, esta es una casa inconclusa y aún no he hecho el baño; entonces camine madre, dijo Teresa, vamos a buscar un hotel, que estén muy bien y hasta luego Gilberto, las madre y su hija, salieron en busca de un hotel, mientras que a Federico le dijo el padre: busque un costal y tiéndalo en un rincón; así lo hizo el joven y acostándose sobre él, se quedó dormido hasta las cinco de la mañana, cuando fue llamado para acompañar a su padre al trabajo.

En Agosto de ese año, tres semanas después de haber cumplido el primer año de la muerte de su esposa Magdalena, Gilberto se casó con una mujer llamada Isabel, a quien había conocido años antes de casarse con Magdalena, pero que nunca había dejado de visitar, durante los más de catorce años que duró el matrimonio con Magdalena, quien le había dado siete hijos de los cuales, a los dos meses de edad, murió el último, dos meses antes de morir ella.

Antes de contraer matrimonio Gilberto con Isabel, para el cavo de año de Magdalena, llegó Josué, el hijo amado de Gilberto, a quien no lo había dejado su tío viajar para los funerales de la mamá, porque según el tutor el niño de once años de edad, podría sufrir un traumatismo al ver el cadáver de la autora de sus días. Cuando el joven llegó al pueblo contaba con doce años de edad cumplidos, el noviazgo entre Gilberto e Isabel estaba en su recta final, pues ya habían sentado la partida de matrimonio en la iglesia del pueblo, donde actualmente Gilberto estaba realizando un trabajo de larga duración, acompañado por su hijo Federico, quien a pesar de su corta edad 'nueve" años, el padre lo había convertido en su ayudante. Con el anuncio de las amonestaciones clericales a través de los parlantes de la iglesia, el pueblo se enteraba del próximo matrimonio de Gilberto e Isabel, el cual fue escuchado por el visitante Josué, quien conociendo a la prometida, recordó los sufrimientos que había padecido la autora de sus días a causa de esa relación, la cual él no podía permitir.

Cierta vez, en el lugar donde les asistían con la alimentación, ahora a los tres, Gilberto, Josué y Federico, el enfurecido Josué sentado en el comedor, dijo para que la dueña de la asistencia oyera, si mi papá se llega a casar con esa vieja, me voy de la casa y no vuelvo. Hay mijo, si lo llega a escuchar su papá lo medio mata a fuete; dijo la dueña de la asistencia; a mí no me importa, yo sé que él mató a mi mamá, para casarse con esa vieja; al momento entró en el lugar Gilberto dispuesto a almorzar y como viera que se estaba hablando, preguntó de qué se trataba la conversación y la señora de la asistencia le dijo: es que el niño dice, que si usted se casa con su prometida, él se va de la casa y se lo digo para que piense lo que va a hacer.

Pues ahora lo que voy a hacer es que en lugar de que te vayas para donde tu tío, te voy a poner a picar tierra en el hoyo para que me ayude, gran bellaco, ya no viajarás a donde tu tío, si Federico que es más pequeño me ha estado ayudando, voz que sos más grande, me vas a dar más rendimiento. Habiendo dicho estas palabras y ya servido el almuerzo, se paró Josué de la mesa, se retiró un par de pasos, como para que si lo iba a coger el papá, no lo alcanzara, miró la salida del lugar y fue entonces cuando le gritó: usted mató a mi mamá para casarse con la vieja esa, pero primero la mato yo, y es lo que voy a hacer. Como el jovencito sabía lo que le iba a hacer su padre por haberle gritado esas palabras, delante de la señora de la asistencia, salió corriendo, se fue al pueblo grande, a la casa inconclusa, bajó del zarzo un poco de madera acerrada que el padre tenía guardada para terminar la casa, la vendió a unas carpinterías y se fue sin saber para donde.

Los carpinteros del pueblo que conocían de muchos años a Gilberto, a quien llamaban "maestro" le guardaron la madera y cuando regresó de el pueblo pequeño, donde estaba trabajando en la construcción de la Iglesia, le contaron lo sucedido, para que les devolviera el dinero entregado a su hijo y ellos le devolvieron la madera. Gilberto renegaba y maldecía contra su hijo, pero después se arrepentía y era entonces cuando le pedía con mucha fe a Dios y al alma de la madre de Josué, que lo defendieran de todo mal y peligro y que no le fueran a caer las maldiciones que con tanta ira, él había lanzado al aire, mientras los mares de sus ojos se desbordaban, rodando por sus mejillas arroyos de lágrimas, mientras apuraba sendos tragos dobles de aguardiente anisado, con el que mataba el mal recuerdo de las injuriosas palabras de su hijo amado y la vergüenza de quienes le escuchaban los relatos. El tiempo que todo lo cura, que todo lo sana, fue pasando, terminó el contrato que estaba realizando y empezó otro con el cura párroco del pueblo grande, mientras todos los días suspiraba con suma tristeza al no saber el paradero de su amado primogénito. Entonces aprovechaba el día Domingo para, oír la santa misa mientras rezaba múltiples oraciones que dedicaba al descanso eterno del alma de Magdalena, la madre de sus hijos, para que no permitiera que a ellos les pasara nada malo, especialmente a Josué. Terminada la misa, daba una vuelta por la plaza mirando en la multitud, a ver si encontraba un rostro conocido, al que acudía con paso largo y resuelto, para preguntarle si había visto a Josué y recomendarles que si lo veían no le dijeran nada, pero que le avisaran a él para ir en su recuperación.

Los Domingos, siempre tenía una cita pendiente a determinada hora con Isabel, la mujer encantadora con la que había tenido por más de veinte años una relación tan inconclusa como la casa de tapias negras, sin puertas ni ventanas, aunque ahora si tenía el baño que unos meses atrás habían necesitado Teodocia y Teresa, la cuñada y sobrina de su difunta esposa. Allí en la rudimentaria vivienda había todo lo que Gilberto tenía: una cama mal tendida y dos asientos de madera y cuero crudo de vacuno; cuatro piezas, un baño una cocina y el patio. Aún no tenía pisos, ni pulimento en sus paredes, ni pintura, pero la mujer amante, allí lo visitaba todos los domingos, donde planeaban con él vivir juntos, si hacían todo por las vías "legales" es decir ella reclamaba el derecho a ser casada por la Iglesia Católica Apostólica y Romana a lo que tuvo que acceder Gilberto para no sentirse solo.

Como el dicho popular reza: pueblo pequeño infierno grande, la mujer que pertenecía a la burguesía del pueblo, pues su hermano era el jefe del partido conservador, ex alcalde y propietario por herencia, de varias haciendas ganaderas unas, cafeteras otras, gozaba del respeto de todos los pobladores del Municipio, pero Gilberto era el sapo en su garganta, no lo podía pasar porque según él, le había dañado el futuro a su hermana, habiéndola enamorado siendo soltero, pero después casado y ahora padre de familia y para completar pertenecía al contrario partido liberal; es decir, era collarejo u cachiporro. Siendo así las cosas, la inteligente mujer le solicitó que si se iban a casar, que fuera en la Iglesia del pueblo pequeño donde él estaba trabajando para evitar habladurías de las viejas chismosas del pueblo grande donde ella era ampliamente conocida, como la hermana del jefe del partido conservador, pues ella estaba en los cincuenta y se hacía llamar "la señorita Isabel" Gilberto aceptó la exigencia y esa misma semana habló con el sacerdote para el que trabajaba habiendo arreglado lo del matrimonio. Los padrinos serian también del pueblito, un dentista primo hermano de él llamado Luis Eduardo García y su señora, y otro matrimonio campesino que moraba en el pueblito. Fue así que en el mes de Agosto ya cumplido el primer aniversario de la muerte de Magdalena, Gilberto e Isabel se casaron habiendo tomado como vivienda desde ese mismo día, una casa herencia de Isabel, mientras Gilberto terminaba la casa inconclusa.

El día del matrimonio Gilberto solo ofreció un desayuno para la novia, los padrinos y el conductor de un automóvil negro, llamado Lubín Ariza, quien se ganaba la vida conduciendo ese vehículo, que había sido el primer automóvil de servicio público del municipio, pues los pobladores se transportaban entre el municipio y la capital del Departamento, en el único autobús propiedad de Gregorio Gutiérrez, quien residía en una casa frente a la plazuela del pabellón de carnes, a media cuadra e la esquina llamada el veinte de Julio y todos los días a las cinco de la mañana, estacionaba el bus en la esquina junto a el almacén de Alfredo Nader y diagonal al árbol de Caucho, que estaba en la esquina de la plaza principal; de allí salía todos los días a las seis de la mañana y regresaba saliendo de la Capital a las cinco de la tarde en un viaje de dos o tres horas, según si había llovido o no. El señor Ariza había sido contratado por la señorita Isabel, para un viaje expreso del pueblo grande al pequeño de ida, soltera y, regreso de casada.

Para Gilberto no había sido un día feliz, pues aún no había tenido noticia del paradero de su primogénito amado y esa angustia de donde estaría pasando necesidades o sufriendo calamidades que solo estaban en la imaginación de él como padre amoroso. Había hecho varias llamadas al tío donde había estado el jovencito, en la certidumbre de que de pronto hubiera regresado, pero la respuesta siempre fue: por aquí no ha regresado y cualquier cosa que le pase al muchacho, usted tiene la culpa, por no habérmelo mandado cuando yo le dije a él que se tenía que venir. Con esas respuestas, era mejor no llamar más al desconsiderado tío.

Después del desayuno que había sido preparado en la casa de Luis Eduardo García llamado aquí el dentista, por su hijo Federico, después de haberle explicado la esposa de Luis Eduardo, la manera de preparar unos deliciosos pericos con cebolla y tomates y un chocolate en leche con almojábanas y bizcochos comprados en la primera tienda que abrieron en el marco de la pequeña plaza frente a la pila de agua, donde el sargento Tarazona había matado desangrado a un labriego llamado Marcos Díaz, a quien lo pusieron a trotar un Domingo a las ocho de la noche, dentro de la pila de agua previamente regada de vidrios de botellas que el sargento y un policía, que lo secundaba, habían sacado de una tienda, sin pedir permiso, porque en esas fechas la policía era Departamental y hacían lo que les daba la gana, pues se creían Dioses, pero eran asesinos desde lo más profundo de sus entrañas. Allí rompieron sobre el muro de la pila, entre los dos asesinos, un bulto de sesenta botellas de vidrio; en esa pila Marcos Díaz se desangró hasta que cayó habiendo quedado sobre el bordo de la pila de cemento, la terrible muerte fue decretada por el sargento, por el delito de ser liberal, collarejo, cachiporro, guerrillero e hijo de puta, malparido. Palabras con las que se describía a los liberales desde el nueve de Abril de 1948 cuando mataron a Jorge Eliecer Gaitán, caudillo del pueblo, aspirante a la presidencia de la República; mientras que estos llamaban a los conservadores como (los godos, chusmeros, pájaros, chulos, e hijos de puta malparidos).

Para cerrar esta parte de mal gusto en este capítulo y, lo escribo porque debe de quedar en la historia de este hermoso pueblo, al cual Federico ama con alma vida y corazón, cosas tan terroríficas y espeluznantes como las frases dichas por un "sacerdote" conocido como el (padre Lombo) hombre de mediana estatura por su color rojo de piel en el rostro, se veía lleno de vitalidad y en la única oportunidad , en esa época, que tenían para darle la cara al público asistente a la santa misa, era en el púlpito donde subían los clérigos para predicar el evangelio. Un domingo del mes de Enero de 1951seis y medio, meses después del fallecimiento de Magdalena, pues en Julio 30 era su cavo de año; Gilberto había ido al colegio del Rosario para que las monjas le prestaran a su hija Genoveva, para con ella y Federico, asistir a la santa misa, con el fin de que se acostumbraran a rezar por el alma de su mamá; estando allí parados en el centro del alero izquierdo de la iglesia, el sacerdote subió al púlpito y en el sermón dijo: Satanás se disfrazó de serpiente y se le apareció a la santísima virgen en forma de culebra, pero ella vio que era el mismo Satanás, el diablo, el demonio, entonces puso su pie sobre la cabeza y mató al diabólico animal; ahora Satanás se ha disfrazado nuevamente de color rojo y eso la iglesia no lo puede dejar prosperar ¡que muera la culebra roja! Gritó enfurecido poniéndose aún más rojo en su tez, ¡que muera la culebra roja! Repitió con ira. La iglesia estaba llena de gente y los que conocían a Gilberto lo miraban con rabia porque sabían que era liberal; entonces Gilberto, ajustó las manos de sus dos pequeños hijos y paso a paso fue retrocediendo hasta llegar fuera de la iglesia, entonces le dijo a Federico corra éntrese a la casa y no salga, yo ya voy para allá. Mientras el muchacho corría hacia la casa de tapias negras, él entró con la niña al colegio que era a continuación de la iglesia y allí la dejó en manos de la anciana portera, para luego él salir despavorido, a paso largo y ligero, para la casa inconclusa donde se escondió durante seis meses, cuando lo llamaron para que fuera a realizar un trabajo en el pueblo pequeño y fue entonces cuando casi que escapando se fue habiendo pasado el tiempo sin que fuera perseguido por nadie; solo fue el susto provocado por el discurso del sacerdote enfurecido con los liberales.

Federico dice tener malos recuerdos de los sacerdotes que conoció en el pueblo grande, como el padre Restrepo, que él lo vio varias veces entrar al café "El Globo" y sacarle el dinero del bolsillo a los parroquianos diciéndoles: de modo que para tomar trago y cerveza si tienen, pero para la iglesia nada; dichas estas palabras metía el dinero en su carriel y pasaba a la otra mesa, donde hacía lo mismo, hasta que recorrió todas las mesas; ocho días después hizo lo mismo, pero cuando los clientes vieron lo que estaba haciendo, se pararon y se salieron del café diciéndole a la mesera: ahora vuelvo y le pago. Como todos eran personas conocidas no tuvieron problema en salir sin pagar hasta que ya no se sentaban sino que parados en el mostrador pedían sus aguardientes y salían antes de que llegara el cura con su carriel abierto. Viendo esto el propietario de café, habló con el sacerdote habiéndose comprometido a pasarle un dinero como colaboración del establecimiento a la iglesia, pero con la condición de que no volviera a entrar el sacerdote en el bar.

Como ya nadie quería entrar al bar, al llegar al mostrador, el cantinero y las meseras les decían: siéntense en las mesas que ya el patrón habló con el padre y nada les va a pasar.

Otra historia de Federico fue con el padre Tavera, párroco del pueblo pequeño. Este corpulento sacerdote nacido en el municipio de Casavianca en el grandioso departamento del Tolima; salía al mercado después de misa mayor acompañado de dos hombres que fungían como los acólitos u sacristanes de la iglesia, pero eran sus guarda espaldas; pues como acólitos eran muy viejos ya que estos siempre fueron niños de siete hasta los diez y seis años y estos eran hombres de más de treinta años, armados de pistolas, cuarenta y cuatro, cada uno de ellos y el sacerdote también bajo su sotana armado estaba. Los hombres bajaban al mercado con dos canastos alargados con manijas o asas en sus partes opuestas; uno de los canastos lo dejaban en una tienda cualquiera y los hombres tomaban el otro canasto gigante; el sacerdote se acercaba a los puestos e iba echando al canasto grandes pedazos de carne con peso de varios kilos, que de la mesa de los carniceros tomaba sin autorización alguna. Así recorría todos y cada uno de los puestos que eran cinco o seis a lo sumo; entonces pasaba a los plátanos, tubérculos y verduras, echando al canasto todo lo que quisiera, alegando que era por el pago de los diezmos y primicias, cuando este canasto estaba lleno de carne y comida salían de la plaza y sacaban el otro canasto entonces hacía el mismo sacerdote, un mercado de grano, que iba colocando en el canasto y dando las gracias salían del granero para la iglesia con suficiente comida para la semana, todo gratuitamente. Como del atrio de la iglesia se veía la plaza, nadie podía abrir su negocio hasta que fuera a misa, si no lo hacían, entonces el mandaba a "los acólitos" para que llevaran al prospecto de ateo y cumpliera con el sagrado deber de asistir a la santa misa.

Después de la ingesta del desayuno que si no quedó rico por lo menos si se lo comieron todo, se despidieron de los padrinos y subieron al vehículo los recién casados y Federico; en ese momento, Lubin Ariza encendió el motor y se dirigió rumbo al pueblo grande donde se apearon y Gilberto sacó de su cartera la suma de diez pesos y le pagó al conductor sus servicios. Luego mientras la novia rápidamente abría la puerta para que nadie la viera entrar con su marido, este pasó a la esquina, compro una docena de cervezas y las entró para empezar lo que sería la fiesta matrimonial con luna de miel y todo. Mientras ellos gozaban de su matrimonio y reían, a Federico lo pusieron a deshierbar el patio para que estuviera ausente del festejo. La señora Isabel asumió su rol de esposa desde esa misma tarde, cuando ya oscureciendo, salió al corredor, seguida de su marido, para ordenarle a su hijastro Federico, que fuera a un hotel para que comprara comida, pues ella no sabía hacer ni agua caliente, porque siempre había vivido en la casa de su hermano, donde vivía su señora madre y allí gozaba de los servicios de una mujer con muchos años de servicio a su familia, siendo ella dentro de todas las mujeres de esa casa, la mayor, después de su señora madre, que ya era una respetable anciana, y distinguida matrona del municipio, seguida por su cuñada, cuatro sobrinas, dos adultas y dos menores y tres sobrinos uno adulto y dos menores. Solo ella sabía que ahora a los cincuenta años se había casado y más por no darle mal ejemplo a sus sobrinas se independizaría de su familia, con la que había vivido toda la vida.

Al otro día a las cinco de la mañana, retumbó en la casa la fuerte voz de Gilberto: Federico, parece gran bellaco, que nos cogió la tarde, tenemos que irnos a trabajar. De un salto el menor quedó parado, del lecho en que dormía, salió a orinar y se mojó la cara, se juagó la boca y el frío cobijó su frágil cuerpo, se ajustó hasta las orejas el viejo sombrero y a paso largo y ligero acortaron la distancia que los separaba entre el pueblo pequeño y el grande, no muy tarde llegaron al pequeño pueblo y se dirigieron a la asistencia diaria, para tomar el desayuno. Luego empezaron la dura faena laboral que finalizaría el próximo sábado a las cuatro de la tarde, cuando regresarían al pueblo grande donde Isabel esperaba a su marido y el patio enyerbado a Federico.

Siempre, todos los domingos, Gilberto salía a la plaza principal, para hacer las compras de la semana y luego preguntar a los conocidos si habían visto a Josué el hijo amado. Gilberto guardaba la esperanza de que algún día alguien le trajera razón de que lo habían visto; mientras tanto, con algún par de amigos liberales, en las tiendas ingerían cervezas. A misa no regresó nunca desde el día en que se sintió amenazado en su vida por la orden impartida por el cura párroco Lombo, a excepción del día del matrimonio realizado por el cura Tavera quien había llegado a la parroquia acompañado de una hermosa mujer alta con hermosas curvas bien definidas, caderas amplias, piernas largas, pecho bien pronunciado, largo cabello rubio natural, ojos verdes y hermosa cara con más de cuarenta años de edad. En el pequeño pueblo si salía a la plaza no tenía comparación, mientras el cura era un corpulento hombre de raza india, cabellos lacios, color trigueño oscuro en su piel, quien decía a los que se atrevieran a preguntarle, que su secretaria era una sobrina suya; cuento por supuesto que nadie en el pueblo le creyó.

Un Domingo como cualquier otro, Gilberto salió al mercado y entre la multitud vio a Manuel, un sobrino de la que fue su esposa; por entre la multitud de revendedoras, compradores y negociantes, comerciantes, que de otros pueblos venían, cacharreros y gitanas, se abrió paso para saludar posiblemente a la única persona que no le había preguntado si había visto a su primogénito Josué. Si, fue la monosílaba respuesta del hombre, yo creía que usted sabía que él estaba trabajando en un lavadero de carros en la capital y le dijo en cual, él lo había visto. EL abrazo que le dio al sobrino de quien fuera su esposa Magdalena, fue tan fuerte como su paz interior; ya sabía en donde estaba el hijo amado; se despidió de Manuel y a paso largo y resuelto se fue buscando a uno de sus amigos al que saludó efusivamente para luego contarle la satisfactoria noticia, había encontrado el paradero de su hijo amado. Esa misma tarde después de haber ingerido bastante alcohol con los amigos, se fue a la casa para contarle a su esposa la buena nueva, el hijo prodigo volvería a su casa, claro, para eso la esposa debería colaborarle e hicieron un plan que no podía fallar.

Ella viajaría a la capital, buscaría la dirección del lugar donde Manuel había visto al adolescente, ella se le presentaría y trataría de que el jovencito regresara con ella a su casa, pero no fue así. Gilberto madrugó como de costumbre pero no se dirigió al pueblo pequeño, la acompañó según su plan al lugar donde Gregorio Gutiérrez estacionaba su autobús, para recoger pasajeros con destino a Ibagué, con regreso a las cinco de la tarde. Allí escogió Gilberto un puesto delantero donde ella se sentó, revisó la cartera para rectificar cuánto dinero llevaba, para no pasar necesidades ella y el jovencito si era que lograba traerlo; no escatimaría en gastos ni esfuerzos, para llegar al pueblo con el adolescente. Ya eran las seis de la mañana y Gregorio Gutiérrez subió al vehículo, encendió el motor y se dispuso a arrancar con rumbo a la capital. Gilberto se despidió de su esposa y se apeó del autobús, murmurando una oración mientras con la mirada puesta en el auto bus, seguía su alejamiento. EL hombre que en el pueblo grande se quedó, se dirigió con Federico a la casa inconclusa para realizar algunos trabajos en pro de mejorar la vivienda; al medio día fueron a un hotel donde almorzaron, para regresar al trabajo ya empezado. Eran las seis de la tarde cuando Gilberto ordenó a su hijo irse a descansar, mientras él se fue al café Roma de don Raimundo Duque para esperar la llegada de su esposa en el autobús.

La mujer reconoció el lugar donde el adolescente estaría trabajando y era justamente a la entrada a la capital del Departamento, allí se apeó del bus, recomendándole al conductor que le guardara el mismo puesto para su regreso en la tarde, a lo que Gregorio Gutiérrez, asintió; la mujer, puso un pie en la acera donde se incorporó, miró fijamente al lugar donde le habían dicho que el joven se encontraba laborando y sí, lo reconoció, era el único menor laborando en el lavadero de carros, el jovencito estaba secando un carro para entregárselo al dueño. La mujer contemplo al joven con su mirada, hasta que este acabó su trabajo, pero en lugar de dirigirse a él como lo habían planeado con su esposo, la mujer paró un taxi y se fue a visitar una vieja amiga, donde estuvo acompañada hasta las cuatro de la tarde paseando el comercio de la ciudad, donde hicieron algunas compras. A las cinco de la tarde ya estaba en el lugar de salida del autobús, acompañada de la amiga quien le ayudó a preparar la treta que le diría a su esposo, la amiga se despidió de ella para regresar a la casa, mientras Gregorio Gutiérrez, encendía el motor para regresar al pueblo donde la esperaba el esposo, quien cuando vio el autobús entrar al lugar donde siempre se estacionaba, salió para recibir a su esposa con su hijo, se acercó a la puerta del bus y le dio la mano, para ayudarla a bajar, pero terrible fue la desilusión, cuando ella descendió sola como se había ido.

Gilberto palideció al verla sola, del brazo la tomó y caminaron en sesgo para atravesar la calle y entraron al hotel donde pidieron dos comidas, aunque lo que quería Gilberto, era un aguardiente doble. Cuénteme que fue lo que pasó; ¿fue que no se quiso venir? No señor, a usted le dijeron mentiras, estuve en ese lugar y no había nadie, le pregunté a un hombre que lavaba carros y no me dio razón alguna, verifiqué la dirección y si estaba yo en el lugar preciso, pero le repito, que ahí no estaba el muchacho. Mientras comían, Isabel le dijo que había ido a otros lugares, que había caminado todo el día buscando sitios donde pudiera estar lavando carros, como a él le había dicho Manuel Cardona, pero que todo su recorrido había sido en vano, que no se preocupara que algún día aparecería el muchacho. Gilberto no pudo pasar bocado, la tristeza de no haber encontrado al hijo amado era como un sapo en la garganta, puso los cubiertos sobre la bandeja y dijo a su esposa: ya vuelvo; salió, pasó de nuevo la calle, entró al café Roma y parado junto al mostrador pidió un aguardiente doble, al momento lo apuró y pidió otro, lo tomó, pagó la cuenta y Salió de nuevo para el hotel, donde la mujer terminaba de comer y a la casa se fueron, en ella, se quedó la esposa y, él volvió a salir ahora con rumbo a la casa de Manuel el viejo amigo de toda su confianza, allí en la tienda, Manuel estaba batiendo kumis; Hola Manuel, dijo Gilberto, sírvame un aguardiente doble; claro Gilberto, ¿qué le pasa, que está tomando aguardiente, sin que sea hoy domingo? Es que quisiera morirme; ¿y eso porqué Gilberto? si la vida es tan amable; conmigo no Manuel; ¿está usted seguro que en la capital esta mi hijo Josué y que trabaja lavando carros en el lavadero que me dijo? Claro que si, si yo estuve conversando con él y me dijo que tenía ganas de irse para Cali a buscar a mi tío nuevamente, entonces mañana me voy por él y me lo traigo; deme otro aguardiente que ya me voy, solo quería preguntarle si estaba usted seguro de haberlo visto. Gilberto pagó la cuenta y se encaminó a la casa.

Lo que nunca le dijo Isabel a Gilberto fue que ella no quería tener en su casa a ese muchacho, desde la vez que el mismo Gilberto, le había contado lo que pasó en el comedor de la asistencia, cuando Josué lo acusó de la muerte de su madre y dijo que mataría a la mujer con la que él se iba a casar.

El mismo día en que Isabel estuvo espiando a Josué, secando carros, se le apareció al menor, un hombre llamado Eliseo Pachón, se habían conocido desde pequeños pues Eliseo era del mismo pueblo y Eliseo era hijo de una mujer que lavaba ropas ajenas en el río Bermellón; era muda y se le conocía como la viuda de Pachón, madre de diez hijos siendo el mayor Eliseo. Al lavadero de carros llegó Eliseo que era conductor de un camión de carga para que se lo lavaran y al ver al muchacho lo saludó con amabilidad y por su nombre, hola Josué, ¿cómo te va? ¿Estás lavando carros aquí? No, estoy secando nada más, ¿para donde va? Llevo una mercancía para Cali; ¿me quiere llevar? ¿Y que vas a hacer por allá? Allá tengo un tío y me quiero ir pero no tengo el pasaje; si quiere yo lo puedo llevar pero debe de ser ya mismo, saliendo de aquí. Bueno seco el camión y nos vamos; ¿seguro? seguro Eliseo, si usted me lleva yo me voy, estoy trabajando aquí es para reunir lo del pasaje, seco el carro y nos vamos. Está bien, yo lo llevo. Media hora después Josué iba en el camión conducido por Eliseo, ocupando el puesto del copiloto con rumbo a la sucursal del cielo; eso era lo que para Josué significaba en esta ocasión la ciudad del imperio azucarero.

Un par de horas después Eliseo Pachón, estacionaba el camión modelo cuarenta y ocho, junto a un bar donde como siempre, tomaría un delicioso café, para después continuar el viaje empezando la escalada al temido alto de la línea. Allí sentados esperando la atención de la mesera, Josué tuvo la osadía de decirle a Eliseo, que le prestara el camión para ir a saludar a su padre que estaba a solo dos cuadras de distancia; Eliseo miró con incredulidad sonriente al muchacho y le dijo que porque no iba a pie estando tan cerca; es que yo quiero demostrarle a mi papá que yo soy un chofer; ¿y es que de verdad usted sabe manejar? Claro présteme las llaves y verá. Eliseo tomó las llaves que sobre la mesa estaban y pasándoselas, le dijo: solo encienda el carro mientras yo resuelvo si se lo presto; esto era solo para saber cómo lo hacía el adolescente, en la encendida, con lo cual ya Eliseo sabría si realmente el jovencito sabía manejar; este subió al camión se sentó en el puesto del conductor y encendió el motor, miró sonriente a Eliseo, y le puso el cambio para que el pesado aparato rodara, mientras el responsable del vehículo y su cargamento lo miraba sonriente, cuando Josué lo vio por el retrovisor también sonrió y aceleró con rumbo a la casa de su padre, donde estacionó el pesado camión, empujó la puerta de la casa, que cerrada estaba y entró solo para saludar a su padre, mirar mal a la madrastra y volver a salir, subiéndose al camión, para que su padre lo viera manejándolo; fue entonces cuando exclamó ¡mi hijo es un chofer de camiones! ¿Si lo viste Isabel? Si, lo vi, como me miraba de mal, me miró con odio y yo no tengo la culpa de nada, usted se había podido casar con cualquier otra mujer; y hubiera pasado lo mismo. La miraría mal, contesto Gilberto.

Al regreso de ese viaje ya Eliseo sabía que en el plan podía darle el carro a Josué para que lo manejara mientras él descansaba; luego pensó que si el patrón le diera trabajo a Josué, este seguiría como ayudante, asunto importante para entregarle mejor rendimiento al patrón. Tan pronto como llegaron a la base, ciudad donde vivía el patrón de Eliseo, este le dijo que si le daba trabajo a ese muchacho que era muy necesario en la carretera, en el trabajo de arrume y desarrume de la carga, para él trabajar más descansado y el patrón aceptó haciendo responsable a Eliseo por cualquier cosa que pasara referente a la carga y el vehículo.

FIN

Dallas Texas dos de Febrero del dos mil diez y nueve. Efraín Aranzazu Morissi.

OTRAS OBRAS
DEL AUTOR:

- Así Fueron las Cosas
- El Dedo en la Llaga
- Pesadilla en el Maravilloso País de los Sueños
- Zmarkanda La Novela
- Disque Amigos
- Doce Cuentos Campesinos
- El rebusque En Latinoamérica
- Cajamarca Despensa Nacional
- Formulas Magistrales con Plantas medicinales
- Desde el Lejano Oeste

Printed in the United States
By Bookmasters